诵读版

最美古诗词全鉴

东篱子◎编著

扫一扫
免费赠送3种国学音频！

国家一级出版社　　中国纺织出版社　　全国百佳图书出版单位

内 容 提 要

本书收录了自《诗经》以来数千年间最美好的词句，用现代人的情感加以解读。书中按照时间顺序，兼及诗词体裁，收录了历代在思想上和艺术上有巨大影响的古诗词。有文学史上著名诗人和词人的代表作、有各类题材的作品精粹、有广泛社会影响的名篇佳句等，比较全面地反映了我国古典诗词的全貌。为了帮助读者更好地理解原作，编者除了收录原作以外，还增设了相关辅助性栏目：注释和赏析，并对每位作者的生平事迹进行了介绍，让读者无障碍阅读。可以说，读者一册在手，便可阅尽中国古典诗词的绝妙华章。

图书在版编目（CIP）数据

最美古诗词全鉴：典藏诵读版／东篱子编著 . —北京：中国纺织出版社，2019.4

ISBN 978－7－5180－6080－1

Ⅰ . ①最… Ⅱ . ①东… Ⅲ . ①古典诗歌—诗歌欣赏—中国 Ⅳ . ①I207. 2

中国版本图书馆 CIP 数据核字（2019）第 063530 号

策划编辑：段子君　　　责任校对：寇晨晨　　　责任印制：储志伟

中国纺织出版社出版发行

地址：北京市朝阳区百子湾东里 A407 号楼　邮政编码：100124

销售电话：010—67004422　传真：010—87155801

http：//www. c-textilep. com

E-mail：faxing@ c-textilep. com

中国纺织出版社天猫旗舰店

官方微博 http：//weibo. com/2119887771

佳兴达印刷（天津）有限公司印刷　各地新华书店经销

2019 年 4 月第 1 版第 1 次印刷

开本：710×1000　1/16　印张：20

字数：208 千字　定价：49.80 元

　　中华民族悠久的历史，孕育出辉煌灿烂的文明。作为我国文学瑰宝的古典诗词，是我们民族人文精神的载体，被尊为"天地之心，君德之祖，百福之宗，万物之户"，是传承民族传统，培育民族灵魂的精神乳汁。在厚重的中国古代文学史中，诗词占据了最辉煌、最灿烂的一页；在千古流传的古代文学经典中，诗词是最为夺目的明珠。中国是诗的国度，世界上没有哪一个国家像中国一样拥有多如繁星的诗人词家以及浩如烟海的诗歌词作。诗词里凝聚了历代勤劳聪慧、感情丰富的中国人民丰富多彩的生活——他们的劳动、他们的感情、他们的抗争、他们的感触。"诗言志"，"词缘情"，诗词里表现出诗人词家们高尚的爱国情操，飞扬着他们的凌云壮志，记载着他们的悲欢离合，传达着他们的喜怒哀乐。同时，也渗透了他们对人生的思考，对人生的体验，情真意切，感人至深；意味深长，发人深省。

　　古人说：不读诗词，不足以知春秋历史；不读诗词，不足以品文化精粹；不读诗词，不足以感天地草木之灵；不读诗词，不足以见流彩华章之美。从《诗经》开始，历经汉魏六朝，及至唐诗巅峰，宋词妩媚，元曲风流，明诗论理，清词赏情……中国人的每一种心境，似乎都被古诗词吟咏过了。那一首首脍炙人口的古诗词，代代传唱至今，就像是高山流水，晓风残月，让人流连忘返，魂牵梦绕，更让人眼界大开，获益匪浅。

　　"上下五千年，悠悠诗词情"，几千年后的今天，我们尽情欣赏，透过这些美丽的诗词，遥想当年的风云际会，胸中自有磅礴的豪气涌起。红尘纷扰中，忙碌生活里，倦怠的心灵更需要宁静的港湾。让我们用心感受诗词文学的精致之美吧！领会其意境美，品味其语言美，体会其韵律美。让好的作品陶冶我们的性情，培养我们的气质，提高我们的修养，激励我们热爱生活，珍惜年华，创造自己的绚丽人生。世间并不缺少美，缺少的只是发现美的眼睛，优美的古诗词会带领我们去寻找、去发现、去聆听、去体验生活的多姿多彩。有人说："诗词的美在于情真意切，在于直指人心。它们是柔软的，是有灵魂的。"如今，我们虽然已经无法再看到秦时明月，听到盛唐欢歌，但是那份来源于内心深处的对古典诗词的挚爱深情却是永不磨灭的，古典诗词给予我们心灵的滋润如影随行、永难忘却。

本书收录了自《诗经》以来数千年间最美好的词句，用现代人的情感加以解读。书中按照时间顺序，兼及诗词体裁，收录了历代在思想上和艺术上有巨大影响的古诗词。有文学史上著名诗人和词人的代表作、有各类题材的作品精粹、有广泛社会影响的名篇佳句等，比较全面地反映了我国古典诗词的全貌。为了帮助读者更好地理解原作，编者除了收录原作以外，还增设了相关辅助性栏目：注释部分除对难懂的词语进行注释外，还对全部生僻字进行了注音；对每位作者的生平事迹进行了介绍；赏析部分主要介绍了写作背景和写作意图、诗词的意境和写作特点，让读者无障碍阅读。可以说，读者一册在手，便可阅尽中国古典诗词的绝妙华章。

翻开这本书，让我们一同感悟那些婉约缠绵的长歌短句与各具声情的浅吟低唱。让我们一起解析古典诗词中的尘封往事，从先秦的田野牧歌中采撷快乐与甜美，从两汉辞赋中感受大汉王朝的盛世传奇，从上古歌谣与乐府诗中体验先民生活的朴素美好，从魏晋诗文中品读中华风骨，从唐诗中倾听大唐帝国的盛世欢歌，从宋词中体会那份凝结在文字中的美丽与哀愁，从元曲中获得直抵心灵的感悟，从大清诗词中发现词文之美。

本书将纸质图书和配乐诵读音频完美结合，以二维码的方式在内文和封面等相应位置呈现，读者扫一扫即可欣赏、诵读经典片段。诵读音频由中国国际广播电台、中央人民广播电台专业播音员，以及中国传媒大学等知名高校播音系教师构成的实力精英团队录制完成，朗读中融进了对传统文化的理解，声音感染力极强。

解译者
2019 年 4 月

目录

第二章　三国魏晋南北朝诗歌

第三章　隋唐五代诗词

第四章 宋辽金诗词

第五章　元明清诗词

第一章
先秦与秦汉诗歌

击壤歌^①

无名氏

【原文】

日出而作^②，日入而息^③。

凿井而饮，耕田而食。

帝力于我何有哉^④！

【注释】

①击壤：古代的一种游戏，先将一壤置于地，然后在三四十步远处，以另一壤击之，中者为胜。壤：古代的一种儿童玩具，以木做成，前宽后窄，长一尺多，形如鞋。

②作：起床，指开始劳动。

③息：休息。

④帝力：尧帝的力量。何有：有什么（影响）。

【作者】

《击壤歌》为中国歌谣之祖，大约流传于距今 4000 多年前的原始社会时期。传说在尧帝的时代，"天下太和，百姓无事"，老百姓过着安定舒适的日子。一位八九十岁的老人，一边悠闲地做着"击壤"的游戏，一边唱着这首歌。

【赏析】

《击壤歌》是一首远古先民咏赞美好生活的歌谣。它通过口语化的表述方式，吟唱出了一幅生动的田园风景画面。这首歌谣的前四句概括描述了当时农村最原始的生产方式和生活方式。前两句"日出而作，日入而息"，用极其简朴的语言描述了远古农民的生存状况——劳动：太阳出来就起来干活，太阳下山了就休息睡觉。生活简单，无忧无虑。后两句"凿井而饮，耕田而食"，描述的是远古农民的生存状况的另一方面——吃和喝：自己凿井饮水，自己种地收获粮食。生活虽然劳累辛苦，但自由自在，不受约束。在此基础上，歌谣的最后一句点明题旨：这种自然顺生的生存方式和自由自在的生活，又何须外力的干涉和帝王的管理指导呢？这样安闲自乐的生活，给个帝王也不愿意换。这句诗反映了远古农民旷达的处世态度，反映了当时人们对自然古朴的生产生活方式的自豪和满足，反映了农民对自我力量的充分肯定，也隐隐反映了人们对权

力的大胆蔑视。

这首歌谣描述了远古时代人们的生存状况，表现了原始社会中人们朴素唯物主义的思想感情。从中可以看到老子所描述的"甘其食，美其服，安其居，乐其俗"的生活状态。整首歌谣风格极为质朴，没有任何渲染和雕饰，艺术形象鲜明生动。全歌用语纯净，不染尘灰，意境高远，文字流畅，展现出农耕时代上古先民的幸福生活场景，诠释了一种原始的自由安闲和自给自足的简单快乐。歌者无忧无虑的生活状态以及怡然自得的神情，都表现得十分自然真切。

尧戒　　　　尧

【原文】

尧戒①曰：

战战栗栗，日谨②一日。

人莫踬③于山，而踬于垤④。

【注释】

①戒：警戒，相当于座右铭。

②谨：谨慎。

③踬（zhì）：被东西绊倒；事情不顺利，受挫折。

④垤（dié）：小土堆。

【作者】

尧（约公元前2447～公元前2307年），姓伊祁，名放勋，古唐国（今山西临汾尧都区，古称河东地区）人。中国上古时期部落联盟首领、"五帝"之一。尧为帝喾之子，母为陈锋氏。十三岁封于陶（山东菏泽市定陶区）。十五岁辅佐兄长帝挚，改封于唐地，号为陶唐氏。二十岁，尧代挚为天子，定都平阳。尧立七十年得舜。二十年后，尧禅位于舜。尧让位二十八年后死去，葬于谷林（山东省菏泽市鄄城县境内）。

【赏析】

相关史料称，《尧戒》是中华民族有史以来的第一条座右铭。传说尧自被封于陶开始，就以此为戒，小心谨慎地处理各种事物，赢得了人们的爱戴。

前两句"战战栗栗，日谨一日"，是尧表明自己为君的思想品质、人品性格、立身之本和工作态度，是全戒的中心。"战战栗栗"是讲为国之君首先要明白自己责任重大，身在其位，要如履薄冰，不可辜负君之重任、民之厚望，对臣民要毕恭毕敬，自己甘作臣民的奴仆，真诚表明了自己对待人民群众的态度。相传尧帝从封陶唐侯那天起，就以此为戒，鄙弃当时部落酋长中存在的骄奢淫逸、欺压奴隶的不良作风，深受人们拥戴。"日谨一日"是尧表明自己表里如一、言行一致、始终如一的坚定的工作态度。帝尧在位七十年，治陶、治唐、管理天下政绩卓著，有口皆碑。在年老传位时，仍精心选择，把权力禅让给在百姓中威信很高的舜，而没有交给只知游山玩水、吃喝玩乐的不肖儿子丹朱，从而造就了历史上"尧天舜日"的黄金时代。

后两句"人莫踬于山，而踬于垤"，意思是说：人一般不会被大山绊倒，而往往被小土堆绊倒。这是尧帝的思想方法和治国方略。要治理好一方水土与人民，就要谨慎处理好任何一件小事，不要等其积成大祸后才引起重视，到那时候已经晚了。

全文短小精悍，言精意切，内涵博大，无论是治国理政，工作处世，均可以此为戒。

采薇歌　　　　伯夷、叔齐

【原文】

登彼西山兮①，

采其薇②矣。

以暴易暴兮，

不知其非矣。

神农虞夏③忽焉没兮，

我安适归矣④？

于嗟徂兮⑤，

命之衰矣！

【注释】

①西山：指首阳山，位于渭源县莲峰镇张家滩村和古迹坪村交汇处。兮：文言助词，相当于现代的"啊"或"呀"。

②薇：俗称"野豌豆"，多年生草本植物，结荚果，中有种子五六粒，可食。嫩茎和叶可做蔬菜。

③神农：炎帝，是中国上古时期姜姓部落的首领尊称。虞：指虞舜王朝，夏、商、周三代之前的一个新兴王朝。夏：中国史书记载的第一个朝代夏朝。

④安：哪里。适：往，去。

⑤于（xū）嗟：叹息声。徂（cú）：往。一说借为"殂"，死去的意思。

【作者】

伯夷、叔齐，是商朝末年孤竹国国君墨脱初的长子和幼子。孤竹君生前打算让位给叔齐。在他去世后，叔齐要让位给伯夷，伯夷不受逃去；叔齐也不肯继位而逃去，王位便由中子继承。周武王伐纣，二人叩马谏阻。武王灭商后，他们耻食周粟，采薇而食，饿死于首阳山，死前作了这首歌。

【赏析】

《采薇歌》最早见于《史记·伯夷列传》。书中说，伯夷、叔齐在逃离孤竹国之后，先后都去投靠了西伯姬昌（周文王）。姬昌去世不久，其子姬发（周武王）起兵讨伐商朝的末代君主纣。"伯夷、叔齐叩马而谏曰：'父死不葬，爰及干戈，可谓孝乎？以臣弑君，可谓仁乎？'左右欲兵之。太公曰：'此义人

也。'扶而去之。武王已平殷乱，天下宗周，而伯夷、叔齐耻之，义不食周粟，隐于首阳山，采薇而食之。及饿且死，作歌。……遂饿死于首阳山"。可见伯夷、叔齐兄弟俩是以家庭内部倡"孝"、庙堂之上倡"仁"来反对武王伐纣的。而在周朝建国后，宁可饿死，也不愿为周朝出力。在历史上被认为是"舍生取义"的典型，因而备受后人称赞：孔子说他们"求仁而得仁"，是"古之贤人"（《论语·述而》），韩愈更作有《伯夷颂》的专文加以颂扬。《采薇歌》即是伯夷、叔齐"义不食周粟"、饿死之前的绝命辞。

歌词前两句直述登上首阳山的高处采薇充饥，字句平浅，感情也似乎平淡，其中却包含有决不与周王朝合作这一鲜明的态度。所说的是采薇这一件实事，但也不妨看作是一纸"耻食周粟"的宣言。三、四句说明不合作的原因，认为武王伐纣是"以暴易暴"，而非以仁义王天下，是不可取的，批评武王没有认识到这个错误。这是表明自己政治上的立场与态度，不赞成"以暴易暴"，这里面有他们认识上的局限性。下面几句是感叹自己生不逢时，天下之大，却找不到一个安身立命之处，内心充满了失落感。唐人司马贞在串讲末二句时分析说："言己今日饿死，亦是运命衰薄，不遇大道之时，至幽忧而饿死。"

可以说，《采薇歌》是一首袒露心迹、毫不矫饰的抒情诗，也是一首爱憎分明、议论风发的政治诗。全诗情理交融，在"以暴易暴"的议论中渗透着卑视鄙弃周朝的强烈感情，在"我安适归"与"命之衰矣"的感慨中隐含有同周朝势难两立的情感流露。作品用语简洁；结构上转折自然，首尾呼应，一气呵成。当然，从二人的思想内容来看，其违背历史发展潮流的观点是不足取的。

国风·周南·关雎　　无名氏

【原文】

关关雎鸠，在河之洲①。

窈窕淑女，君子好逑②。

参差荇菜，左右流之③。

窈窕淑女，寤寐求之④。

求之不得，寤寐思服⑤。

悠哉悠哉，辗转反侧⑥。

参差荇菜，左右采之。

窈窕淑女，琴瑟友之⑦。

参差荇菜，左右芼之⑧。

窈窕淑女，钟鼓乐之⑨。

【注释】

①关关：象声词，雌雄二鸟相互应和的叫声。雎鸠（jū jiū）：一种水鸟名，即鱼鹰。洲：水中的陆地。

②窈窕（yǎo tiǎo）淑女：贤良美好的女子。窈窕，现引申为身材体态美好的样子。窈：深邃，喻女子心灵美；窕：幽美，喻女子仪表美。淑：好，善良。好逑（hǎo qiú）：好的配偶。逑：匹配。

③参差：长短不齐的样子。荇（xìng）菜：水草类植物。圆叶细茎，根生水底，叶浮在水面，可供食用。左右流之：时而向左、时而向右地择取荇菜。这里是以努力求取荇菜，隐喻君子努力追求淑女。

流：义同"求"，这里指摘取。之：指荇菜。

④寤寐（wù mèi）：醒和睡。指日夜。

⑤思服：思念。服：想。

⑥悠：忧思。辗转反侧：翻来覆去不能入眠。

⑦琴瑟友之：弹琴鼓瑟来亲近她。友：此处用作动词，有亲近之意。

⑧芼（mào）：择取，挑选。

⑨钟鼓乐之：用钟鼓奏乐来使她快乐。乐：使动用法，使……快乐。

【作者】

这是《诗经》中的第一篇诗歌。《诗经》是中国古代诗歌开端，最早的一部诗歌总集。《诗经》收集了公元前11世纪至前6世纪的古代诗歌305首，除此之外还有6篇有题目无内容，即有目无辞，称为"笙诗六篇"（南陔、白华、华黍、由庚、崇丘、由仪），反映了西周初期到春秋中叶约五百年间的社会面貌。《诗经》按"风"、"雅"、"颂"三类编辑。"风"是周代各地的歌谣；"雅"是周人的正声雅乐，又分《小雅》和《大雅》；"颂"是周王庭和贵族宗庙祭祀的乐歌，又分为《周颂》、《鲁颂》和《商颂》。《诗经》是中国文学史上第一部诗歌总集。对后代诗歌发展有深远的影响，成为中国古典文学现实主义传统的源头。

《国风》是《诗经》的一部分，大抵是周初至春秋间各诸侯国华夏族民间诗歌。国风是《诗经》中的精华，是华夏民族文艺宝库中璀璨的明珠。

《周南》是《诗经·国风》中的部分作品。周朝时期采集的诗篇，因在周王都城的南面而得名，同时"南"又是方位之称，在周代习惯将江汉流域的一些小国统称之"南国"或"南土"、"南邦"等，所以诗的编辑者便将采自江汉流域许多小国的歌词，连同受"南音"影响的周、召一些地方采来的歌词，命名为"周南"，以与其他十四国风在编排的形式上整齐划一。

《周南》包括十一篇诗歌：关雎、葛覃、卷耳、樛木、螽斯、桃夭、兔罝、芣苢、汉广、汝坟和麟之趾。

【赏析】

《关雎》为先秦时代华夏族民歌，是《诗经》中的第一篇诗歌，通常认为是一首描写男女恋爱的情歌。

这首诗的主要表现手法是"比"和"兴"，这两种手法都是《诗经》中常用的文学表达方式。"比"就是比喻，"兴"是先说一件事以引起所要说的事。

此诗在艺术上巧妙地

采用了"兴"的表现手法。首章以雎鸟相向和鸣，相依相恋，兴起淑女陪君子的联想。以下各章，又以采荇菜这一行为兴起主人公对女子疯狂地相思与追求。全诗语言优美，善于运用双声、叠韵和重叠词，增强了诗歌的音韵美和写人状物、拟声传情的生动性。

《关雎》中以"兴"为主，但"兴"中带"比"，以雎鸠鸟"比"淑女应配君子；以荇菜流动无方起兴，兴中暗"比"淑女之难求。这种手法的优点在于寄托深远，含蓄隽永，能产生"文已尽而意有余"的效果。

全诗共分为三章。第一章四句，以水鸟和鸣起兴，引出对美丽贤淑好姑娘的爱慕之情。第二章八句，写诗歌主人公对意中人的追求及思念之情。第三章八句，写诗歌主人公与意中人热恋的美好时光和举行婚礼的热烈场面。在这一章中，主人公经过不懈的追求，终于得到了意中人的爱情，诗的格调一变而为轻松、明快，与第二章的迂回低缓形成了鲜明的对照。以"琴瑟友之"来表现恋爱生活的和谐、美满，以"钟鼓乐之"来描绘婚礼的盛况，着墨不多，却能给读者留下深刻的印象，主人公得意的心情和愉快的神态已跃然纸上。

此外，这首诗还采用了一些双声叠韵联绵字，以增强诗歌音调的和谐美，同时还增强了描写的生动性。孔子对《关雎》有着很高的评价，他认为《关雎》"乐而不淫，哀而不伤"，而这正是儒家所肯定的一种艺术风格，所以在选编《诗经》时将其放在《诗经》的第一篇。

《关雎》的内容其实很单纯，是写一个"君子"对"淑女"的追求，写他得不到"淑女"时心里苦恼，翻来覆去睡不着；得到了"淑女"就很开心，叫人奏起音乐来庆贺，并以此让"淑女"快乐。《诗经·国风》中的很多歌谣，都是既具有一般的抒情意味、娱乐功能，又兼有礼仪上的实用性，只是有些诗原来有什么用处后人不清楚了，就仅当作普通的歌曲来看待。把《关雎》当作婚礼上的歌来看，从

"窈窕淑女，君子好逑"，唱到"琴瑟友之""钟鼓乐之"，也是喜气洋洋的，很合适。当然这首诗本身，还是以男子追求女子的情歌的形态出现的。之所以如此，大抵与在一般婚姻关系中男方是主动的一方有关。所以，这首诗可以被当作表现夫妇之德的典范。孔子从中看到了一种具有广泛意义的中和之美，借以提倡他所尊奉的自我克制、重视道德修养的人生态度；《毛诗序》则把它推许为可以"风天下而正夫妇"的道德教材。这两者视角虽有些不同，但在根本上仍有一致之处。

国风·周南·桃夭　　无名氏

【原文】

桃之夭夭，灼灼其华①。

之子于归，宜其室家②。

桃之夭夭，有蕡其实③。

之子于归，宜其家室。

桃之夭夭，其叶蓁蓁④。

之子于归，宜其家人。

【注释】

①夭夭：花朵怒放的样子。灼灼：花朵色彩鲜艳的样子。华：同"花"。

②之子：这位姑娘。于归：姑娘出嫁。古代把丈夫家看作女子的归宿，故称"归"。于：去，往。宜：和顺，亲善。室家：指夫妇。

下文的"家室""家人"同此意。

③蕡（fén）：肥大。形容草木结实很多的样子。实：果实。

④蓁（zhēn）蓁：草木繁密的样子，这里形容桃叶茂盛。

【作者】

同《周南·关雎》篇。

【赏析】

《桃夭》，《诗经·周南》第六篇，为先秦时代华夏族民歌，是一首祝贺年轻姑娘出嫁的诗。全诗三章，每章四句。第一章以鲜艳的桃花比喻新娘的年轻娇媚，第二章表示对婚后的祝愿，第三章以桃叶的茂盛祝愿新娘家庭的兴旺发达。此诗以桃花起兴，为新娘唱了一首赞歌。

全诗语言优美精炼，不仅巧妙地将"室家"变化为各种倒文和同义词，而且反覆用一"宜"字，不仅揭示了新嫁娘与家人和睦相处的美好品德，也写出了她的美好品德给新建的家庭注入新鲜的血液，带来和谐欢乐的气氛。

诗人在歌咏桃花之后，更以当时的口语，道出贺辞。第一章云："之子于归，宜其室家。"也就是说这位姑娘要出嫁，和和美美成个家。第二、三章因为押韵关系，改为"家室"和"家人"，其实含义很少区别。古礼男以女为室，女以男为家，男女结合才组成家庭。女子出嫁，是组成家庭的开始。朱熹《诗集传》释云："宜者，和顺之意。室谓夫妇所居，家谓一门之内。"实际上是说新婚夫妇的小家为室，而与父母等共处为家。今以现代语释为家庭，更易为一般读者所了解。

这首简单朴实的歌，唱出了女子出嫁之时对婚姻生活的希望与憧憬。清代学者姚际恒在《诗经通论》中指出："桃花色最艳，故以取喻女子，开千古词赋咏美人之祖。"

秦风·蒹葭　　　无名氏

【原文】

蒹葭苍苍，白露为霜①。

所谓伊人，在水一方②。

溯洄从之，道阻且长③。

溯游从之，宛在水中央④。

蒹葭萋萋，白露未晞⑤。

所谓伊人，在水之湄⑥。

溯洄从之，道阻且跻⑦。

溯游从之，宛在水中坻⑧。

蒹葭采采，白露未已⑨。

所谓伊人，在水之涘⑩。

溯洄从之，道阻且右⑪。

溯游从之，宛在水中沚⑫。

【注释】

①蒹（jiān）：没长穗的芦苇。葭（jiā）：初生的芦苇。苍苍：鲜明、茂盛的样子。下文的"萋萋""采采"同此意。白露：晶莹透明的露水。为：凝聚。

②所谓：所说的，此指所怀念的。伊人：那个人，指诗人所追求的人。方：边。

③溯洄：逆流而上。溯（sù）：逆水而行，这里是说沿水流走向上游。洄（huí）：曲折的水道。从：就，寻找。阻：难。

④溯游：顺水而下。游：通"流"，直流的水道。宛：好像。

⑤萋萋：一作"凄凄"，茂密青苍的样子。晞（xī）：干。

⑥湄（méi）：水滨，浅水处，也指水草交接之处，即岸边。

⑦跻（jī）：指道路崎岖，难以攀登。

⑧坻（dǐ）：水中的高地。

⑨采采：意同"萋萋"。

⑩涘（sì）：水边。

⑪右：曲折。

⑫沚（zhǐ）：水中的小沙洲。

【作者】

《秦风》是《诗经》十五国风之一，共十篇，为秦地汉族民歌。古秦国原址在犬戎（今陕西兴平东南），东周初，因秦襄公护送周平王东迁有功，开始列为诸侯，改建都于雍（今陕西凤翔），自此逐渐强大起来。统治区大致包括今陕西中部和甘肃东南部。"秦风"就是这个区域的诗。

《秦风》包括十首诗歌：车邻、驷驖、小戎、蒹葭、终南、黄鸟、晨风、无衣、渭阳和权舆。

【赏析】

《蒹葭》是《诗经》中的抒情名篇，在《秦风》中与其他秦诗大异其趣，独具一格。全诗主要描述了主人公对美好爱情的执着追求而却求之不得的惆怅心情。作品不仅文字很简单，前后三章只更换了个别的字，而且内容也极为单纯，选取的是古今中外永恒的爱情题材，描写的是男女恋爱时的情景。诗人仅选取一个特定的场景来做简单的描写：在一个深秋的清晨，有位恋者在蒹葭泛白的河畔徘徊往复，神魂颠倒，心焦地寻求他思念的心上人。全诗三章重章迭唱，后两章只是对首章文字略加改动而成，形成各章内部韵律协和而各章之间韵律参差的效果，也造成了语义的往复推进。作品给予人们的美感非常丰富，让人百读不厌。

此外，本诗的主旨也可超乎爱情之外，象征对一切美好事物的不懈追求。《蒹葭》的主人公所追求的，也是自己心目中尽善尽美的理想，因此不惜一切代价去上下求索，不断追求。

优秀的作品总会在后代得到不断的回应，"蒹葭之思""蒹葭伊人"一度成为旧时书信中常见的怀人套语；曹植的《洛神赋》、李商隐的《无题》诗也是《蒹葭》所表现的主题的回应；而当代台湾通俗小说家琼瑶的一部言情小说就叫做《在水一方》，同名电视剧的主题歌就是以此诗为本改写的。由此可见，《蒹葭》一诗的影响是多么深远。

郑风·风雨　　无名氏

【原文】

风雨凄凄，鸡鸣喈喈①。
既见君子，云胡不夷②。
风雨潇潇，鸡鸣胶胶③。
既见君子，云胡不瘳④。
风雨如晦⑤，鸡鸣不已。
既见君子，云胡不喜。

【注释】

①喈（jiē）喈：鸡鸣声。

②云：语助词。胡：何。夷：平，指心中平静。

③胶胶：或作"嘐嘐"，鸡鸣声。

④瘳（chōu）：病愈，此指愁思萦怀的心病消除。

⑤晦（huì）：夜晚。

【作者】

《郑风》为《诗经》国风中的内容，十五国风之一。为先秦时代郑地汉族民歌。春秋时代郑国的统治区大致包括今河南的郑州、荥阳、登封、新密、新郑一带地方。"郑风"就是这个区域的诗。

《郑风》包括二十一首诗歌：缁衣、将仲子、叔于田、大叔于田、清人、羔裘、遵大路、女曰鸡鸣、有女同车、山有扶苏、萚兮、狡童、褰裳、丰、东门之墠、风雨、子衿、扬之水、出其东门、野有蔓草和溱洧。

【赏析】

《风雨》是《诗经·郑风》中的一篇，为先秦时代郑地汉族民歌。

这是一首风雨怀人的名作。全诗三章，每章十二字。在一个"风雨凄凄，鸡鸣喈喈"的早晨，生动地描述了一位苦苦怀人的女子，于"既见君子"之时，那种喜出望外的激动心情，真可谓溢于言表，难以形容，唯一唱三叹而长歌之。三章迭咏，诗境单纯，具有丰富的艺术意蕴。

全诗既没有描写未见之前绵绵无尽的相思，也没有描写相见之后相拥相泣的欢欣，而是重点渲染了"既见"时的喜出望外——"云胡不夷""云胡不瘳""云胡不喜"。读者可以在脑海中勾勒这样一幅画面：丈夫久别在外，妻子在家中非常思念，尤其是在风雨交加的夜里，思念的同时又加上了几分担心。因为思念所以失眠，因为失眠所以窗外的风雨声和报晓的鸡鸣声都听得那样清晰。正当妻子心神不宁的时候，丈夫突然出现在了自己的面前，一下子所有的思念和担心都消失了。无需再多言，读者完全可以想象出两人见面之后幸福的拥抱与呢喃的倾诉。而此时凄风苦雨中的群鸡乱鸣，也似成了煦风春雨时的群鸡欢唱了。

明末清初的大文学家王夫之在《姜斋诗话》中说："以乐景写哀，以哀景写乐，一倍增其哀乐。"本诗就是这一观点的完美体现。夫妻久别重逢，自然是再高兴不过的事情，可是诗人却把这重逢的环境安排在一个鸡犬乱叫、风雨交加的清晨，这正是修辞上的反衬之法。诗人还非常讲求炼词申意，每一个词的使用都恰如其分，尤其是迭章易字中所易之字，通过这些字的变换，细腻地表现出了主人公的不同感受。诗中，随着环境的变化，妻子"既见君子"的心态也渐次而进。"云胡不夷"，以反诘句式，语气热烈，可见她心情很高兴；"云胡不瘳"，讲的是思念成疾，见到丈夫立即大病初愈，这里语气已经加深；待到末章的"云胡不喜"，则可以看见无尽的喜悦之

情跃然纸上。天气由夜晦而至晨晦，鸡鸣由声微而至声高，情感的变化则由乍见惊疑而至确信高呼。方玉润在《诗经原始》对此评价说："此诗人善于言情，又善于即景以抒怀，故为千秋绝调。"

卫风·木瓜　　无名氏

【原文】

投我以木瓜，报之以琼琚①。

匪报也，永以为好也②。

投我以木桃，报之以琼瑶③。

匪报也，永以为好也。

投我以木李，报之以琼玖④。

匪报也，永以为好也。

【注释】

①投：赠送。木瓜：一种蔷薇科木瓜属树木的果实，色黄而香，可供食用、入药。琼琚（jū）：美玉。

②匪：不是。好：相好。

③木桃：又名狭叶木瓜、毛叶木瓜。琼瑶：美玉。

④木李：又名木梨，可食用。琼玖（jiǔ）：浅黑色的美玉。

【作者】

《卫风》，《诗经》十五国风之一。先秦时代卫国（今河南淇县一带）民歌。当时，邶、鄘、卫都属卫地范围。

《卫风》包括十篇诗歌：淇奥、考槃、硕人、氓、竹竿、芄兰、河广、伯兮、有狐与木瓜。

【赏析】

《木瓜》是《诗经·卫风》中的名篇之一，为先秦时代卫地汉族民歌，通常被认为是描述男女情谊的佳篇。

全诗共三章，每章四句。全诗句式新颖独特，韵味跌宕有致，在歌唱时容易取得声情并茂的效果，是一首通过赠答表达深厚情意的佳作。

本诗也可看作是对"受赠"和"回报"的看法。"投我以瓜果，报之以美玉"，回报的东西价值要比受赠的东西大得多，这体现了一种人类的高尚情感（包括爱情，也包括友情）。这种情感重的是心心相印，是精神上的契合，因而回赠的东西及其价值的高低实际上只具有象征性的意义，表现的是对他人、对自己情意的珍视，所以说"匪报也"。因此诗主旨说法多不同，而"木瓜"作为文学意象也就被赋予了多种不同的象征意义，可以根据背景的不同做相应的解读。

总之，作者想要表达的就是：珍重、理解他人的情意便是最高尚的情意。

王风·黍离　　无名氏

【原文】

彼黍离离，彼稷之苗①。

行迈靡靡，中心摇摇②。

知我者谓我心忧，不知我者谓我何求。

悠悠苍天，此何人哉？

彼黍离离，彼稷之穗③。

行迈靡靡，中心如醉④。

知我者谓我心忧，不知我者谓我何求。

悠悠苍天，此何人哉？

彼黍离离，彼稷之实⑤。

行迈靡靡，中心如噎⑥。

知我者谓我心忧，不知我者谓我何求。

悠悠苍天，此何人哉？

【注释】

①黍（shǔ）：俗称"黍子"，碾成的米叫黏黄米。离离：茂盛的样子。稷（jì）：谷子。

②行迈：远行。靡（mí）靡：迟迟，犹疑不决。中心：心中。摇摇：心中愁闷，心神不宁。

③穗（suì）：黍子聚生在茎的顶端的花，这里是说黍苗已经开花。

④醉：指内心迷醉。

⑤实：指黍苗的果实。

⑥噎（yē）：食物塞住咽喉。此处指忧深气逆不能呼吸。

【作者】

《王风》，是《诗经》十五国风之一，为东周洛邑地区之诗歌。

《王风》包括十篇诗歌：黍离、君子于役、君子阳阳、扬之水、中谷有蓷、兔爰、葛藟、采葛、大车与丘中有麻。

【赏析】

《黍离》是《诗经·王风》中的名篇之一，是东周都城洛邑周边地区的民歌。

该诗的主旨是"悯宗周也"（《诗序》），即周平王东迁后不久，朝中一位大夫行役至旧都镐京（宗周），见到昔日的繁盛荣华尽失，只有一片葱郁的黍苗尽情地生长，不禁悲从中来，涕泪沾巾，从而写下了这首诗。

此诗三章结构相同，取同一物象不同时间的表现形式完成时间流逝、情景转换、心绪压抑三个方面的发展，在迂回往复之间表现出主人公不胜忧郁之状。全诗由物及情，寓情于景，情景相谐，在空灵抽象的情境中传递出悲悯情怀，蕴含着深沉的忧国思国之情。诗中所蕴涵的那份因时世变迁所引起的忧思与沧桑感溢于言表，令人一唱三叹，带给读者以强烈的心灵震撼。

另外，诗中除了黍和稷是具体物象之外，其他都是空灵抽象的情境，抒情主体"我"具有很强的不确定性，让读者不由自主地联想到各自不同的遭际，从而引起情

感上的共鸣。面对虽无灵性却充满生机的大自然，令人生起对自命不凡却无法把握自己命运的人类的前途的无限忧思。这种忧思只有"知我者"才会理解，可"悠悠苍天，此何人哉?"！这充满失望悲愤的呼号，与陈子昂的"前不见古人，后不见来者，念天地之悠悠，独怆然而涕下"具有相同的高远意境。

九歌·国殇① 屈原

【原文】

操吴戈兮被犀甲，车错毂兮短兵接②。

旌蔽日兮敌若云，矢交坠兮士争先③。

凌余阵兮躐余行，左骖殪兮右刃伤④。

霾两轮兮絷四马，援玉枹兮击鸣鼓⑤。

天时坠兮威灵怒，严杀尽兮弃原野⑥。

出不入兮往不反，平原忽兮路超远⑦。

带长剑兮挟秦弓，首身离兮心不惩⑧。

诚既勇兮又以武，终刚强兮不可凌⑨。

身既死兮神以灵，魂魄毅兮为鬼雄⑩。

【注释】

①国殇：祭祀为国牺牲的英雄。殇（shāng）：未成年而死，或在外战死。

②操：持。吴戈：吴地所产的戈，以锋利著称，代指锋利的兵器。被：同"披"。犀甲：犀牛皮做的铠甲。车错毂：指敌我双方战

车交错。错：交错。毂（gǔ）：车轮中心内贯车轴、外承辐条的部位。短兵：尺寸较短的冷兵器，如短刀、剑等的统称。兵：兵器。接：接触。

③旌（jīng）：旌旗。若云：形容众多，遮天蔽日。矢交坠：两军阵前对射，箭交相坠落。士争先：战士前仆后继，奋勇向前。

④凌：侵犯。阵：阵脚，队形。躐（liè）：践踏。行：行列，队伍。骖（cān）：古代四马驾车位于两侧的马。殪（yì）：死。刃伤：被兵器砍伤。

⑤霾（mái）：通"埋"。絷（zhí）：缚住。古代作战，在即战将败时，军队埋轮缚马，表示坚守不退。另一说法是，车轮陷进深深的污泥里，虽然战马竭尽全力但仍然不能将战车拉起来，就好像车轮被埋起、战马被拴住一样，形容战事激烈。援（yuán）：拿起。玉枹（fú）：用玉装饰的鼓槌。

⑥天时坠：指黄昏日落。坠：一说"怼（duì）"，怨恨。威灵怒：神灵震怒。这里指战争惨烈，直杀得天怨神怒。严杀：激战痛杀。尽：完，指全部战死。

⑦反：同"返"。忽：辽阔渺茫。超远：遥远。

⑧秦弓：秦地所产的弓，指良弓。惩：后悔。

⑨诚：实在，确实。勇：精神英勇。武：身体有力量。终：毕竟，到底。

⑩毅：刚强。鬼雄：鬼中的英雄豪杰。

【作者】

屈原（约公元前340～公元前278年），战国时期楚国政治家，中国最早的大诗人。名平，字原，又自云名正则，字灵均。学识渊博，初辅佐楚怀王，任三闾大夫、左徒。主张对内举贤能，修明法度，对外力主联齐抗秦。因遭贵族排挤，被流放沅湘流域。后因楚国政治腐败，首都郢被秦攻破，既无力挽救，又深感政治理想无法实现，遂投汨罗江而死。他写下了《离骚》《九章》《九歌》等许多不朽诗篇。其诗抒发了炽热的爱国主义思想感情，表达了对楚国的热爱，体现了他对理想的不懈追求和为此九死不悔的精神。他在吸收民间文学艺术营养的基础上，创造出"骚体"这一新形式，以优美的语言、丰富的想象，融化神话传说，塑造出鲜明的形象，富有积极浪漫主义精神，对后世影响很大。其传世作品，均见汉代刘向辑集的《楚辞》。

"楚辞"是屈原创作的一种新诗体，并且也是中国文学史上第一部浪漫主义诗歌总集。"楚辞"的名称，西汉初期已有之，至刘向乃编辑成集。东汉王逸作章句。原收战国楚人屈原、宋玉及汉代淮南小山、东方朔、王褒、刘向等人辞赋共十六篇。后王逸增入己作《九思》，成十七篇，分别是：《离骚》《九歌》《天问》《九章》《远游》《卜居》《渔父》《九辩》《招魂》《大招》《惜誓》《招隐士》《七谏》《哀时命》《九怀》《九叹》《九思》。全书以屈原作品为主，其余各篇皆承袭屈赋的形式。

【赏析】

《国殇》是战国时期楚国伟大诗人屈原《楚辞·九歌》中的经典名篇，是一首追悼楚国阵亡将士的祭祀乐歌。

当时楚国与强秦有过数次较大规模的战争，并且大多数是楚国抵御秦军入侵的卫国战争。自楚怀王十六年（公元前 313 年）起，楚国曾经和秦国发生多次战争，都是秦胜而楚败。仅据《史记·楚世家》记载：楚怀王十七年（公元前 312 年），楚秦战于丹阳（在今河南西峡以西一带），楚军大败，大将屈殇被俘，甲士被斩杀达 8 万，汉中郡为秦所有。楚以举国之兵力攻秦，再次大败于蓝田。

楚怀王二十八年（公元前 301 年），秦与齐、韩、魏联合攻楚，杀楚将唐昧，取重丘（今河南泌阳北）。次年，楚军再次被秦大败，将军景缺阵亡，死者达2万。再次年，秦攻取楚国8城，楚怀王被骗入秦结盟，遭到囚禁，其子顷襄王即位。公元前298年（顷襄王元年），秦再攻楚，大败楚军，斩首5万，攻取析（今河南西峡）等15座城池。在屈原生前，据以上统计，楚国就有15万以上的将士在与秦军的血战中横死疆场。蒋骥《山带阁注楚辞》指出：《国殇》之作，乃因"怀、襄之世，任馋弃德，背约忘亲，以至天怒神怨，国蹙兵亡，徒使壮士横尸膏野，以快敌人之意。原盖深悲而极痛之"。古代将尚未成年（不足20岁）而夭折的人称为殇，也用以指未成丧礼的无主之鬼。按古代葬礼，在战场上"无勇而死"者，照例不能敛以棺椁，葬入墓域，也都是被称为"殇"的无主之鬼。在秦楚战争中，战死疆场的楚国将士因是战败者，

故而也只能暴尸荒野，无人替这些为国战死者操办丧礼，进行祭祀。正是在一背景下，放逐之中的屈原创作了这一不朽名篇。

此诗歌颂了楚国将士的英雄气概和爱国精神，对雪洗国耻寄予热望，抒发了作者热爱祖国的高尚感情。全诗情感真挚炽烈，节奏鲜明急促，抒写开张扬厉，传达出一种凛然悲壮、亢直阳刚之美。全诗共分为两节。第一节十句，主要描写了一场短兵相接的战斗场面，再现了楚国将士为夺取胜利而战死沙场的壮烈场景。第二节八句，以饱含情感的笔墨，讴歌了死难将士为国捐躯的高尚气节，表达了诗人对洗雪国耻的渴望和对正义事业必胜的信念。全诗节奏紧迫，读罢让人有一种气壮山河之感。

楚国灭亡后，楚地流传过这样一句话："楚虽三户，亡秦必楚。"屈原此作在颂悼阵亡将士的同时，也隐隐表达了对洗雪国耻的渴望，对正义事业必胜的信念，从此意义上说，他的思想是与楚国广大人民息息相通的。

易水歌　　　　荆轲

【原文】

风萧萧①兮易水②寒，
壮士一去兮不复还。

【注释】

①萧萧：形容风声。

②易水：水名，源出河北省易县，是当时燕国的南界。

【作者】

荆轲（？ ~ 公元前227年），姜姓，庆氏（古时"荆"音似"庆"）。战国末期卫国朝歌（今河南鹤壁淇县）人，战国时期著名刺客，也称庆卿、荆卿、庆轲，是春秋时期齐国大夫庆封的后代。喜好读书击剑，为人慷慨侠义。后游历到燕国，随之由田光推荐给太子丹。

战国后期，秦国发动了兼并六国的战争，自公元前230年始，相继攻韩、克赵、击魏、破楚、灭卫，弱小的燕国也危在旦夕。秦王政二十年（公元前227年），为阻止秦国的进攻，燕太子丹请荆轲谋刺秦王嬴政。为报国仇，亦为了答谢太子丹的知遇之恩，荆轲慨然应允，准备以秦叛将樊於期的首级和献燕督亢地图为由，接近秦王刺杀他。出发时，燕太子丹同众宾客送荆轲至易水河畔，荆轲的好友高渐离击筑（一种形状似筝的古代乐器），荆轲高声地吟唱出这首短歌。

荆轲与秦舞阳入秦后，秦王在咸阳宫隆重召见了他，在交验樊於期头颅，献督亢（今河北涿县、易县、固安一带）之地图，图穷匕首见，荆轲刺秦王不中，被秦王拔剑击成重伤后为秦侍卫所杀。

【赏析】

《易水歌》，一作《渡易水歌》，是战国时期荆轲将为燕太子丹去秦国刺杀秦王在易水饯别之际所作的一首楚辞，是一个身赴虎穴，自知不能生还的壮士的慷慨悲歌。

全诗仅两句。第一句通过描写秋风萧瑟、易水寒冽，极述天地愁惨之状，渲染了苍凉悲壮的肃杀气氛，透露出歌者激越澎湃的感情。第二句表现主人公大义凛然、义无反顾、抱定必死决心深入虎穴的献身精神。全辞语言简洁直白，情景交融，是中国古代诗歌中的一曲绝唱。

对荆轲的行为，自古以来评价不一。有人说荆轲是舍生取义的壮士，有人说他是微不足道的亡命徒，还有人说他是中国古代的恐怖分子。这些我们暂时不去讨论，仅从歌辞本身而言，这首不假修饰、质朴无华的歌辞，"写出天地愁惨之状，极壮士赴死如归之情"（《岁寒堂诗话》）。正是因为荆轲情动于中而行于言，才使之具有了感秋风、动易水、惊天地、泣鬼神的慷慨激越的情怀，呈现出回肠荡气的巨大魅力。

大风歌　　　　刘邦

【原文】

大风起兮云飞扬，

威加海内兮归故乡①，

安得猛士兮守四方②。

【注释】

①威：威力，威望，威武。加：凌驾。海内：四海之内，即"天下"。

②安得：怎样得到。安：哪里，怎样。四方：指代国家。

【作者】

刘邦（公元前 256 ~ 公元前 195 年），沛丰邑中阳里（今徐州丰县）人，汉朝开国皇帝，史称"汉高祖"。中国历史上杰出的政治家、卓越的战略家和指挥家。对汉族的发展以及中国的统一有突出贡献。

汉高祖刘邦在击破英布军以后，回长安时，途经故乡（沛县）时，邀集父老乡亲饮酒。酒酣，刘邦击筑（一种打击乐器）高歌，唱了这首《大风歌》，表达了他维护天下统一的豪情壮志。

【赏析】

《大风歌》是汉高祖刘邦创作的一首诗歌，是他平黥布回来路过沛县，邀集故人饮酒时唱的一首歌。公元前196年，刘邦出兵东征，平定淮南王黥布（也叫英布）的叛乱。回归途中，经过沛县，他邀集家乡旧友和父老兄弟，一起饮酒，在宴席上他唱起这首大风歌，抒发了他的政治抱负，也表达了他对国事忧虑的心情。

这首诗一共只有三句，前两句直抒胸臆，雄豪自放，充满着一种王霸之气；最后一句却抒发了作者内心表现出对国家尚不安定的担忧。

第一句"大风起兮云飞扬"，唐代的李善曾解释说："风起云飞，以喻群雄竞逐，而天下乱也。"一是指秦末群雄纷起、争夺天下的情状，二是指汉初英布等人的反叛。刘邦得以战胜项羽，依靠的是许多支军队的协同作战。这些军队，有的是他的盟军，本无统属关系；有的虽然原是他的部属，但由于在战争中实力迅速增强，已成尾大不掉之势。项羽失败后，如果这些军队联合起来反对他，他是无法应付的。因此，在登上帝位的同时，他不得不把几支主要军队的首领封为王，让他们各自统治一片相当大的地区；然后再以各个击破的策略，把他们陆续消灭。

第二句"威加海内兮归故乡"，则是说自己在这样的形势下夺得了帝位，因而能够衣锦荣归。这里，作者显得踌躇满志。

然而，在这种志得意满的背后，作者也有隐忧。因为作为皇帝，要想保住天下，必须有猛士为他守卫四方。但世上有没有这样的猛士？如果有，他又能否找到他们并使之为自己的江山效命？这就并非完全取决于他自己了。所以，第三句的"安得猛士兮守四方"，既是希冀，又是疑问。对于是否找得到捍卫四方的猛士，也即自己的天下是否守得住，他不但毫无把握，而且深感忧虑和不安。假如说项羽的《垓下歌》表现了失败者的悲哀，那么《大风歌》则显示了胜利者的悲哀。这里既有惺惺相惜之感，又有对前途未卜的焦灼和恐惧。这就难怪他在载歌载舞时要"慷慨伤怀，泣数行下"（《汉书·高帝纪》）了。

垓下歌 项羽

【原文】

力拔山兮气盖世。

时不利兮骓不逝①。

骓不逝兮可奈何②！

虞兮虞兮奈若何③！

【注释】

①骓（zhuī）：毛色苍白相杂的马。指项羽的坐骑乌骓马。不逝：指难以奔驰。

②奈何：怎么办。

③虞：指虞姬。若：你。

【作者】

项羽（公元前232～公元前202年），名籍，字羽，楚国下相（今江苏宿迁）人，楚国名将项燕之孙，他是中国军事思想"兵形势"代表人物（兵家四势：兵形势、兵权谋、兵阴阳、兵技巧），以勇武闻名的军事家。

项羽早年跟随叔父项梁在吴中（今江苏苏州）起义反秦，项梁阵亡后他率军渡河救赵王歇，于巨鹿之战击破章邯、王离率领的秦军主力。秦亡后称西楚霸王，定都彭城（今江苏徐州），实行分封制，封灭秦功臣及六国贵族为王。

而后汉王刘邦从汉中出兵进攻项羽，项羽与其展开了历时四年的楚汉战争，期间虽然屡屡大破刘邦，但项羽始终无法有固定的后方补给，粮草殆尽，又猜疑亚父范增，最后反被刘邦所灭。公元前202年，项羽兵败垓下（今安徽灵璧县南），突围至乌江（今安徽和县乌江镇）边自刎而死。《垓下歌》就是项羽在败亡之前吟唱的一首哀诗。

【赏析】

《垓下歌》是西楚霸王项羽在进行必死战斗的前夕所作的绝命词，同时也是足以惊神泣鬼的一曲壮歌，抒发了项羽在汉军的重重包围之中那种充满怨愤但又无可奈何的心情。

秦亡以后，在长达五年的时间内项羽与刘邦展开了争夺天下的战争。但由于坑杀20万秦国降卒，进咸阳后又烧杀抢掠，项羽早已失去民心，仅分封诸侯的做法，就完全背离

了黎民百姓渴望安定统一的愿望。项羽终于在垓下（在今安徽灵璧县南沱河北岸）陷入刘邦的重重包围之中，损兵折将，粮草吃尽，到了山穷水尽的地步。在一个黑沉沉的夜里，忽然听到从四面刘邦的军营中传来一阵阵楚国的歌声，项羽大吃一惊，误认为汉军已经把楚国全部占领，他慌张地从床上爬起来，饮酒消愁。项羽身边有一个美人，名叫虞姬，十分得宠，多年来一直跟随左右，与他形影不离；还有一匹毛色青白相间的骏马，项羽经常骑着它行军打仗。项羽看着即将永别的美人，看着心爱的骏马，忍不住唱出了这首慷慨悲壮的《垓下歌》。作诗之后，项羽率部突围，虽曾杀伤敌军多人，终因兵力单薄，自刎于乌江（今安徽和县东北）。

"力拔山兮气盖世"，诗歌的第一句，就使读者看到了一个举世无匹的英雄形象。通过虚实结合的手法，他把自己叱咤风云的气概生动地显现了出来。但从这一句诗中也可以看出，项羽夸大了个人的力量，这是他失败的一个重要原因。

然而，在第二、三句里，这位盖世英雄却突然变得苍白无力。这两句是说：由于天时不利，就连一直跟随他南征北战的那匹名马乌骓马也不能向前行进了，这使他陷入了失败的绝境而无法自拔，只好徒唤"奈何"。

项羽知道自己的灭亡已经无法避免，他的事业就要烟消云散，但他没有留恋，没有悔恨，甚至也没有叹息。他所唯一忧虑的，是他所挚爱的、经常陪伴他东征西讨的一位美人——虞姬的前途；毫无疑问，在他死后，虞姬的命运将会十分悲惨。于是，尖锐的、难以忍受的痛苦深深地啮噬着他的心，他无限哀伤地唱出了这首歌的最后一句："虞兮虞兮奈若何？"在这简短的语句里既包含着深沉的、刻骨铭心的爱，同时也有一种回天无力的无奈与悲叹！项羽关心他们的命运，不忍弃之而去。虞姬也很悲伤，眼含热泪，起而舞剑，边舞边歌，唱道：

"汉兵已略地，四面楚歌声。大王意气尽，贱妾何聊生？"歌罢，自刎身亡，好不悲壮！

全诗以短短的四句，表现出丰富的内容和复杂的感情，其中既洋溢着无与伦比的豪气，又蕴含着满腔深情；既显示出罕见的自信，却又为人的渺小而沉重地叹息。

读完全诗，让人心生感慨：无论是谁，无论他曾经怎样的不可一世、煊赫一时，如果他办事不遵循王者之道而失去民心，使事态发展到不可收拾的地步，到那时，即便有移山倒海之力，也难免失败的结局，到那时即便后悔也已晚矣。

凤求凰　　　司马相如

【原文】

其一

有一美人兮，见之不忘。

一日不见兮，思之如狂。

凤飞翱翔兮，四海求凰。

无奈佳人兮，不在东墙①。

将琴代语兮，聊写衷肠。

何时见许②兮，慰我彷徨。

愿言配德兮，携手相将③。

不得于飞④兮，使我沦亡。

其二

凤兮凤兮归故乡，遨游四海求其凰。

时未遇兮无所将，何悟今兮升⑤斯堂！

有艳淑女在闺房，室迩人遐⑥毒我肠。

何缘交颈为鸳鸯，胡颉颃⑦兮共翱翔！

凰兮凰兮从我栖，得托孳尾永为妃⑧。

交情通意心和谐，中夜相从知者谁？

双翼俱起翻高飞，无感我思使余悲。

【注释】

①东墙：指美丽多情的女子。战国时期，楚国著名诗人宋玉的东面邻居家有一个长得非常美丽的女儿，她爱慕宋玉的才能，每天登上墙头窥视宋玉。整整三年时间，宋玉没有看出她的心思而与她交往。

②见许：答应我。

③配德：谓德行堪与匹配。相将：相随，相伴。

④于飞：指凤和凰相偕而飞。喻夫妻相亲相爱。亦常用以祝人婚姻美满之辞。

⑤升：飞入。

⑥室迩人遐：房屋就在近处，可是房屋的主人却离得远了。多用于思念远别的人或悼念死者。迩（ěr）：近。遐（xiá）：遥远。

⑦颉颃（xié háng）：原指鸟上下翻飞，引申为不相上下，互相抗衡。

⑧孳（zī）尾：动物交配繁殖，后多指交尾。妃：婚配，配偶。

【作者】

司马相如（约公元前179～公元前118年），字长卿，巴郡安汉县（今四川省南充市蓬安县）人，一说蜀郡（今四川成都）人。西汉大辞赋家。司马相如是中国文学史上杰出的代表，是西汉盛世汉武帝时期伟大的文学家与杰出的政治家。景帝时为武骑常侍，因病免。工辞赋，其代表作品为《子虚赋》。作品词藻富丽，结构宏大，使他成为汉赋的代表作家，后人称之为"赋圣"和"辞宗"。

【赏析】

《凤求凰》传说是汉代的汉族古琴曲，演绎了司马相如与卓文君的爱情故事。卓文君是一个美丽聪明、精诗文、善弹琴的女子，可叹的是十七岁年纪轻轻，便在娘家守寡。某日席间，只因司马相如两曲《凤求凰》多情而又大胆的表白，让久慕司马相如之才的卓文君，一听倾心，一见钟情。可是他们之间的爱恋受到了父亲的强烈阻挠。卓文君凭着自己对爱情的憧憬，对追求幸福的坚定，以及非凡的勇气，毅然在漆黑之夜，逃出卓府，与深爱的人私奔。二人当垆卖酒为生，生活艰难，但两人感情日深，最终也得到了父亲的原谅。这便是流传千古的"凤求凰"的故事。后人根据二人的爱情故事，谱成了经久不衰的琴谱"凤求凰"，千百年来吟唱不衰。

第一首表达了司马相如对卓文君的无限倾慕和热烈追求。相如自喻为凤，比文君为凰。这里有三层意思：其一，凤凰是传说中的神鸟，雄曰凤，雌曰凰，为"天地之灵"，"鸟中之王"。相如当时在文坛上已负盛名，文君亦才貌超绝非等闲女流，故此处比为凤凰，正有浩气凌云、自命非凡之意。其二，古人常以"凤凰于飞"、"鸾凤和鸣"喻夫妻和谐美好。此处则以凤求凰喻相如向文君求爱，而"遨游四海"，则意味着佳偶之难得。其三，凤凰自古与音乐相关，而文君雅好音乐，相如以琴声"求其凰"，正喻以琴心求知音之意。故此，司马相如"将琴代语兮，聊写衷肠"，并进一步表明自己的决心——"不得于飞兮，使我沦亡"。

第二首开头一句，作者说自己"遨游四海求其凰"更加强了一层寓意，既说明了自己"四处求索"终得见佳人的欣喜，又隐喻相如自身的宦游经历：此前他曾游京师，被景帝任为武骑常侍，因景帝不好辞赋，相如志不获展，因借病辞官客游梁。梁孝王广纳文士，相如在其门下"与诸生游士居数岁"。后因梁王卒，这才返"归故乡"。后文则写得更为大胆炽烈直白，竟然暗约文君半夜幽会，并一起私奔。二、三两句呼唤文君前来幽会结合，四、五句暗示彼此情投意合连夜私奔，不会有人知道；六、七句表明二人要一起远走高飞，叮咛对方不要使自己失望而悲伤。司马相如之所以如此大胆无忌，是因为他已在事前买通文君婢女暗通殷勤，对文君寡居的心理状态和爱情理想亦早有了解，这才以琴心挑之，直言无忌到近乎"下流"。

　　这两首琴歌之所以使得后人津津乐道，首先在于"凤求凰"表现了强烈的反封建思想。相如与文君大胆冲破了封建礼教的罗网和封建家长制的樊篱，成为后代男女青年争取婚姻自主、恋爱自由的一面旗帜。《西厢记》中，张生亦隔墙弹唱《凤求凰》，说："昔日司马相如得此曲成事，我虽不及相如，愿小姐有文君之意。"《墙头马上》中李千金，在公公面前更以文君私奔相如为自己私奔辩护；《玉簪记》中潘必正亦以琴心挑动陈妙常私下结合等，足见《凤求凰》反封建之影响深远。

　　全诗言浅意深，音节铿锵，感情热烈奔放而又深挚缠绵，将楚辞骚体的旖旎和汉代民歌的清新融为一体，水乳交融。

　　下面说一点花絮，算是为此诗做一个注脚吧。

　　司马相如娶得美人归之后，经历一番波折，终于在事业上展露锋芒，被举荐做官。他久居京城，赏尽风尘美女，加上官场得意，竟然产生了弃妻纳妾之意。曾经患难与共，情深意笃的日子此刻早已忘却，哪里还记得千里之外还有一位日夜倍思丈夫的妻子？文君独守空房，日复一日年复一年地过着寂寞的生活。为此，卓文君写了一首《白头吟》，诗中写道："……闻君有两意，故来相决绝。愿得一心人，白头不相离。……"表达了她对爱情的执着和向往以及一个女子独特的坚定和坚韧，也为她们的故事增添了几分美丽的哀伤。

终于某日，司马相如给妻子送出了一封十三字的信：一二三四五六七八九十百千万。聪明的卓文君读后，泪流满面。一行数字中唯独少了一个"亿"，无亿岂不是表示夫君对自己"无意"的暗示？她，心凉如水。怀着十分悲痛的心情，回了一封凄怨的《怨郎诗》与《诀别书》，其爱恨交织之情跃然纸上。

《怨郎诗》曰：

一别之后，二地相悬。虽说是三四月，谁又知五六年。七弦琴无心弹，八行书无可传，九连环从中折断，十里长亭望眼欲穿。百思想，千系念，万般无奈把郎怨。

万语千言说不完，百无聊赖十倚栏。重九登高看孤雁，八月中秋月圆人不圆。七月半，秉烛烧香问苍天，六月伏天人人摇扇我心寒。五月榴花红似火，偏遇阵阵冷雨浇花端。四月枇杷黄，我欲对镜心意乱。三月桃花飘零随水转，

二月风筝线儿断。噫，郎呀郎，巴不得下一世，你为女来我做男。

《诀别书》曰：

春华竞芳，五色凌素，琴尚在御，而新声代故！锦水有鸳，汉宫有水，彼物而新，嗟世之人兮，瞀于淫而不悟！朱弦断，明镜缺，朝露晞，芳时歇，白头吟，伤离别，努力加餐勿念妾，锦水汤汤，与君长诀！

司马相如看完妻子的信，不禁惊叹妻子之才华横溢。遥想昔日夫妻恩爱之情，羞愧万分，从此不再提遗妻纳妾之事。这首诗也便成了卓文君一生的代表作数字诗。

卓文君用自己的智慧挽回了丈夫的背弃。她用心经营着自己的爱情和婚姻，终于苦尽甘来。他们之间最终没有背弃最初的爱恋和最后的坚守，这也使得他们的故事千转百回，成为流传千古的爱情佳话。

上邪　　无名氏

【原文】

上邪①！

我欲与君相知②，

长命无绝衰③。

山无陵，江水为竭④；

冬雷震震，夏雨雪⑤。

天地合，乃⑥敢与君绝！

【注释】

①上邪（yé）：汉时俗语，犹言"天啊"，意思是指天为誓。

②相知：相亲相爱。

③无绝衰：指与心上人相知相爱的情意永远不会断绝。

④陵：大土山。竭：干涸。

⑤震震：形容雷声。雨雪：降雪。

⑥乃：才敢。

【作者】

这首诗属于汉代乐府民歌中的《鼓吹曲辞》。《鼓吹曲辞》，又称为短箫铙歌。有人认为是"杂曲"的异称，其中一部分是一种军营中行用的乐曲。它使用一些由北方羌胡等少数民族传入的乐器演奏，富有塞外音乐的特点。有的采用民间闾里的歌谣，另有一些是文人的制作，内容较为庞杂，主要流行于汉至唐代。

汉魏六朝以乐府民歌闻名。"乐府"本是汉武帝设立的音乐机构，用来训练乐工、制定乐谱和采集歌词，其中采集了大量民歌，后来，"乐府"成为一种带有音乐性的诗体名称。今保存的汉乐府民歌有五六十首，真实地反映了下层人民的苦难生活。

【赏析】

与文人诗词喜欢描写少女初恋时的羞涩情态相反，在民歌中最常见的是以少女自述的口吻来表现她们对于幸福爱情的无所顾忌的追求。这首诗是汉乐府中的一首情歌，就是一位痴情女子对爱人的热烈表白，在艺术上很见匠心。

全诗想象丰富，构思奇特，诗的主人公在呼天为誓，直率地表示了"与君相知，长命无绝衰"的愿望之后，转而从"与君绝"的角度落墨，设想了三组五件奇特的自然变异现象，作为"与君绝"的条件：山河巨变——"山无陵，江水为竭"；四季颠倒——"冬雷震震，夏雨雪"；世界消失——"天地合"。这些设想一件比一件荒谬，一件比一件离奇，都是根本不可能发生之事。这就把主人公至死不渝的爱情强调得无以复加，以至于把"与君绝"的可能性从根本上排除了。由于这位姑娘表爱的方式特别出奇，表爱的誓词特别热烈，致使千载之下，这位姑娘的神情相貌仍能活脱脱地从纸上传达出来，令人如身临其境。

汉乐府以质朴见长，直抒胸臆，这首诗的主人公以一种独特的抒情方式准确地表达了热恋中的人特有的绝对化心理，堪称"短章之神品"。

清人张玉谷在《古诗赏析·卷五》中评价此诗时说："首三，正说，意言已尽；后五，反面竭力申说。如此，然后敢绝，是终不可绝也。迭用五事，两就地维说，两就天时说，直说到天地混合，一气赶落，不见堆垛，局奇笔横。"

北方有佳人　　　　李延年

【原文】

北方有佳人，绝世而独立①。
一顾倾人城，再顾倾人国②。
宁不知③，倾城与倾国？

佳人难再得。

【注释】

①绝世：冠绝当时，举世无双。

②倾城、倾国：原指因女色而亡国，后多形容妇女容貌极美。

③宁不知：怎么不知道。

【作者简介】

李延年（？～约公元前87年），约卒于公元前87年，西汉杰出音乐家，中山（今河北定县）人，其父母兄弟皆为乐人。起初犯法，受腐刑，被拘监中。后因其妹李夫人得宠于汉武帝，故被赦，颇受宠，官协律都尉，后来被杀。

李延年擅长歌舞，善创新声，曾为《汉郊祀歌·十九章》配乐，又仿张骞从西域传入的胡曲《摩诃兜勒》作新声二十八解，用于军中，称"横吹曲"。其诗歌今仅存这一首，载于《汉书·外戚传上·孝武李夫人》，被郭茂倩《乐府诗集》收入《杂歌谣辞》。

【赏析】

《北方有佳人》是汉代宫廷音乐家李延年的小诗。在汉武帝宠爱的众多后妃中，最令他生死难忘的，要数那位妙丽善舞的李夫人了；而李夫人的得幸，则是靠了她哥哥李延年的这首名动京师的佳人歌。《汉书·外戚传上》记载：在一次宫廷宴会上，李延年献舞时唱了这首诗。汉武帝听后不禁感叹道：世间哪有这样的佳人呢？汉武帝的姐姐平阳公主就推荐了李延年的妹妹。汉武帝召来一见，果然妙丽善舞。从此，李延年之妹成了汉武帝的宠姬李夫人，李延年也更加得到恩宠。

一阕短短的歌，居然能使雄才大略的武帝闻之而动心，立时生出一见伊人的向往之情。这在我国古代诗歌史上，恐怕是绝无仅有之例。它何以具有如此动人的魅力呢？

初看起来，这首歌的起句平平，对"佳人"的夸赞开门见山，一无渲染铺垫。但其意蕴，却非同凡俗。此歌以"北方"二字领起，简要点明佳人的来历。但北方的佳人何止千万？而此歌所瞩意的，则是万千佳人中"绝世独立"的一人而已。"绝世"夸其姿容出落之美，简直是并世无双；"独立"状其幽处娴雅之性，更见得超俗而出众。不仅如此，"绝世而独立"还隐隐透露出这位佳人独自凭栏而倚的孤独与哀愁，显得楚楚可怜。这就是平中蕴奇，只开篇两句，恐怕就令武帝生出对佳人的神往之心了。

下面两句，是全诗的核心与高潮。北方佳人既如此脱俗可爱，当其顾盼之间，又该有怎样美好的风姿呢？要表现这一点，就不太容易了。然而，这位富于才情的音乐家，却出人意外地唱出了"一顾倾人城，再顾倾人国"的奇句——她只要对守卫城垣的士卒瞧上一眼，便可令士卒弃械、墙垣失守；倘若再对驾临天下的人君"秋波那么一转"，亡国灭宗的灾祸，可就要降临其身了！表现佳人的顾盼之美，竟然发为令人生畏的"倾城""倾国"之语，真是匪夷所思！但如果不是这样夸张，又何以显出这位佳人惊世骇俗的美好风姿？而正因为这风姿美得令人生畏，才更让人心驰神往、倍加牵怀。诗人极尽夸张之能事，危言耸听，但绝不是以此来昭示君王，求鉴前史，而是反其意而用之，以其具有倾城倾国的巨大魅力来极言佳人之美，达到引动君王思美之心的目的。紧接着，"倾城""倾国"的字眼二度出现，推荐美人的主旨非常鲜明。先言有此绝美之人，再言美人的惊人魅力，然后向君王恳切呼告：您难道不知这具有倾城倾国之貌的佳人，一旦错过就再难得到了！拳拳之心，殷切之意，在一咏三叹之中得到了充分的表达，产生了摄人心魄的感染力，拨动了汉武帝的心弦。这二句故作取舍两难之语，实有"欲擒故纵"之妙：愈是强调佳人之不可近，便愈见其美；而愈是惋惜佳人之难得，就愈能促人赶快去获取。

作者的用意，正是要以深切的惋惜之辞，牵动武帝那难获绝世佳人的失落之感，从而迅速作出抉择。难怪武帝听完此歌，不禁发出"世岂有此人乎"的喟然叹息了。如此一来，李夫人在这样的时刻被荐举、召见，正适合于李延年这首非同凡响之歌所造成的情感氛围。

此诗既没有华美的辞藻，也没有细致的描绘，只是以简括甚至单调的语言，便形象地赞颂了一位举世无双的绝色美女。此诗看上去寻常，却也有奇崛之处。它以惊人的夸张和反衬，显示了自己的特色。透过那夸张的诗句，体现出一种自然、率真的美，又给读者留下了广阔的审美空间。

长歌行① 无名氏

【原文】

青青园中葵②，朝露待日晞。

阳春布德泽③，万物生光辉。

常恐秋节至，焜黄华叶衰④。

百川东到海，何时复西归⑤？

少壮不努力，老大徒伤悲⑥。

【注释】

①歌行：是我国古代诗歌的一种体裁，也叫"歌"、"行"，有长歌行、短歌行等。

②葵：我国古代重要的蔬菜之一，有紫茎、白茎两种，以白茎为多，叶大花小，花呈紫黄色。朝露：清晨的露水。晞（xī）：晒干。

③布：散布。德泽：恩惠。

④秋节：指农历八月十五日中秋节。焜（kūn）黄：颜色衰败的样子。华：同"花"。衰（cuī）：衰老，衰败。

⑤百川：泛指所有的河流。海：指东海。西归：指回流。

⑥少壮：年轻的时候。老大：年老的时候。徒：徒然，白白的。

【作者】

此诗选自汉代《乐府诗集》。汉乐府，原是汉代掌管音乐的官署，主要负责收集民间诗歌和乐曲。后来人们把由它收集来的配乐民歌或一些文人模拟这类民歌写的作品统称为"乐府"，乐府也就成了一种诗歌体裁。乐府诗中有许多流传千古的佳作，民歌是其中的精华，这些作品大都收录在宋代郭茂倩编的《乐府诗集》中。

郭茂倩（1041～1099年），字德粲，北宋郓州须城（今山东东平）人，其先祖为太原阳曲人，高祖郭宁，因官始居郓州。为莱州通判郭劝之孙，太常博士郭源明之子。神宗元丰七年（1084年）时为河南府法曹参军。编有《乐府诗集》百卷传世。

《乐府诗集》，是继《诗经·风》之后，一部总括中国古代乐府歌辞总集，现存100卷，是现存收集乐府歌辞最完备的一部。《乐府诗集》是汉朝、魏晋、南北朝民歌精华所在，内容十分丰富，反映社会生活面很广，主要辑录汉魏到唐、五代的乐府歌辞兼及先秦至唐末的歌谣，共5000多首。它搜集广泛，各类有总序，每曲有题解。

【赏析】

这是一首劝学诗。作者借百川归海，一去不回来比喻韶光易逝，感慨"少壮不努力，老大徒伤悲"，劝勉世人要珍惜光阴。

此诗借物言理，托物言志。首先以园中的葵菜作比喻，在春天的阳光雨露之下，万物都在争相努力地生长。因为它们都恐怕秋天到来，百草凋零。诗歌的前六句描绘了一幅春光明媚、花草繁茂、生机益然的春景图，第七和第八两句以一个巧妙生动的比喻，写出了岁月的无情。"百川东到海，何时复西归？"进一步指出，一个人应该趁年轻力壮，抓住青春年华，珍惜时光，及时努力，勤奋学习、工作，不可虚度光阴，免得到年老时空自悲叹、追悔莫及。结尾两句是诗人从生活中提炼概括出来的至理名言，浑厚有力，深沉含蓄，深深地打动了读者的心。诗歌结尾由对宇宙的探寻转入对人生价值的思考，得出"少壮不努力，老大徒伤悲"这一令人振聋发聩的结论，结束全诗。

全诗语言通俗质朴，浅显易懂，于平淡无奇中彰显深刻的人生哲理，读过之后令人振奋，引人深思。

这首诗向人们揭示了一个普遍的真理：世界上的一切事物都是发展变化的，都遵循由盛到衰、由少到老、

由生到死的客观规律。人生又何尝不是这样？时光短暂，转瞬即逝，所以人们要珍惜青春年华，趁年轻努力工作、积极学习，莫让年华付诸流水。如果不趁着大好时光努力奋斗，让青春白白地浪费，等到年老之时后悔也来不及了。

十五从军征 　　无名氏

【原文】

十五从军征，八十始得归。

道逢乡里人：家中有阿谁①？

遥看是君家，松柏冢累累②。

兔从狗窦入，雉从梁上飞③。

中庭生旅谷，井上生旅葵④。

舂谷持作饭，采葵持作羹⑤。

羹饭一时熟，不知贻阿谁⑥？

出门东向看，泪落沾我衣。

【注释】

①道逢：在路上遇到。阿（ā）：语气词，没有实在意义。

②冢累累：坟墓一个连着一个。冢（zhǒng）：坟墓。累累（léi léi）：连续不断的样子。

③狗窦：给狗出入的墙洞。窦（dòu）：洞穴。雉（zhì）：野鸡。

④中庭：屋前的院子。旅：旅生，植物未经播种而野生。

⑤舂（chōng）：把东西放在石臼或乳钵里捣掉谷子的皮壳或捣

碎。羹（gēng）：用菜叶做的汤。

⑥一时：一会儿就。贻（yí）：送，赠送。

【作者】

本篇出自《乐府诗集·横吹曲辞·梁鼓角横吹曲》。见《无名氏·长歌行》篇。

【赏析】

《十五从军征》是一首揭露封建社会不合理的兵役制度的汉代乐府民歌，反映了劳动人民在当时黑暗的兵役制度下的不平和痛苦，作品真实、深刻、令人感愤，催人泪下。

该诗描绘了一个在外征战的老兵返乡途中与到家之后的种种场景，通过主人公的遭遇，揭示了封建兵役制度给劳动人民造成的苦难，表达了诗人对封建兵役制度给劳动人民造成的苦难的怨恨与同情老兵的思想感情。

老兵还乡，得知亲人尽亡、目睹家园荒凉后，不禁悲从中来、泪沾衣襟。诗人以白描的手法刻画了一个几乎被迫服役终生的老兵形象，揭示了他凄楚、迷惘的内心世界，从而形象地反映了当时在沉重的徭役下平民百姓的悲惨遭遇，深刻地揭露了当时黑暗的社会现实。

这首乐府诗不仅抒发了这一老兵"少小离家老大回"的情感，也反映了当时的社会现实，具有一定的史诗意义。全诗突出写了"十五从军征，八十始得归"的老士兵的形象，也着力刻划了"家"的形象，同时只写了一笔的"乡里人"的形象也很鲜明。饱经风霜、苍老凄惶的老人，无须顾忌、直言不讳的乡亲，衰草古柏荒坟的家园，共同构成了一幅真实动人的具有社会意义的主题画面，典型地反映了汉代社会现实的一个侧面。尤其是主人公和他的家的相互映衬的叙写，把作品的主题和艺术水平都推向了一个新的高度：服了整整六十五年兵役的人，竟然还是全家唯一的幸存者，那些没有服兵役的亲人们，坟上松柏都已葱葱郁郁，可以想见他们生前贫寒凄苦的生活还不如每时每刻都可能牺牲的士卒。全诗写得既含蕴简洁，又深湛凝重，内容的取舍剪裁，结构的布置安排，都恰到好处，独具匠心，很好地收到了"意在言外"、主旨尽在言与不言中、意境深远、韵味绵长的艺术效果。

汉乐府民歌最基本的艺术特色在于它的叙事性较强，这首民歌也不例外。通篇叙述全用赋笔，篇中各种叙事手法交错运用，有景物描写，有人物对话，有对人物行动和细节的刻画，极富技巧。全诗叙事生动形象，层层深入，老兵的形象刻画得既典型又丰满，令人如闻其声，如见其人。

迢迢牵牛星　　　　无名氏

【原文】

迢迢牵牛星①，皎皎河汉女②。

纤纤擢素手③，札札弄机杼④。

终日不成章⑤，泣涕零如雨⑥。

河汉清且浅，相去复几许⑦？

盈盈一水间⑧，脉脉⑨不得语。

【注释】

①迢迢：遥远。牵牛星：隔银河和织女星相对，俗称"牛郎星"，是天鹰星座的主星，在银河东。

②皎皎：明亮的样子。河汉女：指织女星，是天琴星座的主星，

在银河北。河汉：即银河。

③擢（zhuó）：摆弄的意思。素：白皙。

④札（zhá）札：象声词。弄：摆弄。杼（zhù）：织布机上的梭子。

⑤章：指布帛上的经纬纹理，这里指整幅的布帛。

⑥涕：眼泪。零：落下。

⑦去：间隔。几许：多少。

⑧盈盈：清澈、晶莹的样子。

⑨脉（mò）脉：默默地用眼神或行动表达情意。

【作者】

此诗选自《古诗十九首》中的第十首。《古诗十九首》选自南朝梁萧统《文选》卷二九，此诗是《古诗十九首》之一。

《古诗十九首》，作者不详，时代大约在东汉末年。《古诗十九首》，组诗名，五言诗，是乐府古诗文人化的显著标志。为南朝萧统从传世无名氏《古诗》中选录十九首编入《昭明文选》（又称《文选》）而成。《古诗十九首》深刻地再现了文人在汉末社会思想大转变时期，追求的幻灭与沉沦，心灵的觉醒与痛苦。艺术上语言朴素自然，描写生动真切，具有天然浑成的艺术风格。同时，《古诗十九首》所抒发的是人生最基本、最普遍的几种情感和思绪，令古往今来的读者常读常新。

【赏析】

此诗创作于东汉后期，借神话传说中牛郎、织女被银河相隔而不

得相见的故事，抒发了因爱情遭受挫折而痛苦忧伤的心情。

这首诗一共十六句，其中六句都用了叠词，如"迢迢"、"皎皎"、"纤纤"等，既增强了诗句的节奏感和音乐感，又自然贴切地传达了人物内心的情感。诗歌从两处落笔，写的是天上的一对夫妇——牵牛和织女，视点却在地上，是以第三者的眼睛观察他们的离别之苦。诗人言牵牛曰"迢迢"，很容易让人联想到远在他乡的游子；以"皎皎"形容织女，则很容易让人联想到女性的柔美。总之，"迢迢牵牛星，皎皎河汉女"这十个字的安排，可以说是最巧妙的安排而又具有最浑然天成的效果。"纤纤擢素手"四句引出织女织作的场面，重点描写她泣涕如雨的场景，一下子将孤独、哀怨、痛苦、不幸的织女推到了读者面前。诗的最后四句是诗人的慨叹：那阻隔了牵牛和织女的银河既清且浅，牵牛与织女相去也并不遥远，虽只一水之隔却相视而不得语也。至此，一个饱含离愁的少妇形象展现于纸上，意蕴深沉。

诗歌抓住银河、机杼这些和牛郎织女的神话相关的物象，借写织女有情思亲、无心织布、隔河落泪、对水兴叹的心态，实际来比喻人间的离妇对辞亲去远的丈夫的相思之情。诗歌想象丰富，感情缠绵，用语婉丽，境界奇特，是相思怀远诗中的佳作。

第二章
三国魏晋南北朝诗歌

短歌行·对酒当歌　　曹操

【原文】

对酒当歌，人生几何①！

譬如朝露，去日苦多②。

慨当以慷③，忧思难忘。

何以解忧？唯有杜康④。

青青子衿，悠悠我心⑤。

但为君故，沉吟⑥至今。

呦呦鹿鸣，食野之苹⑦。

我有嘉宾，鼓瑟吹笙。

明明如月，何时可掇⑧？

忧从中来，不可断绝。

越陌度阡，枉用相存⑨。

契阔谈讌⑩，心念旧恩。

月明星稀，乌鹊南飞。

绕树三匝⑪，何枝可依？

山不厌高，海不厌深⑫。

周公吐哺⑬，天下归心。

【注释】

①对酒当歌：一边喝着酒，一边唱着歌。当：对着。几何：多少。

②去日苦多：跟（朝露）相比一样痛苦却漫长。有慨叹人生短暂

之意。

③慨当以慷：指宴会上的歌声激昂慷慨。当以：这里"应当用"的意思。全句意思是，应当用激昂慷慨（的方式来唱歌）。

④杜康：相传是最早造酒的人，这里代指美酒。

⑤青青子衿（jīn），悠悠我心：出自《诗经·郑风·子衿》。原写姑娘思念情人，这里用来比喻渴望得到有才学的人。子：对对方的尊称。衿：古式的衣领。青衿：是周代读书人的服装，这里指代有学识的人。悠悠：长久的样子，形容思虑连绵不断。

⑥沉吟：原指小声叨念和思索，这里指对贤人的思念和倾慕。

⑦呦（yōu）呦：鹿叫的声音。苹：艾蒿。

⑧掇：拾取，摘取。

⑨越陌度阡：穿过纵横交错的小路。陌：东西向田间小路。阡：南北向的小路。枉用相存：屈驾来访。枉：这里是"枉驾"的意思。用：以。存：问候，思念。

⑩讌（yàn）：通"宴"。

⑪匝（zā）：周，圈。

⑫海不厌深：一本作"水不厌深"。这里是借用《管子·形解》中的话，原文是："海不辞水，故能成其大；山不辞土，故能成其高；明主不厌人，故能成其众……"意思是表示希望尽可能多地接纳人才。

⑬周公吐哺：周公礼贤下士，求才心切，进食时多次吐出食物停下来不吃，急于迎客。后遂以"周公吐哺"等指在位者礼贤下士之典实。哺：口里含着的食物。

【作者简介】

曹操（155～220年），字孟德，小名阿瞒，沛国谯（今安徽省亳州市）人，政治家，军事家，文学家。政治军事方面，曹操消灭了众多割据势力，统一了中国北方大部分区域，并实行一系列政策恢复经济生产和社会秩序，奠定了曹魏立国的基础。文学方面，在曹操父子的推动下形成了以三曹（曹操、曹丕、曹植）为代表的建安文学，史称"建安风骨"，在文学史上留下了光辉的一笔。魏朝建立后，曹操被尊为"魏武帝"，庙号"太祖"。有集三十卷，已散佚。明人辑有《魏武帝集》。

【赏析】

《短歌行》是汉末政治家、文学家曹操以乐府古题创作的诗歌。共有两首，其中第一首诗通过宴会的歌唱，以沉郁顿挫的笔调抒写了诗人求贤如渴的思想和统一天下的雄心壮志；第二首诗表明作者在有生之年只效法周文王姬昌，绝不作晋文公重耳，向内外臣僚及天下表明心迹，使他的内外政敌都无懈可击。这两首诗是政治性很强的作品，而其政治内容和意义完全熔铸在浓郁的抒情意境中。全诗内容深厚，庄重典雅，感情充沛，尤其是第一首，充分发挥了诗歌创作的特长，准确而巧妙地运用了比兴手法，来达到寓理于情，以情感人的目的，历来被视为曹操的代表作。所以，我们这里选读的是第一首。

　　这首诗是曹操诗歌中具有代表性的言志之作。气韵沉雄、质朴简洁、大巧若拙是曹操诗歌语言艺术上的主要特点，钟嵘《诗品》谓之曰："曹公古直，颇有悲凉之句。"这首《短歌行》气魄雄伟，想象丰富，古朴自然，慷慨悲凉，正是这种风格的代表作。全诗通过对时光易逝、贤才难得的再三咏叹，抒发了自己求贤若渴的情感，表现出统一天下的雄心壮志和自强不息的进取精神。

　　此诗写作的背景现在还无定论，但它的主题非常明确，就是希望有大量人才来为自己所用。曹操在其政治活动中，为了扩大他在庶族地主中的统治基础，打击反动的世袭豪强势力，曾大力强调"唯才是举"，为此而先后发布了"求贤令"、"举士令"、"求逸才令"等；而《短歌行》实际上就是一曲"求贤歌"；正因为运用了诗歌的形式，含有丰富的抒情成分，所以就能起到独特的感染作用，有力地宣传了他所坚持的主张，配合了他所颁发的政令。

　　总括全诗，我们可以发现，《短歌行》巧妙地将政治内容和意义完全熔铸在浓郁的抒情意境之中，主要还是为作者当时所实行的政治路线和政治策略服务的。作者对"求贤"这一主题所作的高度艺术化的表现，是十分成功的，所以得到了历史与艺术上的双重肯定。

白马篇　　　　曹植

【原文】

白马饰金羁，连翩西北驰①。

借问谁家子？幽并游侠儿②。

少小去乡邑，扬声沙漠垂③。

宿昔秉良弓，楛矢何参差④！

控弦破左的，右发摧月支⑤。

仰手接飞猱，俯身散马蹄⑥。

狡捷过猴猿，勇剽若豹螭⑦。

边城多警急，虏骑数迁移⑧。

羽檄从北来，厉马登高堤⑨。

长驱蹈匈奴，左顾凌鲜卑⑩。

弃身锋刃端，性命安可怀⑪？

父母且不顾，何言子与妻？

名编壮士籍，不得中顾私⑫。

捐躯赴国难⑬，视死忽如归。

【注释】

①金羁（jī）：金饰的马笼头。连翩（piān）：连续不断，原指鸟飞的样子，这里用来形容白马奔驰的俊逸形象。

②幽并：幽州和并州。在今河北、山西、陕西一带。游侠儿：同"游侠"，泛指古代称豪爽好交游、轻生重义、勇于排难解纷的人。

③去乡邑：离开家乡。扬声：扬名。垂：同"陲"，边境。

④宿昔：早晚。秉：执、持。楛（hù）矢：用楛木做成的箭。何：多么。参差（cēn cī）：长短不齐的样子。

⑤控弦：开弓。的：箭靶。摧：毁坏。月支：箭靶的名称。

⑥接：接射。飞猱：飞奔的猿猴。猱（náo）：猿的一种，行动轻捷，攀缘树木，上下如飞。散：射碎。马蹄：箭靶的名称。

⑦狡捷：灵活敏捷。勇剽（piāo）：勇敢剽悍。螭（chī）：传说中形状如龙的黄色猛兽。

⑧虏骑（jì）：指匈奴、鲜卑的骑兵。数（shuò）迁移：指经常进

兵入侵。数：多次，经常。

⑨羽檄（xí）：军事文书，插鸟羽以示紧急，必须迅速传递。厉马：扬鞭策马。

⑩长驱：向前奔驰不止。蹈：践踏。顾：看。陵：压制。鲜卑：中国东北方的少数民族，东汉末成为北方强族。

⑪弃身：舍身。怀：爱惜。

⑫籍：名册。中顾私：心里想着个人的私事。中：内心。

⑬捐躯：献身。赴：奔赴。

【作者简介】

曹植（192~232年），字子建，三国时魏国诗人，魏武帝曹操第三子。生前曾为陈王，去世后谥号"思"，因此又称陈思王。

曹植是三国时期曹魏著名文学家，作为建安文学的代表人物之一与集大成者，他在两晋南北朝时期，被推尊到文章典范的地位。其代表作有《洛神赋》《白马篇》《七哀诗》等。后人因其文学上的造诣而将他与曹操、曹丕合称为"三曹"。留有集三十卷，已佚，今存《曹子建集》为宋人所编。

诗歌是曹植文学活动的主要领域，前期与后期内容上有很大的差异。前期诗歌可分为两大类，一类表现他贵介公子的优游生活，一类则反映他"生乎乱、长乎军"的时代感受。后期诗歌，主要抒发他在压制之下时而愤慨时而哀怨的心情。曹植发展了这种趋向，把抒情和叙事有机地结合起来，使五言诗既能描写复杂的事态变化，又能表达曲折的心理感受，大大丰富了它的艺术功能。

曹植的文学成就是多方面的。南朝宋文学家谢灵运有"天下才有一石，曹子建独占八斗"的评价。《诗品》的作者钟嵘亦赞曹植"骨气奇高，词彩华茂，情兼雅怨，体被文质，粲溢今古，卓尔不群"。作为《诗品》全书中品第最高的诗人、中国诗歌抒情品格的确立者，在诗史上具有"一代诗宗"的历史地位。王士祯曾论"汉魏以来二千年间诗家堪称'仙才'者，曹植、李白、苏轼三人耳"。

【赏析】

从汉献帝建安到魏文帝黄初年间（196～226年），是中国诗歌史上的一个黄金时代。由于曹氏父子的提倡，汉乐府诗"感于哀乐，缘事而发"的现实主义精神得到了继承和发扬。这一时期，最有价值的文学作品，除了那些反映人民苦难的篇目外，就是抒发渴望为国家建功立业的理想篇章。这方面的代表作当属曹植的《白马篇》。

《白马篇》又名《游侠篇》，是曹植创作的乐府新题，属《杂曲歌·齐瑟行》，以开头二字名篇，是曹植前期的代表作品。此诗以曲折动人的情节描写边塞游侠儿捐躯赴难、奋不顾身的英雄行为，塑造了边疆地区一位武艺高超、渴望卫国立功甚至不惜牺牲生命的游侠少年形象，表达了诗人建功立业的强烈愿望。

在这篇英雄少年的"理想之歌"中，诗人浓墨重彩地塑造了一位武艺精绝、忠心报国的白马英雄的形象。开头两句以奇警飞动之笔，描绘出驰马奔赴西北战场的英雄身影，显示出军情紧急，扣动读者心弦；接着以"借问"领起，以铺陈的笔墨补叙英雄的来历，说明他是一个什么样的英雄形象；"边城"六句，遥接篇首，具体说明"西北驰"的原因和英勇赴敌的气概。末八句展示英雄捐躯为国、视死如归的崇高精神境界。全诗风格雄放，气氛热烈，语言精美，称得上是情调兼胜。诗中的英雄形象，既是诗人的自我写照，又凝聚和闪耀着时代的光辉。

《白马篇》是曹植前期诗歌中的名作，它在写法上显然受到汉乐府的影响。曹植诗的"赡丽""尚工""致饰"，还有曹植的"雅好慷慨"（《前录自序》）以及其诗歌的"骨气奇高"（钟嵘《诗品》上），使曹植常常表现出一种慷慨激昂的热情，其诗歌的思想感情也因此显得高迈不凡。从《白马篇》来看，确实如此。

饮酒·结庐在人境　　陶渊明

【原文】

结庐在人境①，而无车马喧②。

问君何能尔③，心远地自偏④。

采菊东篱下，悠然见南山。

山气日夕佳⑤，飞鸟相与⑥还。

此中有真意⑦，欲辩已忘言⑧。

【注释】

①结庐：建造屋子。人境：人间，人类居住的地方。

②喧：喧嚣声。

③尔：如此，这样。

④心远地自偏：说明心远离尘世，虽处喧嚣之境也如同居住在偏僻之地。

⑤日夕：傍晚。

⑥相与：相交，结伴。

⑦此中：即此时此地的情和境，也即隐居生活。真意：人生的真正意义。

⑧忘言：忘了如何用语言表达。

【作者】

陶渊明（365～427年）又名陶潜，字元亮，浔阳柴桑（今江西九江）人，东晋时期的著名诗人。陶渊明出身于落魄的官宦家庭，可他少年时学习却非常认真，曾有"大济苍生"的壮志。然而他生活在门阀制度森严的东晋末年，是一个非常讲究出身的时代。庶族出身的陶渊明注定无法一展胸中的抱负，但是这种情况却激发了陶渊明的创作灵感。他隐居于田园之中，纵情于诗歌的世界，先后写下了大量的田园诗。他开创的田园诗体，为古典诗歌开拓了一个新的领域。陶渊明的作品虽然平淡自然，但无一不是出自自己的真情实感，这直接影响了唐代的诗歌创作。南北朝时期的文学评论家钟嵘在《诗品》中称赞陶渊明是"古今隐逸诗人之宗"，这也是对陶渊明最高的褒奖。他去世以后，友人私谥为"靖节"，后世称"靖节先生""五柳先生"。

陶渊明传世作品共有诗125首，文12篇，被后人编为《陶渊明集》。

【赏析】

这首诗是陶渊明《饮酒》组诗二十首之五，是历来为人称道的名篇，描写了诗人归隐后悠闲恬静的隐居生活和心境。陶诗以其冲淡清远之笔，描写田园生活、墟里风光，为魏晋诗歌开辟了一个全新的

境界。

全诗可分为三层：

第一层为前四句，写"心远地自偏"的道理。此四句可谓平中见奇，貌似实写，却是虚写，由虚处见意，实是写自己的心理感受和处世的哲理。"结庐在人境，而无车马喧"，写诗人虽然居住在污浊的人世间，却不受尘俗的烦扰。"问君何能尔，心远地自偏"则在告诉世人只要"心远"，无论身处何地都会达到心灵的宁静。

第二层为中间四句，描写了幽静雅致的自然景物及悠然自得的心神情态。"采菊东篱下，悠然见南山"，是说诗人在采菊时无意中望见庐山，境与意会，情与景和，物我两忘。这两句以客观景物的描写衬托出诗人的闲适心情，是千年以来脍炙人口的名句，为历代的文人墨客所推崇。"山气"二句，具体写出了诗人所见到的南山景色：在夕阳淡淡的余晖中，山色幽明相间，鸟儿结伴还巢，为读者展示了一幅淡然的自然图景。

第三层为最后两句，以含而不露的手法，揭示人生"真意"，点题作结。诗人说，从这幅优美的自然图景中悟出了大自然的"真意"。但这"真意"的内涵是什么，他没有说，只留下"欲辨已忘言"一句，让读者自己去品味。

本诗最突出的艺术特点是在观照万物和体悟人生的过程中，创造了主客浑融、物我合一的艺术境界。王国维在《人间词话》中称"采菊东篱下，悠然见南山"是"无我之境"，即主观情感与客观物象妙融无痕，浑然天成。诗歌语言看似朴素自然、平淡无奇，实则达到了精练传神、含蓄蕴藉的境界。

归园田居·少无适俗韵　　陶渊明

【原文】

少无适俗韵①，性本爱丘山。

误落尘网中，一去三十年②。

羁鸟恋旧林，池鱼思故渊③。

开荒南野际，守拙④归园田。

方宅⑤十余亩，草屋八九间。

榆柳荫后檐，桃李罗堂前⑥。

暖暖远人村，依依墟里烟⑦。

狗吠深巷中，鸡鸣桑树颠。

户庭无尘杂,虚室有余闲⑧。

久在樊笼里,复得返自然⑨。

【注释】

①适俗:适应世俗。韵:情调、风度。

②尘网:指尘世,这里指仕途。三十年:当是"十三年"之误。陶渊明自太元十八年(393年)初仕为江州祭酒,到义熙元年(405年)辞彭泽令归田,恰好是十三个年头。

③羁(jī)鸟:笼中之鸟。池鱼:池塘之鱼。诗人以此借喻自己怀恋旧居。渊:深潭、深水。

④守拙:守正不阿。

⑤方宅:指住宅周围。

⑥荫:荫蔽,指树木茂盛。罗:罗列。

⑦暧(ài)暧:暗淡的样子。依依:轻柔的样子。墟(xū)里:村落。

⑧户庭:门庭。尘杂:尘俗杂事。虚室:安静的屋子。余闲:闲暇。

⑨樊笼:蓄鸟的工具,这里比喻仕途。返自然:指归耕园田。

【作者】

见《陶渊明·饮酒·结庐在人境》篇。

【赏析】

东晋安帝义熙元年(405年),陶渊明在江西彭泽做县令,后因不愿"为五斗米折腰向乡里小人",遂挂印回家,终老田园。隐居后,他创作了《归园田居》诗一组,共五首(一说六首),描绘田园风光的美好与农村生活的淳朴,抒发了归隐后愉悦的心情。本文所选的这首诗是其中的第一首。

全诗从对官场生活的强烈厌倦,写到田园风光的美好动人,农村生活的舒心愉快，流露出一种如释重负的心情，表达了对自然和自由的热爱。

诗的起首交代了自己的个性与既往人生道路的冲突。"性本爱丘山"是说作为一个真诚率直的人，其本性与淳朴的乡村、宁静的自然似乎有一种内在的共鸣。前二句表露了作者清高孤傲、与世不合的性格，看破官场后，执意离开，对官场黑暗的不满和绝望。为全诗定下一个基调，同时又是一个伏笔，它是诗人进入官场却终于辞官归田的根本原因。

"一去三十年"一句，就像诗人对一位情义深厚的老朋友发出的叹息，内中包含多少感慨，多少眷恋!"虽是"误入尘网"，作者却是情性未移，"羁鸟恋旧林，池鱼思故渊"。这两句集中描写做官时的心情，从上文转接下来，语气顺畅，毫无阻隔。因为连用两个相似的比喻，又是对仗句式，更强化了厌倦旧生活、向往新生活的情绪。

接下来，诗人以欣喜之笔，描绘居所一带的风光：土地，草房；榆柳，桃李；村庄，炊烟；狗吠，鸡鸣。这些平平常常的事物在诗人笔下构成了一幅恬静幽美、清新喜人的图画。自此，作者终于享受到了"户庭无尘杂，虚室有余闲"的闲适生活。尘杂是指尘俗杂事，虚室就是静室。既是做官，总不免有许多自己不愿干的蠢事，许多无聊应酬吧。如今可是全都摆脱了，在虚静的居所里生活得很悠闲。不过，最令作者愉快的，倒不在这悠闲，而在于从此可以按照自己的意愿生活。

诗的末尾，诗人以"久在樊笼里，复得返自然"一句作结，一种如释重负的心情自然而然地流露了出来，使全诗浑然天成。自然，既是指自然的环境，又是指顺适本性、无所扭曲的生活。这两句再次同开头"少无适俗韵，性本爱丘山"相呼应，同时又是点题之笔，揭示出《归园田居》的主旨。但这一呼应与点题，丝毫不觉勉强。全诗从对官场生活的强烈厌倦，写到田园风光的美好动人，新生活的愉快，一种如释重负的心情自然而然地流露了出来。这样的结尾，既用笔精细，又是顺理成章。

全诗以追悔开始，以庆幸结束，追悔自己"误落尘网"、"久在樊笼"的压抑与痛苦，庆幸自己终"归园田"、复"返自然"的惬意与欢欣，真切表达了诗人对污浊官场的厌恶以及对山林隐居生活的无限向往与怡然陶醉。

当然，这首诗最突出的还是写景。首先描写园田风光运用白描手法远近景相交，有声有色；其次，诗中多处运用对偶句，如："榆柳荫后檐，桃李罗堂前。"还有对比手法的运用，将"尘网""樊笼"与"园田居"对比，从而突出诗人对官场的厌恶、对自然的热爱。整首诗呈现出一个完整的意境，诗的语言完全为意境服务，显得随意自然，契合诗的主题。

敕勒歌　　　无名氏

【原文】

敕勒川①，阴山②下。

天似穹庐③，笼盖四野④。

天苍苍⑤，野茫茫⑥，

风吹草低见⑦牛羊。

【注释】

①敕勒（chì lè）：古代民族名，北齐时居住在朔州（今山西省北部）一带，北魏时期把今河套平原至土默川一带称为敕勒川。川：平

川、平原。

②阴山：在今内蒙古自治区北部。

③穹（qióng）庐：用毡布搭成的帐篷，即蒙古包。

④四野：草原的四面八方。

⑤苍苍：蓝蓝的样子。

⑥茫茫：辽阔无边的样子。

⑦见（xiàn）：同"现"，显露。

【作者】

北朝民歌是北朝时期各族人民所作的歌谣。北朝人民过着游牧生活，在游牧的过程中有许多民歌流传下来，其中包括战歌、牧歌以及反映人民痛苦生活的歌谣等。这些民歌风格豪放粗犷，音调铿锵有力，充满草原特色，表现出北方少数民族英勇豪迈的气概。

公元4～6世纪，中国北方大部分地区处在鲜卑、匈奴等少数民族的统治之下，先后建立了北魏、北齐、北周等五个政权，历史上称为"北朝"。北朝民歌主要是北魏以后用汉语记录的作品，这首民歌《敕

勒歌》最早见录于宋郭茂倩编《乐府诗集》中的第八十六卷《杂歌谣辞》。一般认为是敕勒人创作的民歌。它产生的时期为 5 世纪中后期。

在史书中，最先提到《敕勒歌》的是唐朝初年李延寿撰写的《北史》卷六《齐本纪》：公元 546 年，北齐开国皇帝高欢率兵十万从晋阳南向进攻西魏的军事重镇玉壁（今山西南部稷山县西南），损兵七万。返回晋阳途中，军中谣传其中箭将亡，高欢带病强设宴面会大臣。为振军心，他命部将斛律金唱《敕勒歌》，遂使将士怀旧，军心大振。

《敕勒歌》作者到底是谁，学界一直众说纷纭。有人认为斛律金是作者之一，甚至有人认为作者就是斛律金。而有人认为斛律金只是已知最早的演唱者，而非作者。

【赏析】

《敕勒歌》选自《乐府诗集》，是南北朝时期黄河以北的北朝流传的一首民歌，一般认为是由鲜卑语译成汉语的。

这首民歌生动地描绘了北方大草原的美好风光，反映了古代北方少数民族的游牧生活。诗歌语言淳朴自然，描写简洁开阔，浑然天成。辽阔的敕勒川，绵延的阴山，深蓝的天空，无边的草原，成群的牛羊，多么辽阔壮美的画面啊！

"敕勒川，阴山下"，诗歌一开头就以高亢的音调，吟咏出北方的自然特点，无遮无拦，高远辽阔。这简洁的六个字，格调雄阔宏放，凸显出敕勒民族雄强有力的性格。

"天似穹庐，笼盖四野"，这两句承上启下，极言画面之壮阔，天野之恢宏。同时，抓住了这一民族生活的最典型的特征，歌者以如椽之笔勾画了一幅北国风貌图。

诗歌的最后三句"天苍苍，野茫茫，风吹草低见牛羊"生动地描绘出了大草原的勃勃生机，也表达了敕勒族人民对家乡、对自己游牧生活的热爱。"风吹草低见牛羊"这最后一句是全诗的点睛之笔，描绘出一幅殷实富足、其乐融融的景象。

诗歌紧紧抓住草原的特点来写，意境开阔，动静结合，风格朴实雄厚。诗歌的语句自然流畅，富有节奏感和韵律美，艺术概括力极强，酣畅淋漓地抒写了敕勒人民的豪情。

第三章
隋唐五代诗词

风 李峤

【原文】

解落三秋叶①,

能开二月②花。

过③江千尺浪,

入竹万竿斜④。

【注释】

①解落:吹落,散落。三秋:秋季,一说指农历九月。

②二月:农历二月,指春季。

③过:经过。

④斜(xiá):倾斜。

【作者】

李峤(644~713年),唐代诗人。字巨山,赞皇县(今属河北)人。李峤是隋内史侍郎李元操曾孙,少有才志,20岁举进士。初为安定县尉,累迁给事中、吏部尚书、中书令。刚直廉正,因触忤武后,贬为润州司马。后召为凤阁舍人。一生崇尚节俭,反对铺张。曾反对武则天在洛阳白司马坂建造大佛像,但未被采纳。在文学上造诣很深,诗文为当时人所称道,前与初唐四杰王勃、杨炯、卢照邻、骆宾王相接,中与崔融、苏味道齐名,和苏味道、崔融、杜审言合称"文章四友",后被尊为"文章宿老"。也是武则天至唐中宗时期最著名的御用文人,其诗多为咏风颂物之作,词句典丽,而内容较为贫乏。有集五

十卷，已散失。明人辑有《李峤集》，《全唐诗》中有其作五卷。

【赏析】

《风》是唐代诗人李峤所作的一首五言绝句，是一首极具特色的咏物诗。一天，李峤、苏味道、杜审言三人一起在春天游泸峰山。山上景色秀美，一片葱郁。等及峰顶之时，一阵清风吹来，李峤诗兴大发，随口吟出了这首诗。

这首诗用夸张的手法以及"三""二""千""万"这几个数字巧妙的组合来表现风的强大，也表达了诗人对大自然的敬畏之情。风，看不见摸不着，很难直接描绘，于是诗人匠心独运，通过秋天的落叶，春天的花朵，江上的巨浪，倾斜的竹林来写风。全诗没有出现一个"风"字，却处处都在写风。诗的前两句通过季节来写，表明风的无时不在，后两句则通过"江""竹"来表现风的无处不在。诗人借助这些事物，把无形的风写得具体可感，可触可摸，使人如闻其声，如见其形。

作者以风喻人，托物言志，通过对风的赞美，反映了世间的欢乐和悲伤，表达了"世风"和"人风"，表现了有志之士勤奋坚韧的精神和奉献的品格，也表现了诗人不畏困难、积极向上的精神。

送杜少府之任蜀州① 王勃

【原文】

城阙辅三秦②，风烟望五津③。

与君离别意，同是宦游④人。

海内存知己，天涯若比邻⑤。

无为在歧路⑥，儿女共沾巾⑦。

【注释】

①杜少府：王勃的友人，其名不详。少府，唐人对县尉的尊称。之：到，去。蜀州：一作"蜀川"，犹言蜀地。

②城阙（què）：唐代的都城长安。阙：宫门前的望楼。辅三秦：以三秦为辅。长安位于三秦的中枢，故云。辅：护卫。秦：今陕西省一带，古时为秦国。项羽灭秦后分秦地为雍、塞、翟三国，分封秦降将章邯等三人为王，故称"三秦"。这里泛指长安附近的关中之地。

③风烟：风尘烟岚，指极目远望时所见到的景象。五津：蜀中长江自灌县以下至犍（qián）为一段的五个著名渡口，即白华津、万里津、江首津、涉头津、江南津。这里以五津代指蜀地。津：渡口。

④宦（huàn）游：因仕宦而漂泊。

⑤比邻：近邻。古时五家相连为比。

⑥无为：不要因为。歧路：岔路，这里指分手处。

⑦沾巾：指伤感流泪。

【作者】

　　王勃（649～675年），字子安，绛州龙门（今山西河津）人。与杨炯、卢照邻、骆宾王合称"初唐四杰"。王勃的祖父王通是隋末著名学者，父亲王福畤历任太常博士、雍州司功等职务。出生在这样一个文人家庭的王勃从小就显露出过人的才华，他六岁能文，九岁就能指出大儒颜师古注释《汉书》中的错误，被时人称为"神童"。乾封初年（666年），王勃被沛王李贤征召为王府侍读。不久，王勃因诸王嗜好斗鸡，写下了《檄英王鸡》一文，结果被唐高宗怒逐出府。上元二年（675年），王勃从蜀中南下探亲，渡海时溺水，惊惧而死。王勃的诗作力求摆脱齐梁的绮靡诗风，他创作的诗文"壮而不虚，刚而能润，雕而不碎，按而弥坚"。

【赏析】

　　这是一首著名的送别诗，是脍炙人口的名篇。

　　王勃当时供职长安，他的杜姓朋友从长安外放到蜀州做县尉。诗的首二句，写诗人送别朋友的地点和朋友要去上任的地方，境界阔大。然后说，我游长安，君行入蜀，同是为了作官而奔走，彼此都是既去乡又别友，离别之情与朋友是一样的，这样就曲折地劝慰了为离别而伤感的朋友。"海内"一联，更进一步：四海之内还有知心的朋友存在，彼此虽然天各一方，也好像近在咫尺了。这是另一种劝慰方式，但这种方式显然比上一联中的"与君离别意，同是宦游人"更具说服力。这样，就自然而然地引出了诗的末联。

　　离别朋友是一件很伤心的事。古时交通不便，长安与蜀郡相去千里，一别容易，相见则难，临别而儿女沾巾，是人之常情。但是王勃一改吟咏"离愁别恨"的俗套，虽然也依依难别友人，但"海内存知己，天涯若比邻"一语，荡去离愁，凸现出一种豪迈的情志，体现出一种昂扬的情调，敞开了诗人开阔的胸襟，从而使这首诗与一般的离别之作迥然有别。

王勃的这首赠别诗，与一般送别诗迥然不同的是，它还有一种奋发向上的精神。全诗情调高昂，气象开阔，给初唐的诗坛带来了一种清新气息。这种精神发展下去便直接影响了"盛唐气象"的产生。

题破山寺①后禅院 常建

【原文】

清晨入古寺，初日②照高林。

曲径通幽处，禅房③花木深。

山光悦④鸟性，潭影空人心⑤。

万籁⑥此俱寂，但余钟磬音⑦。

【注释】

①破山寺：即兴福寺，在今江苏常熟市西北虞山上。南朝齐邑人郴州刺史倪德光舍宅所建。

②初日：早上的太阳。

③禅房：僧人居住修行的地方。

④悦：此处为使动用法，使……高兴。

⑤潭影：清澈潭水中的倒影。空：此处为使动用法，使……空。

⑥万籁：各种声音。籁（lài）：从孔穴里发出的声音，泛指声音。

⑦但余：只留下。钟磬：佛寺中召集众僧的打击乐器。磬

（qìng）：古代用玉或金属制成的曲尺形的打击乐器。

【作者】

常建（生卒、字号不详），唐代诗人。开元（唐玄宗年号，713～742年）进士，与王昌龄同榜。曾任盱眙尉。仕途失意，后隐居于鄂州武昌（今属湖北）。其诗多为五言，常以山林、寺观为题材。也有部分边塞诗。有《常建集》传世。

【赏析】

这首诗，不仅写出了佛教寺院的幽静环境，也写出了诗人的淡泊情志。

清晨即去古寺而不是顺道游览古寺，可见诗人对古寺的幽寂向往已久；古寺在深林之中，清晨初升的太阳照着树梢，但树荫茂密，寺院中仍然一派幽阴安静：曲曲折折的小径把人引向更幽静的地方，禅房隐藏在花木丛中。山光使得鸟儿也怡然自得，得之于人心者也可想见；潭影更使人忘却一切心中杂念；这里万籁俱寂只能听见钟、磬之声——以钟磬之声作衬，此地的静谧更甚。

可以看出来，诗人写此诗除了要表现寺院附近的山景外，更想表现古寺之静；写古寺之静，为的是想表现自己的心之静。

此诗通过抒写清晨游寺后禅院的观感，以凝炼简洁的笔触描写了一个景物独特、幽深寂静的境界，表达了诗人游览名胜的喜悦和对高远境界的强烈追求。全诗笔调古朴，层次分明，形象深微，意境浑融，简洁明净，感染力强，艺术上相当完整，是唐代山水诗中独具一格的名篇。

盛唐山水诗大多歌咏隐逸情趣，都有一种悠闲适意的情调，但各有独特风格和成就。常建这首诗是在优游中写感悟，具有盛唐山水诗的共同情调，但风格闲雅清警，独具一格。

登幽州台①歌　　　　　　陈子昂

【原文】

前不见古人②，

后不见来者③。

念天地之悠悠④，

独怆然而涕下⑤！

【注释】

①幽州台：即蓟北楼，又名蓟丘、燕台，亦即传说中燕昭王为求贤而筑的黄金台。幽州：唐时幽州州治蓟是古代燕国的国都，在今北京市西南。

②古人：指古代的明君贤士，指燕昭王、乐毅等。

③来者：指后世的明君贤士。

④悠悠：长远，无穷无尽。

⑤怆（chuàng）然：伤感的样子。

【作者】

陈子昂（659～700年），字伯玉，梓州射洪（今四川省射洪县）人。因为陈子昂曾任右拾遗，所以后世也称其为陈拾遗。陈子昂出身于豪门望族，少年时以轻财好施，慷慨任侠知名。青年时代的陈子昂博览群书，先后写下了30首感遇诗。当时的京兆司功王适偶然间看到了陈子昂写的诗文，惊呼道："此子当为一代文宗。"唐高宗弘道元年（683年），陈子昂入长安游学，后在科举考试中进士及第，拜麟台正字，后升右拾遗。当时正值女皇武则天当政，酷吏横行，滥杀无辜，陈子昂不畏权势，屡次上书谏诤。垂拱二年（686年），陈子昂曾随左补阙乔知之军队到达西北居延海、张掖河一带。万岁通天元年（696年），契丹李尽忠、孙万荣叛乱，又随建安王武攸宜大军出征，对于军旅生活和边塞将士的甘苦有所了解。作为唐代诗歌革新的先驱者，陈子昂主张改革六朝以来绮靡纤弱的诗风，恢复《诗经》的"风、雅"传统，强调比兴寄托，提倡汉魏风骨。他的代表作《感遇》30首、《蓟丘览古赠卢居士藏用》7首和《登幽州台歌》，内容充实，语言刚健质朴，对唐代诗歌影响巨大，张九龄、李白、杜甫、元稹、白居易都从他的诗作中得到了启迪。

【赏析】

万岁通天元年（696），武则天派武攸宜征讨契丹，陈子昂以右拾遗参谋军事。攸宜不懂军事，又不采纳陈子昂所献的奇计，陈子昂因此泫然流泪而作此诗。

《登幽州台歌》这首短诗深刻地表现了诗人怀才不遇、寂寞悲壮的情绪，语言苍劲奔放，富有感染力，因而成为历代传诵的名篇。

幽州台是古代的建筑物，战国时燕国的中兴之主燕昭王曾置金于台上，在此延请天下之士。陈子昂的时代，距燕昭王已很遥远，但燕昭王礼贤下士的情景，仿佛还在作者眼前。于是陈子昂慨然而歌：像燕昭王这样的贤君，我来不及见到；今后或许会有的明君，我如今也见不着；眼前唯见空旷的天宇和原野。天地是如此悠久绵远，但人生短暂，个人之于天地，是何等渺小！作者潸然泪下，是因为自己怀才不遇、明君难逢——短暂的一生难道就这样匆匆地、碌碌地过去么？

该诗的审美内涵十分丰富，作者的孤独与悲愤在诗中强烈地反射出来。诗中尽管没有提到什么具体环境，却创造了一种辽阔幽远、空旷苍茫的意境。"前不见古人，后不见来者"表现了主人公在时间上的孤独：无论是前朝，还是后代，都无与我相知的人；"念天地之悠悠，独怆然而涕下"表现了主人公在空间上的孤独：纵有天地之阔，依然没有能与我相知之人。

全诗意境苍茫，倏忽而来，倏忽而去，留给人无穷回味。

凉州^① 词　　王之涣

【原文】

黄河远上^②白云间，

一片孤城万仞山^③。

羌笛何须怨杨柳^④，

春风不度玉门关^⑤。

【注释】

①凉州：即武威市，又名雍州、侠都、雍都、凉都。先设雍州、后改凉州，又称雍凉之都。位于甘肃省中部，河西走廊之门户，东邻宁夏省会银川，西邻青海省会西宁，南邻省会兰州，北通敦煌。古时素有"通一线于广漠，控五郡之咽喉"之称，曾经的中国第三大城市，一度是西北的军政中心、经济文化中心。

②黄河远上：远望黄河的源头。

③孤城：指孤零零的驻军城堡。仞（rèn）：长度单位，一仞相当于七尺或八尺。

④羌（qiāng）笛：羌族乐器，属横吹式管乐。杨柳：指南朝梁宫体诗人萧纲创作的《折杨柳》曲："杨柳乱成丝，攀折上春时。叶密鸟飞碍，风轻花落迟。城高短箫发，林空画角悲。曲中无别意，并是为相思。"

⑤度：越过。玉门关：汉

武帝时设置的重要关隘，故址在今甘肃敦煌西北。

【作者】

王之涣（688～742年），字季凌，原籍晋阳（今山西太原市），徙居绛州（今山西新绛县）。曾任冀州衡水主簿，后为人诬告，辞官归家。晚年任文安县尉。曾与高适、王昌龄、崔国辅等人有唱和。早年精于诗文，乐工多引为歌词，名动一时。擅长五言诗，以描写边塞风光的诗最为著名，是盛唐边塞诗人之一。其代表作有《登鹳雀楼》《凉州词》等。章太炎推《凉州词》为"绝句之最"。

【赏析】

这是一首边塞诗，前半写景，后半抒情，描写了北方玉门关外苍凉孤寂而又壮阔的景色，抒发了守边将士们凄怨而又悲壮的情感，寄托了诗人对边疆人民和守边将士的深切同情。

诗人首先概括地描绘出凉州的苍凉景象：黄河、白云、孤城、万仞山，场景苍茫、壮阔而又悲凉。当此之际，忽闻羌笛所吹《折杨柳》曲，边塞将士的哀怨也随之而出。羌笛明"怨"杨柳，实则表达出诗人对朝廷不关心戍边将士的批评。全诗格调沉郁苍凉，意境高远，言有尽而意无穷。诗的前两句偏重写景，后两句偏重抒情。然而后两句的情，已孕育于前两句的景。"一片孤城"，已有萧索感、荒凉感。而背景的辽阔，更反衬出它的萧索；背景的雄奇，更反衬出它的荒凉。"孤城"中人的感受更是呼之欲出。全诗无一句说思家怀乡，而思乡之情却跃然纸上，诗意如此委婉深厚，正是这首诗的艺术魅力所在。

全诗着重描写了诗人在登高望远中表现出来的胸襟抱负，景色描写得波澜壮阔，气势雄浑，反映了盛唐时期人们昂扬向上的进取精神。诗中虽表现了守边将士的哀怨和愁苦，也暗含了对朝廷冷漠的不满，但格调高昂、慷慨悲壮，没有消沉颓唐的情调，表现出诗人广阔的心胸。

全诗意境浩莽，笔势浩瀚，对朝廷漠视戍边战士疾苦的讽刺含而不露，耐人寻味。但"何须怨"三字不仅见其艺术手法的委婉含蓄，也可看到当时边防将士在乡愁难解的同时，也意识到卫国戍边责任的重大，所以能以此自我宽解。也许正因为《凉州词》的情调悲而不失其壮，所以才能成为"唐音"的典型代表作。

望月怀远①　　张九龄

【原文】

海上生②明月，天涯共此时。

情人怨遥夜③，竟夕④起相思。

灭烛怜光满⑤，披衣觉露滋⑥。

不堪盈手⑦赠，还寝梦佳期。

【注释】

①怀远：怀念远方的亲人。

②生：升起。

③情人：多情的人，指作者自己；一说指亲人。怨遥夜：因离别而幽怨失眠，以致抱怨夜长。遥夜：长夜。

④竟夕：终夜，通宵，即一整夜。

⑤怜光满：爱惜满屋的月光。怜：爱。

⑥滋：湿润。

⑦盈手：双手捧满。盈：满。

【作者】

张九龄（678～740年），字子寿，韶州曲江（今广东省韶关市）人，唐代诗人。张九龄少年时就有神童之名，他七岁能诗文，十三岁就被广州刺史王方庆赞为"神童"。唐中宗景龙初年（707年）中进士，累官至中书侍郎同平章事，迁中书令。后受李林甫排挤，罢政事，贬为荆州长史。张九龄在位时直言敢谏，举贤任能，为玄宗朝一代名相。他的古诗劲练质朴，寄意深远，洗尽六朝铅华，有人评为"首创清淡之派"。唐玄宗也曾对左右大臣说："九龄文章，自有唐名公皆弗如也。此人真文场之元帅也。"

【赏析】

这是一首望月而思念远方亲人的诗。唐玄宗开元二十一年（733年），张九龄在朝中任宰相。遭奸相李林甫诽谤排挤后，于开元二十四年（736年）罢相，遭贬荆州长史，这首诗应该写于这一时期。

清风朗月之夜，最易牵动乡思，牵动对远方之人的思念。诗歌从"天涯共此时"的明月到"不堪盈手赠"的明月，以明月作媒介，曲曲折折地道出了对远人的思念。一轮明月在海上冉冉升起，不久，它的清辉就洒遍了大地。诗人心里想：这时，远在天涯的亲人也许与我一样，正在仰头望月吧。但虽然同沐清辉，却难以相见，诗人怀念着远方亲人，难以入睡，整夜都在思念。他熄灭灯烛，爱怜地看着这一地清辉；披衣出外，感到露水沾湿衣襟。户内户外，一进一出，展现出诗人对远方之人的无限思念！这月光虽然可爱却不能抓一把赠送给远方之人，诗人只好踱进室内，期望在卧室里寻一个美好的梦，梦中能与远方之人相见！

全诗语言自然浑成而不露痕迹，情意缠绵而不见感伤，意境幽静秀丽，构思巧妙，情景交融，细腻入微，感人至深。

春江花月夜　　张若虚

【原文】

春江潮水连海平，海上明月共潮生。

滟滟①随波千万里，何处春江无月明。

江流宛转绕芳甸，月照花林皆似霰②。

空里流霜不觉飞，汀上白沙看不见③。

江天一色无纤尘，皎皎空中孤月轮④。

江畔何人初见月，江月何年初照人。

人生代代无穷已⑤，江月年年只相似。

不知江月待何人，但见长江送流水。

白云一片去悠悠，青枫浦⑥上不胜愁。

谁家今夜扁舟子？何处相思明月楼⑦。

可怜楼上月徘徊⑧，应照离人妆镜台。

玉户帘中卷不去，捣衣砧上拂还来⑨。

此时相望不相闻，愿逐月华⑩流照君。

鸿雁长飞光不度，鱼龙潜跃水成文⑪。

昨夜闲潭⑫梦落花，可怜春半不还家。

江水流春去欲尽，江潭落月复西斜。

斜月沉沉藏海雾，碣石潇湘无限路⑬。

不知乘月几人归，落月摇情满江树⑭。

【注释】

①滟（yàn）滟：波光荡漾的样子。

②芳甸：芳草丰茂的原野。甸：郊外之地。霰（xiàn）：天空中降落的白色不透明的小冰粒。形容月光下春花晶莹洁白。

③流霜：飞霜，古人以为霜和雪一样，是从空中落下来的，所以叫流霜。在这里比喻月光皎洁，月色朦胧、流荡，所以不觉得有霜霰飞扬。汀（tīng）：水边平地，小洲。

④纤尘：微细的灰尘。月轮：指月亮。因为月圆时象车轮，所以称为月轮。

⑤穷已：穷尽。

⑥青枫浦：地名。今湖南浏阳县境内有青枫浦。这里泛指游子所在的地方。

⑦扁舟子：指飘荡江湖的游子。扁舟：小舟。明月楼：月夜下的闺楼。这里指闺中思妇。

⑧月徘徊：指月光偏照闺楼，徘徊不去，令人不胜其相思之苦。离人：此处指思妇。

⑨玉户：形容楼阁华丽，以玉石镶嵌。捣衣砧（zhēn）：捣衣石、捶布石。

⑩月华：月光。

⑪文：同"纹"。

⑫闲潭：幽静的水潭。

⑬碣石：山名。潇湘：水名。一北一南，暗指路途遥远，相聚无望。无限路：极言离人相距之远。

⑭乘月：趁着月光。摇情：激荡情思，犹言牵情。

【作者】

张若虚（660～720年），字不详，扬州（今江苏扬州）人。唐代诗人。张若虚生平事迹不详，按照《旧唐书》的记载，他曾经担任过兖州兵曹的职务。唐中宗神龙年间（705～707年），张若虚与贺知章、贺朝、万齐融、邢巨、包融等人以文辞优美著称于世。他与贺知章、张旭、包融号称"吴中四士"。张若虚的诗仅存二首于《全唐诗》中，其中《春江花月夜》为其代表作。这首千古名篇沿用了乐府诗的旧题目，却一扫陈隋宫体诗的颓唐与艳丽，通过描写真挚动人的离情别绪表现出对人生哲理的思考。全诗语言清新优美，给人以清灵空明、自然脱俗的阅读感受。

【赏析】

《春江花月夜》是乐府《清商曲辞·吴声歌曲》旧题。张若虚在唐代诗坛并不太有名气，但这首《春江花月夜》却被闻一多先生称之为"诗中的诗，顶峰上的顶峰"（《唐诗杂论》），被世人称为"孤篇盖全唐"，一举奠定了张若虚在中国文学史上的不朽地位。

这首诗以春江花月夜为背景，细致、形象而有层次地描绘相思离别之苦，词清语丽，韵调幽美，初步洗脱了六朝宫体诗的脂粉气息。

全首诗以美丽、和谐的语言，通俗的文句，歌颂富于哲理的大自然。中间夹叙闺情别绪，增加了哀怨缠绵的感情，突破了哲理诗的枯燥。诗人又善于反复变化，造成了诡谲恢奇的波澜，增加了诗的艺术感染力，因而成为千古名篇。

全诗紧扣春、江、花、月、夜五个字来写，重点就是"月"。从月开始，以月收结。将画意、诗情与对宇宙奥秘和人生哲理的体察融为一体，创造出情景交融、玲珑透彻的诗境。诗人首先用优美的语言描绘了一幅恬静、明净的画卷：一个春风轻拂的月夜，诗人独伫江边，看到滔滔江水奔向天际，在水天相接的地方一轮明月在潮水中出现。江面上弥漫着一片波光，皎洁的月光照在开满花儿的林子上就像是闪烁着晶莹的雪珠。空中好像有银白色的霜在暗暗地流动，白天看起来很白的沙石在这银色的月光下也看不见了，江天一色，没有一丝杂色。看到这样的美景，不禁触发了诗人对宇宙的思考。人生短暂，人类一代代繁衍下去，只有那月亮还像原来一样皎洁，温柔。诗人感到月亮也是有生命的，它年年月月每到夜晚就会出现是不是在等待什么人呢？

诗人从眼前的景象超脱到无限的宇宙与人生的思考上来，但是并没有得到理想的答案，因为人生是有限的，怎比得上那年年岁岁一个样的月亮呢。在一番感慨之后诗人的思绪又回落到人世中来，在这样美好的月夜里，不知道有多少离人思妇沉浸在相思当中。游子乘舟远行，留给岸上送别人的是长长的牵挂和无限的惆怅。此刻无论是天涯的游子还是闺中的思妇肯定都在凝望着这明月，思念着远方的那一位。游子看着令人怜爱的月亮在天空中慢慢移动，便期望它能够照到佳人的梳妆台上。思念就像那玉户帘中的月光一样，怎么也卷不起来。诗人突发奇想，希望自己能跟随着月光回到佳人的身边。诗人很快便从这浪漫的幻想中脱身而出，两人阻隔太远，便是有鸿雁和鱼龙来送信也送不到。诗人的思绪再一次回到现实，想起自己和那位佳人还是像碣石和潇湘二江一样天各一方。

在诗中不难看到"江"和"月"这两个意象被反复拓展，不断深化。春江、江流、江天、江畔、江水、江潭、江树这纷繁的意象，和着明月、孤月、江月、初月、落月、月楼、月华、月明复杂的光与色，并通过与春、夜、花、人的巧妙结合，构成了一幅色美情浓而迷离跌宕的春江夜月图。诗中贯穿着一种强烈的宇宙意识，从时间和空间两方面来拓展境界。时间上追溯宇宙的起源，从而引发对人生有限而宇宙无穷的感慨；空间上利用想象幻化了诗人与佳人之间的物理距离，希望自己能跟随着月光回到佳人身旁。这样就极大地丰富了诗歌思想的深度，拓展了情感表现的空间。

诗人入手就以细腻的笔触，描绘了格外幽美恬静的春江花月夜，创造了一个神话般美妙的境界。前八句，由大到小，由远及近，笔墨逐渐凝聚在一轮孤月上。面对清明澄澈的天地宇宙，诗人神思飞扬，

探索着人生的哲理和宇宙的奥秘。"人生代代无穷已，江月年年只相似。"这里，诗人虽有对人生短暂的感伤，但并不是颓废和绝望，而是从大自然的美景中感受到一种欣慰，表现了对人生的追求与热爱，回荡着初唐时代的强音。

这是一首千年以来使无数读者为之倾倒的杰作。闻一多先生认为"在这种诗面前，一切的赞叹是饶舌，几乎是渎亵"。全诗融诗情、画意、哲理为一体，凭借对春江花月夜的描绘，尽情赞叹大自然的奇丽景色，讴歌人间纯洁的爱情，把对游子思妇的同情心扩大开来，与对人生哲理的追求、对宇宙奥秘的探索结合起来，从而汇成一种情、景、理水乳交融的幽美而深远的意境，展现出一幅充满着人生哲理和生活情趣的淡雅清幽的水墨画卷。

离思·曾经沧海难为水　　元稹

【原文】

曾经沧海难为水①，

除却巫山不是云②。

取次花丛懒回顾③，

半缘修道半缘君④。

【注释】

①曾经：曾经到临。经：经临，经过。沧海：大海。难为：这里指"不足为顾""不值得一观"的意思。

②除却：除了，离开。巫山：主要指四川盆地东部湖北、重庆、湖南交界一带"南－北"走向的连绵群峰。

③取次：草草，仓促，随意。这里是"匆匆经过""仓促经过"或"漫不经心地路过"的样子。花丛：这里并非指自然界的花丛，乃借喻美貌女子众多的地方，也暗指青楼妓馆。

④半缘：此处指"一半是因为……"。修道：此处指修炼道家之术。此处阐明的是修道之人讲究清心寡欲。君：此指曾经心仪的恋人。

【作者】

元稹（779～831年），唐代诗人。字微之，河南（治今河南洛阳）人。早年家贫。唐德宗贞元九年（793年）举明经科，贞元十九年（803年）举书判拔萃科，曾任监察御史。因得罪宦官及守旧官僚，遭到贬斥。后转而依附宦官，官至同中书门下平章事。最后以暴疾卒于武昌军节度使任所。

元稹与白居易友善，常相唱和，共同倡导新乐府运动，世称"元白"。诗作平浅明快中呈现丽绝华美，色彩浓烈，铺叙曲折，细节刻画真切动人，比兴手法富于情趣。后期之作，伤于浮艳，故有"元轻白俗"之讥。有《元氏长庆集》60 卷，补遗 6 卷，存诗 830 余首。

【赏析】

这首《离思》是作者悼念亡妻韦氏的。韦氏是太子少保韦夏卿的幼女，和元稹结婚七年后病死，年仅二十七岁。她为人贤淑，不因出身大官家庭而自傲，能够跟元稹安于贫困生活。元稹在《祭亡妻韦氏文》中称赞她："逮归于我，始知贱贫。食亦不饱，衣亦不温。然而不悔于色，不戚于言。"她死后，元稹写了不少悼亡诗，以抒发对她的忠贞和怀念之情。

"曾经沧海难为水，除却巫山不是云"，这两句是说经过浩瀚大海的人，见到别的水，觉得很难成其为水；而经历过巫山之云的人，再看别处的云，也算不得什么云了。这里是比喻他们夫妻感情之深沉以及妻子之贤淑是世间无与伦比的，现在妻子不在了，再也没有什么样的情感，什么样的女子能让自己动情了。开首二句连用两个否定的句式，表现出非此莫可，坚定不移的决心，显示出诗人对妻子深沉执着的感情。

"取次花丛懒回顾，半缘修道半缘君"，第三句仍采用借喻的手法，以"花丛"指代世间女子。作者徜徉于百花丛中，阅尽天下绝色，在这之后，诗人又是何种感受呢？"懒回顾"三字清楚地体现了诗人的态度：纵然世间有百媚千红，都只是过眼云烟，丝毫不能让自己动心。第四句解释"懒回顾"之因：一方面，是自己勤于修身，希望能够保持内心的平静；另一方面，他心中始终眷顾的只有亡妻一人，内心深处已容不下别的女子。

元稹这首悼亡诗历代评价都极高，这首先是因为它所表现出来情感的真挚与动人。此外首二句比喻的恰切与生动形象，也是后人传诵的一个重要原因。

这首诗最突出的特色，就是采用巧比曲喻的手法，淋漓尽致地表达了主人公对已经失去的心上人的深深恋情。它接连用水、用云、用花比人，写得曲折委婉，含而不露，意境深远，耐人寻味。从诗歌结构上看，"沧海"与"巫山"两个意象宏伟开阔，使人仿佛盘旋于九霄之上，俯瞰万物。而其后的"花丛"又深情杳渺，令人回味。这就造成了前后部分的跌宕，使整首作品更具张力。就全诗情调而言，它言情而不庸俗，瑰丽而不浮艳，悲壮而不低沉，创造了唐人悼亡绝句中的绝高境界。

宿建德江① 孟浩然

【原文】

移舟泊烟渚②，
日暮客愁新③。
野旷天低树④，
江清月近人。

【注释】

①建德江：即新安江，流经建德县的一段又称建德江。

②移舟：将船靠近岸边的意思。烟渚：雾气笼罩的水中沙洲。烟：水雾。渚（zhǔ）：水中陆地。

③客：指诗人自己。新：增加。

④野旷：原野空旷辽阔。低、近：使动用法。

【作者】

孟浩然（689~740年），字浩然。襄州襄阳（今湖北襄阳）人，世称孟襄阳。因他未曾入仕，又称之为孟山人。早年隐居鹿门山，40岁入长安赶考落第，失意东归，自洛阳东游吴越。张九龄出镇荆州，引为从事，后病卒。他不甘隐沦，却以隐沦终老。其诗多写山水田园的幽清境界，却不时流露出一种失意情绪，为当时诗坛所推崇。在描写山水田园上，孟浩然与王维齐名，世称"王孟"。有《孟浩然集》三卷传世。

【赏析】

这是一首抒发羁旅相思的五言绝句，写的是诗人泊船建德江时的孤寂感受。建德江为今新安江水库一带风景秀美之处。此诗以动写静，日暮泊舟，天低月近，大自然给愁人以无限抚慰。

全诗的诗眼是一"暮"字，因天近薄暮而使江水迷茫，在迷茫中行进的小船，又使作者联想到身世的飘忽不定，更增加惆怅。日暮给了诗人愁绪，也给了读者以充分的想象空间。诗的起句"移舟泊烟渚"讲了行船停靠在江中的一个烟雾朦胧的小洲边，这就为下文的写景抒情作了准备。第二句"日暮客愁新"中"日暮"和上句的"泊"、"烟"前后呼应，讲述了旅人惆怅的心情——船好不容易停下来了，正是休息解乏的时候，谁知道望着舱外烟笼沙洲，日暮将近的景色，那淡淡的羁旅之愁油然而生。接下去的两句对仗写景，借景而显愁，其中"低"和"旷"相互映衬，"树"与"月"互相依存，"野旷天低树，江清月近人"这种极富特色的景色显示出了一种内敛、细致、精巧的艺术之美。

从诗中，我们可以看出诗人当时的心情是烦愁的，他捕捉了适于自己心情的景色，寓情于景，特色鲜明。全诗好景如画，将自己的心情与描写的景物融为一体。

凉州词　　　　　王翰

【原文】

葡萄美酒夜光杯①，

欲②饮琵琶马上催。

醉卧沙场③君莫笑，

古来④征战几人回。

【注释】

①夜光杯：一种据说在夜间能发光的酒杯，这里指制作精美的

酒杯。

②欲：将要。

③沙场：战场。

④古来：自古以来。

【作者】

王翰（生卒年不详），字子羽，并州晋阳（今山西太原）人，中唐边塞诗人。王翰性格豪放，诗文大开大合，流丽畅达，其中七绝《凉州词》是流传千古的名篇，明代王世贞就推其为唐代七绝的压卷之作。

王翰原有诗集十卷，大都失传。《全唐诗》录其诗一卷，共十四首。

【赏析】

这是盛唐边塞诗中的名作，通过描写边塞军队生活的一个场面，表现了守边战士谈笑沙场、视死如归的英雄气概。

诗的前两句用富有地域特色的事物来烘托军中饮宴的气氛。"葡萄酒""夜光杯""琵琶"，这一切都渲染出边塞将士在这难得的一次军中饮宴间欢快畅饮、激情飞扬的气氛。后两句写的是筵席上的畅饮和劝酒，耳听着阵阵欢快、激越的琵琶声，将士们兴高采烈，互相劝酒，一个个都喝得微醺。刚刚有人想放下酒杯，就有人高声叫道："几杯酒怕什么，不就是一场烂醉吗？我们为国效力沙场，九死一生，早就将生死置之度外了，难道还怕这区区的薄酒吗？"醉卧沙场的豪情在此刻尽显无疑，而这正是唐朝边塞诗豪放、开朗、乐观的特色，抒发了将士们卫国戍边、视死如归的悲壮之情。

全诗写得豁达豪放，结尾一句更是透露出一份慷慨、乐观的沙场豪情。诗的格调是悲壮苍凉的，但并不悲观绝望；诗人对生活充满热爱，但并不畏惧死亡。整首诗把战士们将生死置之度外的豪情渲染得淋漓尽致。

出塞

王昌龄

【原文】

秦时明月汉时关①，

万里长征②人未还。

但使龙城飞将在③，

不教胡马度阴山④。

【注释】

①关：关塞。

②万里长征：指士兵远离家乡服兵役。

③但使：只要。龙城：即卢龙城，在今河北省喜峰口附近一带，为汉代右北平郡所在地。飞将：指汉武帝时镇守边疆的名将李广。

④阴山：在今内蒙古自治区中部，是我国古代北方的天然屏障。

【作者】

王昌龄（约690～756年），字少伯，京兆长安（今陕西西安）人。王昌龄早年家境贫寒，屡试不第，直到不惑之年才中进士。初任秘书省校书郎，又中博学宏辞，授汜水尉，因事贬岭南。开元末返长安，改授江宁丞。天宝中被谤谪龙标尉，安史之乱中为人所杀。

作为盛唐时期著名的边塞诗人，王昌龄与王之涣等人齐名，被称为"诗家夫子王江宁"。《全唐诗》对王昌龄的诗作评价极高，称他的诗"绪密而思清"。因为王昌龄的七言绝句最为出色，所以后人也称他为"七绝圣手"。有文集六卷传世。

【赏析】

《出塞》是一首脍炙人口的边塞诗，曾被明代诗人李攀龙推许为唐人七绝的"压卷之作"。诗人通过对历史的回顾和对汉将李广的怀念，讽刺了当时将领的无能，表达了诗人希望任用贤才、维护国家安定统一的愿望。

开篇两句"秦时明月汉时关，万里长征人未还"描述了明月依旧，边关依旧，而万里出征的将士却踪影难寻，永远长眠在了异乡的情形，在深沉的感慨中暗示当时边防多事，表明诗人对久戍士卒的深厚同情。"秦月"和"汉关"互相对仗，跨越千古，自有一股雄浑苍凉之气充溢全篇。

继而诗人由士卒不能生还的悲剧写到对"龙城飞将"的期望，融抒情与议论为一体，直接抒发戍边将士巩固边防的愿望和保卫国家的壮志，洋溢着爱国激情和民族自豪感。写得气势豪迈，掷地有声！同时这两句诗也带讽刺，表现了诗人对朝廷用人不当和将帅无能的不满。

全诗为我们描绘了一幅边塞风情画，雄浑、苍茫、意境深邃。诗人从千年之前、万里以外落笔，将历史与现实紧紧地联系在一起。诗作熔铸了作者丰富复杂的思想感情，诗境雄浑深远，确为一首思想性和艺术性完美结合的佳作。

长信秋词·奉帚平明金殿开①　　王昌龄

【原文】

奉帚平明金殿开②，

暂将团扇共徘徊③。

玉颜不及寒鸦色，

犹带昭阳日影来④。

【注释】

①长信：汉宫殿名。汉成帝时，班况的女儿班婕妤选入后宫，深得成帝宠爱。后来成帝又宠爱赵飞燕、赵合德姐妹，班婕妤请求到长信宫侍奉太后，在孤独寂寞中度过一生。《长信秋词》组诗共五首，都是写失宠宫嫔的幽怨，这是其中的第三首。

②奉帚：即捧着扫帚打扫宫殿。平明：天刚亮。

③将：拿起。团扇：又称宫扇、纨扇。中国汉族传统工艺品及艺术品。是一种圆形有柄的扇子。乐府《相和歌辞·楚调曲》中有《怨歌行》一首，又名《团扇诗》，相传为班婕妤所作，诗云："新裂齐纨素，鲜洁如霜雪。裁为合欢扇，团团似明月。出入君怀袖，动摇微风发。常恐秋节至，凉飚夺炎热。弃捐箧笥中，恩情中道绝。"诗以秋扇见捐为喻，悲君恩中断。这里"团扇"，暗用其意。

④昭阳：即昭阳宫，赵飞燕所居宫殿。日影：古人常以日喻君，

日影喻君恩。

【作者】

见《王昌龄·出塞》篇。

【赏析】

《长信秋词》五首诗的题材是汉成帝两个妃子的故事。成帝先宠爱上班婕妤，不久又宠爱赵飞燕。班婕妤失宠后，自请到长信宫去侍候太后，这样才得避免赵飞燕的妒害。班婕妤是史学家班固的祖姑，也有文才。她留下了一篇自叙性的赋，其中有句云："奉供养于东宫兮，托长信之末流；供洒扫于帷幄兮，永终死以为期。"就是叙述她退居东宫，为太后执洒扫之役，甘心从此终老之事。王昌龄运用这个历史故事，作《长信秋词》，描写班婕妤在长信宫中秋天里的思想感情。

本篇借汉代班婕妤失宠之事写唐代宫廷女子不幸的命运和悲愤心情，艺术上颇具特色，以秋日清晨长信宫女执帚洒扫之情事，揭示其孤寂凄清的内心世界；以捐弃之团扇暗喻失宠之宫女；最后以"玉颜"与"寒鸦"进行反比，意在言外，构思十分巧妙。此诗对人物心理描写细致入微，曲折沉痛，不言怨而怨自在，"优柔婉丽，含蕴无穷，使人一唱而三叹"（沈德潜《唐诗别裁集》卷十九）。

积雨辋川庄作① 　　王维

【原文】

积雨空林烟火迟②，蒸藜炊黍饷东菑③。

漠漠水田飞白鹭④，阴阴夏木啭黄鹂⑤。

山中习静观朝槿⑥，松下清斋折露葵⑦。

野老与人争席罢⑧，海鸥何事更相疑⑨。

【注释】

①积雨：久雨，连阴雨。辋川庄：指作者在终南山下的蓝田辋川别墅。

②空林：疏林。烟火迟：因久雨林野润湿，故烟火缓升。

③藜（lí）：一年生草本植物，嫩叶可食。黍：黄米。饷东菑：给在东边田里干活的人送饭。饷（xiǎng）：送饭。菑（zī）：初耕的田地，这里泛指农田。

④漠漠：广漠、迷茫的样子。

⑤阴阴：幽深、浓密的样子。啭（zhuàn）：小鸟婉转的鸣叫。

⑥习静：谓习养静寂的心性。亦指过幽静生活。槿（jǐn）：木槿，落叶灌木，其花朝开暮落，古人常以此物参悟人生荣枯无常之理。

⑦清斋：素食。露葵：带露的葵菜。

⑧野老：诗人自称。争席罢：指自己要隐退山林，与世无争。争席：争坐位。据《庄子·寓言》中记载：杨朱去见老子时，旅店的人都欢迎他，给他让座。等他学道归来，旅店的人不再给他让座，而是与他争席。此处作者借以说明自己摆脱了功名利禄的欲念。

⑨次句典出《列子·黄帝》：古代有人住在海边，每日与海鸥同游，至者百数。后其父让他把海鸥捉回来玩，次日至海边，鸥鸟却高飞不下。说明人不能有机诈之心。

【作者简介】

王维（701～761年，一说699～761年），唐代诗人。字摩诘。原籍祁（今属山西），其父迁居蒲州（治今山西永济西），遂为河东人。开元（唐玄宗年号，713～741年）进士。累官至给事中。安禄山叛军陷长安时曾受职，乱平后，降为太子中允。后官至尚书右丞，故亦称

王右丞。晚年居蓝田辋川，过着亦官亦隐的优游生活。诗与孟浩然齐名，并称"王孟"，有"诗佛"之称。前期写过一些以边塞为题材的诗篇，但其作品最主要的则为山水诗，通过田园山水的描绘，宣扬隐士生活和佛教禅理；体物精细，状写传神，有独特成就。兼通音乐，工书画。有《王右丞集》。

【赏析】

此诗作于诗人晚年隐居辋川山庄时。诗中描绘久雨之后山庄清新幽美的景色，抒发了清静淡泊的情怀。

"积雨空林烟火迟，蒸藜炊黍饷东菑。"首联写田园生活，是诗人山上静观所见。诗人视野所及，先写空林烟火，一个"迟"字，不仅把阴雨天的炊烟写得十分真切传神，而且透露了诗人闲散安逸的心境；再写农家早炊、饷田以至田头野餐，展现一系列人物的活动画面，秩序井然而富有生活气息，使人想见农妇田夫那怡然自乐的心情。

"漠漠水田飞白鹭，阴阴夏木啭黄鹂。"颔联二句写景逼真如画。不仅构图巧妙，设色鲜明，而且叠字"漠漠"、"阴阴"状水田之广，夏木之深，使得境界更为广漠、幽深。而白鹭的飞舞和黄鹂的鸣叫也更加灵动活脱，宛然在目。

"山中习静观朝槿，松下清斋折露葵。"诗人独处空山之中，幽栖松林之下，参木槿而悟人生短暂，采露葵以供清斋素食。这情调，在一般世人看来，未免过分孤寂寡淡了。然而早已厌倦尘世喧嚣的诗人，却从中领略到极大的兴味，比起那纷纷扰扰、尔虞我诈的名利场，不啻天壤云泥。

"野老与人争席罢，海鸥何事更相疑？"尾联以典入诗，抒怀明志。意趣横生，耐人寻味。诗人在这里借用了《庄子·寓言》和《列子·黄帝》中的两个典故，快慰地宣称自己早已去心机绝俗念，随缘任遇，与世无争，再也不被人猜忌，足可以免除尘世烦恼，悠悠然耽于山林之乐了。这两个充满老庄色彩的典故，一正用，一反用，两相结合，十分恰当地表现了作者远离尘嚣、澹泊自然的心境，而这种心境，正是上联所写"清斋""习静"的结果。

此诗以鲜丽生新的色彩，描绘出夏日久雨初停后关中平原上美丽繁忙的景象，前四句写诗人静观所见，后四句写诗人的隐居生活。诗人把自己幽雅清淡的禅寂生活与辋川恬静优美的田园风光结合起来描写，创造了一个物我相惬、情景交融的意境。全诗写景生动真切，生活气息浓厚，如同一幅淡雅的水墨画，清新明净，形象鲜明，表现了诗人隐居山林、脱离尘俗的闲情逸致。全诗恰如一幅意境闲淡简远的山水画，融诗情、画意、禅趣为一体，富于生活气息。诗人善于以动衬静，由客观之幽静，到主观之清静，给人以静美的艺术享受。所以，古人对之十分推崇，说是在唐人七律中"淡雅幽寂，莫过右丞《积雨》"。

黄鹤楼① 崔颢

【原文】

昔人已乘黄鹤去，

此地空余黄鹤楼。

黄鹤一去不复返，

白云千载空悠悠。

晴川历历汉阳树②，

芳草萋萋鹦鹉洲③。

日暮乡关④何处是？

烟波⑤江上使人愁。

【注释】

①黄鹤楼：三国吴黄武二年（223年）修建。为古代名楼，旧址在湖北武昌黄鹤矶上，俯见大江，面对大江彼岸的龟山。

②晴川：阳光照耀下的晴明江面。川：平原。历历：清楚可数。

③萋萋：形容草木茂盛。鹦鹉洲：在湖北省武昌县西南，根据《后汉书》记载，汉黄祖担任江夏太守时，在此大宴宾客，有人献上鹦鹉，故称鹦鹉洲。

④乡关：故乡家园。

⑤烟波：暮霭沉沉的江面。

【作者】

崔颢（约704～754年），汴州（今河南开封）人，盛唐诗人。按照《旧唐书》的记载，崔颢早年颇具才名，与王维并称"才名之士"，但他行为轻浮，好酒好色，所以不入士人之眼。后来崔颢从军边塞，诗风陡然一变，开始写作以军旅生活和塞外风光为主题的诗歌，唐代的文学评论家、诗选家殷璠在其盛唐诗歌选本《河岳英灵集》中就曾称赞崔颢"晚节忽变常体，风骨凛然，一窥塞垣，说尽戎旅"。全唐诗》收录诗四十二首。

【赏析】

这首诗以优美的神话传说、壮丽的江天景色写尽了诗人吊古怀今之情。

开头两句"昔人已乘黄鹤去，此地空余黄鹤楼"，讲述了诗人因满怀对黄鹤楼的美好憧憬慕名前来，可仙人却已驾鹤而去，杳无踪迹。美好憧憬与寻常江楼之间的落差，让诗人心中产生了一种怅然若失的感觉。接下来的三四句"黄鹤一去不复返，白云千载空悠悠"，写的是诗人心中的感慨，黄鹤楼久远的历史和美丽的传说不停地在诗人眼前回放，但毕竟已经物是人非、鹤去楼空。再下来的"晴川历历汉阳树，芳草萋萋鹦鹉洲"是诗人对眼前景色的精致描写。最后两句"日暮乡关何处是？烟波江上使人愁"则将前面营造的气氛突然一转，仿佛诗人通过江上的迷雾想起了自己的故乡，无尽寂寞顿时化成了满腹的乡愁。全诗的诗眼尽在一个"愁"字，准确地表达了日暮时分诗人登临黄鹤楼的心情。

诗中有画，历来被认为是山水写景诗的一种艺术标准，《黄鹤楼》也达到了这个高妙的境界。首联在融入仙人乘鹤的传说中，描绘了黄鹤楼的近景，隐含着此楼枕山临江，峥嵘缥缈之形势。颔联在感叹"黄鹤一去不复返"的抒情中，描绘了黄鹤楼的远景，表现了此楼耸入天际、白云缭绕的壮观。颈联游目骋怀，直接勾勒出黄鹤楼外江上明朗的日景。尾联徘徊低吟，间接呈现出黄鹤楼下江上朦胧的晚景。

诗篇所展现的整幅画面上，交替出现的有黄鹤楼的近景、远景、日景、晚景，变化奇妙，气象恢宏；相互映衬的则有仙人黄鹤、名楼胜地、蓝天白云、晴川沙洲、绿树芳草、落日暮江，形象鲜明，色彩缤纷。全诗在诗情之中充满了画意，富于绘画美。

另外，此诗从楼的命名之由来着想，借传说落笔，然后生发开去。仙人跨鹤，本属虚无，现以无作有，说它"一去不复返"，就有岁月不再、古人不可见之憾；仙去楼空，唯余天际白云，悠悠千载，正能表现世事茫茫之慨。诗人这几笔写出了那个时代登黄鹤楼的人们常有的感受，气概苍莽，感情真挚。

这首诗在当时就很有名，传说李白登黄鹤楼，有人请李白题诗，他说："眼前有景道不得，崔颢题诗在上头。"南宋文学家严羽在他的《沧浪诗话》中更是认为："唐人七言律诗，当以崔颢《黄鹤楼》为第一"。正由于此诗艺术上出神入化，取得极大成功，它被人们推崇为题黄鹤楼的绝唱，就是可以理解的了。

将进酒① 李白

【原文】

君不见黄河之水天上来②，

奔流到海不复回！

君不见高堂明镜悲白发，

朝如青丝暮成雪！

人生得意③须尽欢，

莫使金樽空对月。

天生我材必有用，

千金散尽还复来。

烹羊宰牛且为乐，

会须④一饮三百杯。

岑夫子，丹丘生⑤，

将进酒，杯莫停。

与君歌一曲，

请君为我倾耳听；

钟鼓馔玉⑥不足贵，

但愿长醉不愿醒；

古来圣贤皆寂寞，

唯有饮者留其名。

陈王昔时宴平乐⑦，

斗酒十千恣欢谑⑧。

主人何为言少钱，

径须沽取对君酌⑨。

五花马⑩，千金裘，

呼儿将出换美酒，

与尔同销万古愁。

【注释】

①将进酒：属乐府旧题。将（qiāng）：请。

②君不见：乐府中常用的一种夸语。天上来：黄河发源于青海，因那里地势极高，故称。

③得意：适意高兴的时候。

④会须：正应当。

⑤岑夫子：岑勋。丹丘生：元丹丘。二人均为李白的好友。

⑥钟鼓馔玉：指鸣钟鼓，食珍馐。形容富贵豪华的生活。钟鼓：富贵人家宴会中奏乐使用的乐器。馔（zhuàn）玉：形容食物如玉一样精美。

⑦陈王：指陈思王曹植。平乐：观名。在洛阳西门外，为汉代富豪显贵的娱乐场所。

⑧斗酒十千：一斗酒值十千钱（即万钱），形容酒美价高。恣：纵情任意。谑（xuè）：戏。

⑨径须：干脆，只管。沽：买。

⑩五花马：指名贵的马。一说毛色作五花纹，一说颈上长毛修剪成五瓣。

【作者】

李白（701~762年），字太白，号青莲居士，唐代伟大的浪漫主义诗人。李白祖籍陇西成纪（今甘肃省天水附近），隋末其先人流寓碎叶（今吉尔吉斯斯坦北部托克马克附近）。

李白幼年时随父亲迁居绵州昌隆县（今四川江油）青莲乡，二十五岁时"辞亲远游"，仗剑出蜀。天宝初年（742年），在贺知章的引荐下，李白供奉翰林，因遭权贵谗毁，仅一年时间就离开长安。"安史之乱"中，李白曾为永王璘幕僚，因李璘谋反被远谪夜郎。李白晚年投奔其族叔当涂令李阳冰，后卒于当涂。李白生活在唐代极盛时期，他的大量诗篇既反映了那个时代的繁荣气象，也揭露和批判了统治集团的荒淫和腐败，表现出蔑视权贵，反抗传统束缚，追求自由和理想的积极精神。李白的诗风豪放飘逸，想象丰富，语言流转自然，音律和谐多变，善于从民间文艺和神话传说中吸取营养和素材，构成其特有的瑰玮绚烂的色彩，达到盛唐诗歌艺术的巅峰，被后世的评论家称为"诗仙"。存世诗文千余篇，有《李太白集》30卷。

【赏析】

《将进酒》原是汉乐府短箫铙歌的曲调，属汉乐府《鼓吹曲·铙歌》旧题。大诗人李白沿用乐府古体写的《将进酒》，影响最大。《将进酒》一诗的写作时间大约是天宝十一年（752），对政治前途失意的李白这时已经离开长安，漫游天下。在嵩山颍阳元丹丘的家中，李白与好友开怀畅饮。酒酣耳热之际，写下了这首流传千古的《将进酒》。

唐玄宗天宝初年，李白由道士吴筠推荐，由唐玄宗招进京，命李白为供奉翰林。不久，因权贵的谗毁，于天宝三载（744年），李白被排挤出京，唐玄宗赐金放还。此后，李白在江淮一带盘桓，思想极度烦闷，又重新踏上了云游祖国山河的漫漫旅途。作此诗时距李白被唐玄宗"赐金放还"已有八年之久。这一时期，李白多次与友人岑勋

（岑夫子）应邀到嵩山另一好友元丹丘的颍阳山居为客，三人登高饮宴，借酒放歌。诗人在政治上被排挤，受打击，理想不能实现，常常借饮酒来发泄胸中的郁积。人生快事莫若置酒会友，作者又正值"抱用世之才而不遇合"之际，于是借酒兴诗情，以抒发满腔不平之气。

此诗思想内容非常深沉，艺术表现非常成熟。诗由黄河起兴，感情发展也像黄河之水那样奔腾激荡，不易把握。而通篇都讲饮酒，字面上诗人是在宣扬纵酒行乐，而且诗中用欣赏肯定的态度，用豪迈的气势来写饮酒，把它写得很壮美，也确实有某种消极作用，然而却反映了诗人当时找不到对抗黑暗势力的有效武器。酒是他个人反抗的兴奋剂，有了酒，像是有了千军万马的力量，但酒，也是他的精神麻醉剂，使他在沉湎中不能做正面的反抗，这些都表现了时代和阶级的局限。理想的破灭是黑暗的社会造成的，诗人无力改变，于是把冲天的激愤之情化做豪放的行乐之举，发泄不满，排遣忧愁，反抗现实。诗中表达了作者对怀才不遇的感叹，又抱着乐观、通达的情怀，也流露了人生几何当及时行乐的消极情绪。全诗洋溢着豪情逸兴，具有出色的艺术成就。

诗一开始就从广袤的空间和转瞬即逝的时间上展开。"君不见黄河之水天上来，奔流到海不复回"，诗人以写景起兴，实中有虚，虚中有实。实景是黄河之水滔滔东去，虚景则是"到海不复回"的想象。这种由天倾海的壮观景象被诗人在广袤的空间里极力夸张，水的流逝引发了诗人对岁月流逝的感慨。依然由"君不见"起句，"高堂明镜悲白发，朝为青丝暮成雪"，岁月流逝是何等的迅速，人生苦短的悲哀跃然纸上。

"人生得意须尽欢，莫使金樽空对月"。岁月太无情，人生真苦短，及时行乐似乎成为理所当然的事情了。刚才还在说"明镜悲白发"，现在怎么突然就变成了"人生得意"了呢？其实"悲"所体现的是大众的心理，"人生得意"恰是诗人的风骨使然，历经了多少人生挫折的李白早已超脱了大众的"渺小"的"悲"，进入了一个超凡脱俗的境界，高歌人生得意，开怀痛饮，不可辜负这"金樽对月"的美好时光，才是诗人的真情实感。"天生我材必有用，千金散尽还复来"，这是对"人生得意"的承接，只有如此，方见得诗人高歌"人生得意"，何等痛快，何等淋漓。酒逢知己的豪情被诗人发挥到了极致，引出了下文对怀才不遇的感慨。

由"岑夫子，丹丘生"开始，诗人的情绪显得异常激昂。刚才那畅快淋漓的曲调不见了，接踵而来的是急促激越的曲调，失意的人生悲歌终于拉开了序幕。"钟鼓馔玉何足贵"，诗人蔑视权贵，富贵荣华并非诗人的追求，一腔抱负的施展才是诗人的目的。可惜苍天不能遂人愿，当年还高歌"我辈岂是蓬蒿人"的诗人而今饱尝志向不能实现之痛苦。在现实中这种痛苦时刻困扰着诗人，"但愿长醉不愿醒"，只有在最后才能摆脱这样的痛苦，激愤之情终于喷薄而出。"古来圣贤皆寂寞，唯有饮者留其名"，诗人纵观今古，得出了自己的命运感悟，对现实有了更多的愤慨和蔑视。"陈王昔时宴平乐，斗酒十千恣欢谑"，当年的曹植面对政治上的失意，只能借酒消愁，诗人李白在借酒消愁的同时，更进了一步，那就是睥睨现实，傲然挺立。虽然谁都知道"万古愁"不可能消除，但是诗人依然发出了"与尔同销万古愁"的慷慨高歌。这里面或许有些悲愤，但是悲愤中显示的是诗人无比豪迈、无比乐观的人生态度，这样的豪情壮志可以横扫一切烦恼与忧愁！

这首诗非常形象地表现了李白桀骜不驯的性格：一方面对自己充满自信，孤高自傲；一方面在政治前途出现波折后，又流露出纵情享乐之情。在这首诗里，他演绎庄子的乐生哲学，表示对富贵、圣贤的藐视。而在豪饮行乐中，实则深含怀才不遇之情。全诗气势豪迈，感情奔放，语言流畅，具有很强的感染力，李白"借题发挥"，借酒浇愁，抒发自己的愤激情绪。

《将进酒》篇幅不算长，却五音繁会，气象不凡。它笔酣墨饱，情极悲愤而作狂放，语极豪纵而又沉着。诗篇具有震动古今的气势与力量，这诚然与夸张手法不无关系。比如诗中屡用巨额数目字（"千金"、"三百杯"、"斗酒十千"、"千金裘"、"万古愁"等）表现豪迈诗情，同时，又不给人空洞浮夸感，其根源就在于它那充实深厚的内在感情，那潜在酒话底下如波涛汹涌的郁怒情绪。此外，全篇大起大落，诗情忽翕忽张，由悲转乐、转狂放、转愤激、再转狂放、最后结束于"万古愁"，回应篇首，如大河奔流，有气势，亦有曲折，纵横捭阖，力能扛鼎。宋人严羽评价李白这首诗时说："一往豪情，使人不能句字赏摘。盖他人作诗用笔想，太白但用胸口一喷即是，此其所长。"

宣州谢朓楼饯别校书叔云① 李白

【原文】

弃我去者，昨日之日不可留；

乱我心者，今日之日多烦忧。

长风②万里送秋雁，

对此可以酣高楼③。

蓬莱文章建安骨④，

中间小谢又清发⑤。

俱怀逸兴壮思飞⑥，

欲上青天揽明月。

抽刀断水水更流，

举杯消愁愁更愁。

人生在世不称意，

明朝散发弄扁舟⑦。

【注释】

①宣州：今安徽宣城一带。谢朓（tiǎo）楼：又名北楼、谢公楼，在陵阳山上，是南齐诗人谢朓任宣城太守时所建，并改名为叠嶂楼。李白曾多次登临，并且写过一首《秋登宣城谢朓北楼》。诗云："江城如画里，山晚望晴空。两水夹明镜，双桥落彩虹。人烟寒橘柚，秋色老梧桐。谁念北楼上，临风怀谢公？"谢朓（464～499年）：字玄晖，汉族，陈郡阳夏（今河南太康县）人。南朝齐杰出的山水诗人，出身

高门士族，与"大谢"谢灵运同族，世称"小谢"。饯别：以酒食送行。校（jiào）书：官名，即秘书省校书郎，掌管朝廷的图书整理工作。叔云：李白的叔叔李云。

②长风：远风，大风。

③此：指上句的长风秋雁的景色。酣：畅饮于高楼。

④蓬莱文章：借指李云的文章。蓬莱：此指东汉时藏书之东观。建安骨：汉末建安（汉献帝年号，196～220年）年间，"三曹"和"七子"等作家所作之诗风骨遒劲，后人称之为"建安风骨"。

⑤小谢：指谢朓。这里用以自喻。清发：指清新秀发的诗风。发：诗文俊逸。

⑥俱怀：两人都怀有。逸兴：飘逸豪放的兴致，多指山水游兴，超远的意兴。壮思：雄心壮志。

⑦明朝（zhāo）：明天。散发（fà）：不束冠，意谓不做官。这里是形容狂放不羁。

古人束发戴冠，散发表示闲适自在。弄扁（piān）舟：乘小舟归隐江湖。扁舟：小舟，小船。

【作者】

见《李白·将进酒》篇。

【赏析】

天宝十二年（753年）的秋天，李白来到宣州，他的一位官为校书郎的族叔李云将要离去，他为李云饯别而写成此诗。

作为一首离别诗，全诗构思新颖，以写愁绪抒发愤懑开头，以秋景点题，格调慷慨悲凉，虽有无限哀伤苦闷，却并不消极无力，感情沉郁奔放，跌宕起伏，是脍炙人口的佳作。

开首二句，不写叙别，不写楼，却直抒郁结，道出心中烦忧。三、四句突作转折，从苦闷中转到爽朗壮阔的境界，展开了一幅秋空送雁图。一"送"，一"酣"，点出了"饯别"的主题。接下来的四句赞美了李云的文章刚健遒劲，有建安风骨，又表达了诗人自己的高洁志向。末尾四句抒发了诗人的感慨，理想与现实不可调和，不免烦忧苦闷，只好"散发弄扁舟"，而不与浊世同污。全诗起伏跌宕，气势雄浑，充分体现了诗人内心有无法解开的烦忧之结。

在诗中，诗人并未直言离别，而是重笔抒发诗人自己怀才不遇的激烈愤懑，抒发了慷慨豪迈的情怀，表达了对黑暗社会的强烈不满和对光明世界的执著追求。诗虽极写烦忧苦闷，却并不阴郁低沉。全诗语言明朗朴素，音调激越高昂，强烈的思想情感起伏涨落，如奔腾的江河瞬息万变，波澜迭起，和腾挪跌宕、跳跃发展的艺术结构完美结合，韵味深长，断续无迹，达到了豪放与自然和谐统一的境界。诗人感怀万端，既满怀豪情逸兴，又时时掩抑不住郁闷与不平，感情往复跌宕，一波三折，表达了自己遗世高蹈的豪迈情怀。

全诗如歌如诉，情感起伏涨落，韵味深长，一波三折，章法腾挪跌宕，起落无端，断续无迹，语言明朗朴素，音调激越高昂，达到了豪放与自然和谐统一的境界。

长相思① 李白

【原文】

长相思，在长安②。

络纬秋啼金井阑③，微霜凄凄簟④色寒。

孤灯不明思欲绝，卷帷⑤望月空长叹，美人如花隔云端。

上有青冥⑥之高天，下有渌⑦水之波澜；

天长路远魂飞苦，梦魂不到关山⑧难。

长相思，摧心肝！

【注释】

①长相思：汉乐府旧题，属"杂曲歌辞"。现存歌辞多写思妇之情。

②长安：今陕西西安市。

③络纬：虫名，俗称纺织娘。金井阑：精美的井上阑干。

④簟（diàn）：竹席。

⑤帷：帐幕、窗帘之类。

⑥青冥：天空。

⑦渌（lù）：水色清澈。

⑧关山：关隘和山岳，指途中的阻隔。

【作者】

见《李白·将进酒》篇。

最美古诗词
全鉴
典藏诵读版

【赏析】

此诗当写于被谗出长安后的感伤之时，借痴男失恋情词，寓政治机遇丧失的痛楚，但遣词委婉，怨而不怒，深得"离骚"美人香草遗意。但据诗人生平志趣来看，此诗与其说是对故君的眷眷系念，勿宁说是对个人政治理想幻灭的无限悼惜。

这首诗写所思之美人远在长安，隔云端而难见，秋夜不眠，望月长叹。今人多谓此诗以比兴手法寄寓对理想之追求以及理想未能实现之苦闷心情，或谓寄托首次入长安时欲见君王而不能的忧伤心情。"长相思，在长安"，不仅指诗人自己是在长安，同时兼指他长久思念之人也在长安。"络纬"二句用环境的凄凉衬托内心的寂寞和空虚。"孤灯"二句写相思难耐，秋夜不眠。"美人"句写思念之人可望

而不可即。"上有"四句虚写一场梦游式的追求。在浪漫的幻想中，诗人梦魂飞扬，要去寻找他所思念的人儿。然而，天长路远，关山阻隔，自己和思念的人中间有着难以逾越的距离。最后两句极写相思之苦，是追求未果而发出的沉重感叹。

李白继承了古代诗歌比兴的艺术传统，借"美人"比喻所追求的理想，诗意含蓄蕴藉。无论从创作的生活背景着眼，还是从艺术渊源上分析，它都是一首政治抒情诗。清人王夫之评论此诗，认为诗人就题面失恋男子的心事刻画入微，能使寓意深隐不露，而对题内所含"摧心肝"的政治失意痛楚却发挥淋漓尽致，使得表里相称，各臻胜境，不愧上乘佳作。

轮台歌奉送封大夫出师西征① 岑参

【原文】

轮台城头夜吹角，轮台城北旄头落②。
羽书昨夜过渠黎，单于已在金山西③。
戍楼西望烟尘黑④，汉兵屯在轮台北。
上将拥旄西出征⑤，平明吹笛大军行。
四边伐鼓雪海涌，三军大呼阴山动⑥。
虏塞兵气连云屯⑦，战场白骨缠草根。
剑河风急雪片阔，沙口石冻马蹄脱⑧。
亚相勤王甘苦辛，誓将报主静边尘⑨。
古来青史谁不见，今见功名胜古人⑩。

【注释】

①轮台：唐代庭州有轮台县，治所当在今新疆米泉市境内。封大夫：指封常清，曾任安西副大都护。天宝十三载（754年）入朝，摄御史大夫。不久知北庭都护，持节充伊西节度等职。

②角：号角。军营中用以号令、报时。旄（máo）头：又作"髦头"，即昴星。古人迷信认为，旄头星特别亮的时候，预兆有战争。这里说"旄头落"，含有胡兵将亡的意思。

③羽书：紧急军事文书。渠黎：汉西域三十六国之一，旧址在今新疆轮台县东南。单于：对匈奴首领的称呼。此借指西域少数民族首领。金山：阿尔泰山。此处渠黎、金山均非实指。

④戍楼：边防驻军的望楼。烟尘：烽火的烟和马蹄扬起的尘土。

⑤上将：指封常清。拥：持。旄：竿上加牦牛尾的军旗。

⑥伐鼓：击鼓。三军：全军。古代兵制，中军、左军、右军（亦称上、中、下）为三军。阴山：指新疆境内天山的东段。

⑦虏塞：敌方的要塞。屯：聚集。

⑧剑河：水名，当在北庭附近。沙口：地名，当在北庭附近。脱：脱落，打滑。

⑨亚相：指封常清。汉制多以御史大夫为副丞相，故称亚相；唐代以亚相称御史大夫。勤王：操劳王事，为皇帝服务。报主：报效君主。静边尘：平定边患。

⑩青史：史册，历史。古时在青竹简上记事，故称史册为青史。

【作者】

岑参（约715～770年），唐代边塞诗人，南阳人，太宗时功臣岑文本重孙，后徙居江陵。岑参早岁孤贫，从兄就读，遍览史籍。唐玄宗天宝三载（744年）进士，初为右内率府兵曹参军。后两次从军边塞，先在安西节度使高仙芝幕府掌书记；天宝末年，封常清为安西北庭节度使时，为其幕府判官。代宗时，曾官嘉州刺史（今四川乐山），世称"岑嘉州"。

岑参工诗，长于七言歌行，代表作是《白雪歌送武判官归京》。现存诗三百六十首。对边塞风光，军旅生活，以及少数民族的文化风俗有亲切的感受，故其边塞诗尤多佳作。风格与高适相近，后人多并称"高岑"。有《岑参集》十卷，已佚。今有《岑嘉州集》七卷（或为八卷）行世。《全唐诗》编诗四卷。

【赏析】

这首诗作于唐天宝十三载（754年），时诗人任安西都护府判官。这年冬天，北庭都护封常清率师出征，岑参写诗送别。从诗篇本身考察，唐军是从今乌鲁木齐一带出发，沿着天山北麓，向西挺进的，故称西征。诗中对当时战斗环境的艰苦，敌情的严重，以及唐军士气的高昂，都作了生动的描写。

全诗分四层。起始六句是第一层，写敌军入侵，边境上燃起报警的烽火，两军对垒，渲染了战斗的紧张气氛。中间四句写唐军出师时的浩大声势。其次四句写敌方兵力的雄厚，战场的惨淡，气候的严酷，反衬战斗的艰苦。最后四句照应题目，预祝出师凯旋，颂扬功德。全诗从大处落笔，气势非凡。城头吹角，拥旄出征，雪海汹涌，阴山震动，都是动人心魄的壮阔境界。与内容相配，整首诗八次换韵，最后才以一韵结束，音节响亮，气势雄壮。而先写羽书夜传，平明吹笛，又写从容出师，镇定调兵，使全诗有张有弛，结构紧凑。诗人运用丰富的想象，大胆的夸张，创造出极其宏伟壮阔的画面，表现了慷慨报国的英雄气概、不畏艰苦的乐观精神，使全诗充溢着浪漫主义色彩。

在写作手法上，诗人以浓墨重彩，大笔挥洒，极力渲染唐军声威，环境恶劣，气氛紧张。又综合运用夸张、渲染、烘托、想象、象征等多种修辞手法，画面壮阔，气势雄浑，绘声绘色。我们读起来，似乎听到了催人前进的战斗的鼓声，听到了千军万马地动山摇的喊杀声，仿佛看到了大军以排山倒海之势向前推进。诗中洋溢着爱国的战斗激情和乐观进取的精神，充满着自豪感。

　　诗中所写自然环境之恶劣，行军之艰苦，战斗的激烈，作者虽不一定随军纪实，但岑参有多年的边塞生活实践和边塞战争的经历，有充足的生活积累，这是他创作的源泉。加上他有丰富的想象力，在实践的基础上，运用浪漫主义的创作方法，通过艺术创造，才写出了如此瑰丽的诗篇。全诗意气昂扬，不作凄苦之语，确是战场送别之作的上品。

赠花卿① 　　杜甫

【原文】

锦城丝管日纷纷②，
半入江风半入云。
此曲只应天上有③，
人间能得几回闻？

【注释】

①花卿：成都尹崔光远的部将花敬定，曾平定段子璋之乱。卿：当时对地位、年辈较低的人一种客气的称呼。

②锦城：即锦官城，此指成都。丝管：弦乐器和管乐器，这里泛指音乐。纷纷：繁多而杂乱，形容乐曲的轻柔悠扬。

③天上：双关语，虚指天宫，实指皇宫。

【作者】

杜甫（712～770年），字子美，尝自称少陵野老。举进士不第，曾任检校工部员外郎，故世称杜工部。杜甫是唐代最伟大的现实主义诗人，宋以后被尊为"诗圣"，与李白并称"李杜"。其诗大胆揭露当时社会矛盾，对穷苦人民寄予深切同情，内容深刻。许多优秀作品，显示了唐代由盛转衰的历史过程，因被称为"诗史"。在艺术上，善于运用各种诗歌形式，尤长于律诗；风格多样，而以沉郁为主；语言精炼，具有高度的表达能力。

杜甫共有约1500首诗歌被保留了下来，大多集于《杜工部集》。

【赏析】

此诗约作于唐肃宗上元二年（761年）。全诗四句，前两句对乐曲作具体形象的描绘，是实写；后两句以天上的仙乐相夸，是遐想。因实而虚，虚实相生，将乐曲的美妙赞誉到了极致。此诗有动有静，婉转含蓄，耐人寻味。

这首绝句，字面上明白如话，但对它的主旨，历来注家颇多异议。有人认为它表面上看是在赞美乐曲，实际上却含讽刺、劝诫的意味。花敬定曾因平叛立过功，居功自傲，骄恣不法，放纵士卒大掠东蜀；又目无朝廷，僭用天子音乐。杜甫赠此诗予以委婉的讽刺。杨慎《升庵诗话》中说："花卿在蜀，颇僭用天子礼乐，子美作此诗以讥之，而意在言外，最得诗人之旨。"

耐人寻味的是，作者并没有对花卿明言指摘，而是采取了一语双关的巧妙手法。字面上看，这俨然是一首十分出色的乐曲赞美诗。"锦城丝管日纷纷"，锦城，即成都；丝管，指弦乐器和管乐器；纷纷，本意是既多而乱的样子，通常是用来形容那些看得见、摸得着的具体事物的，这里却用来比状看不见、摸不着的抽象的乐曲，这就从人的听觉和视觉的通感上，化无形为有形，极其准确、形象地描绘出弦管那种轻悠、柔靡，杂错而又和谐的音乐效果。"半入江风半入云"也是采用同样的写法：那悠扬动听的乐曲，从花卿家的宴席上飞出，随风荡漾在锦江上，冉冉飘入蓝天白云间。这两句诗，使读者真切地感受到了乐曲的那种"行云流水"般的美妙。两个"半"字空灵活脱，给全诗增添了不少的情趣。

当然，也有人认为它纯粹就是一首赞美乐曲，并无弦外之音。全诗四句，前两句对乐曲作具体形象的描绘，是实写；后两句以天上的仙乐相夸，是遐想。因实而虚，虚实相生，将乐曲的美妙赞誉到了极度。据考证，花敬定居功自傲、骄恣不法的事实都发生在平定段子璋的叛乱之后。杜甫是一位忠君思想很强的诗人，如果这首诗写于此时，他绝不会"赠"其诗，而且也决不会称之为"卿"，诗的格调也不会如此轻松愉快。

江畔独步寻花·黄师塔前　　杜甫

【原文】

黄师塔前江水东①，

春光懒困倚②微风。

桃花一簇开无主③，

可④爱深红爱浅红？

【注释】

①黄师塔：黄姓僧人的墓塔。江：指锦江。

②倚：靠着。

③簇：丛。

④可：到底。

【作者】

见《杜甫·赠花卿》篇。

【赏析】

杜甫于乾元二年（759年）冬天，由同谷（今甘肃成县）逃难到成都，第二年春天就在西郊的浣花溪畔营建草堂，开始了在蜀中的一段较为稳定的生活。在饱经乱离之后，开始有了安身的处所，诗人为此感到欣慰，春暖花开的时节他独自沿江散步，情随景生，一连成诗七首。全诗脉络清楚，层次井然，是一幅独步寻花图，表现了杜甫对花的爱惜、在美好生活中的留连和对美好事物常在的希望。此为组诗之五。

这是一首描写诗人在春日里独自到江边散步赏花的诗，通过对江水、春光、桃花的描写，展现了春天的美丽景色和给人带来的舒适感觉，表达了诗人自在、愉悦、闲适的心情。

诗的前两句交代了寻花的时节、地点、环境：春光明媚，和风吹拂，黄师塔前碧水东流。"春光懒困倚微风"一句突出了春天里人的整体感受——慵懒而舒适，而"倚"字更突出了这种感觉。后两句写了江畔一丛正在盛开的无主的桃花，"开无主"就是自由自在地开，尽量地开，大开特开，所以下句承接起来更显出绚烂绮丽，诗也如锦似绣。"可爱深红爱浅红？"随口一问流露出了诗人的喜悦心情。

枫桥① 夜泊

张继

【原文】

月落乌啼霜满天，
江枫渔火对愁眠。
姑苏城外寒山寺②，
夜半钟声到客船。

【注释】

①枫桥：是江苏苏州西部的一座桥。

②姑苏：苏州的别称，因城西南有姑苏山而得名。寒山寺：苏州西部枫桥附近的一座古寺，因唐初著名诗僧寒山曾住于此而得名。

【作者】

张继（？～约779年），字懿孙，南阳（今属河南）人，天宝年间进士，历官洪州盐铁判官、检校祠部员外郎等职务。张继为人极富气节，不事权贵，早年曾作有《感怀》一诗，诗中写道："调与时人背，心将静者论。终年帝城里，不识五侯门。"他的诗作大多反映诗人关心兵乱后的人民的生计，诗风爽利而激越，和他超脱的

思想是一致的。

【赏析】

《枫桥夜泊》是一首著名的绝句。诗以白描的手法，写出了江边静夜的景致，抒发了作者的羁旅愁怀。诗的第一句"月落乌啼霜满天"，就营造出了一个凄冷孤寂的秋夜的惨淡景象。诗人身处孤舟，夜幕已经降下，忽然耳边响起了一阵乌鸦的啼叫声，这宿巢的乌鸦不知是受了什么惊吓，突然叫了起来，一下子打破了夜的沉寂。寒霜已经降下，寒气阵阵袭人。这样的景象和突如其来的声响，使得整个环境越发显得空旷、凄凉和悲楚。

接下来，"江枫渔火对愁眠"，诗人将目光从远处渐渐收回，自己也回到船舱里，试图进入梦乡，却无法入眠，这是为什么呢？面对江边鲜红的枫叶，江上星星点点的渔火，这渔火、江枫构成了一幅绝佳的秋景图。无奈诗人的心绪不佳，对此美景却无心消受，在诗人的心中油然而生了另一番滋味，枫叶成了秋重霜浓的一种象征，而渔火星星点点，闪烁不定，透露出的却是渔家冷落孤寂、漂泊不定的生活实际。"悲哉，秋之为气也"，面对此景此情，诗人的情绪一下子坏到了极点，在船舱中黯然神伤，更不要说安眠了。"对愁眠"三个字将诗人所处之地、所对之景而产生的满腹惆怅，准确地表达了出来，真可谓洒脱自然，不事雕琢。

"姑苏城外寒山寺，夜半钟声到客船"，刚才那种似乎已经凝固了的孤苦寂寞的环境一下子被打破了。原本身处极度枯寂静谧的环境中的愁苦难眠的诗人，将这远处来的夜半钟声听得非常清晰。尤其是这个"到"字，说明了这钟声是从远处的寒山寺徐徐传来的，诗人听得是那么的专注。这钟声一下子敲在诗人的心坎上，无形中将诗人的孤寂推到了极致，将整首诗所营造的感情氛围也推到了高潮。月落、乌啼、霜天、江枫、渔火、古寺、钟声等众多独特的景色，都毫无痕迹地融入了个人感情中，而诗人的感情也在随着景物的推移转变不断变化，使得诗的感染力得到了充分的展现。

此诗将萧疏凄清的风景与诗人的羁旅之愁打成一片，画出了一幅静夜卧对江枫渔火、卧听钟声的旅居图。在诗中，张继精确而细腻地写出了一个客船夜泊者对江南深秋夜景的观察和感受，有景，有情，有声，有色，使人从有限的画面中获得了悠长的韵味和无穷的美感。这首诗句句形象鲜明，可感可画，句与句之间的逻辑关系又非常清晰合理，内容晓畅易解，所以任何人读这首诗都不难成诵，并且愈是反复吟咏，便愈感到它蕴涵丰厚、诗意浓郁。在这首诗里，形象、色彩、音响的交织融会，以及它们在交织融会中的远近、明暗、位置、层次，都是那么巧妙和谐。这些都要和夜泊的旅人的心情融为一体，不能显出割裂的痕迹，还必须符合格律诗的安排和规范。诗人运用高度的艺术手法来渲染表现，使《枫桥夜泊》成为名作，实属难能可贵。

长沙过贾谊①宅

刘长卿

【原文】

三年谪宦此栖迟②，万古唯留楚客悲③。

秋草独寻人去后，寒林空见日斜时。

汉文有道恩犹薄④，湘水无情吊⑤岂知？

寂寂江山摇落处，怜君何事⑥到天涯！

【注释】

①贾谊（公元前200～公元前168年）：西汉初年洛阳（今河南洛

阳东）人，著名政论家、文学家，世称贾生。贾谊少有才名，十八岁时，以善文为郡人所称。文帝时任博士，迁太中大夫，受大臣周勃、灌婴排挤，谪为长沙王太傅，故后世亦称贾长沙、贾太傅。三年后被召回长安，为梁怀王太傅。梁怀王坠马而死，贾谊深自歉疚，抑郁而亡，时仅33岁。

②三年谪宦：贾谊受权贵中伤，出为长沙王太傅三年。谪：贬官降职。栖迟：居留，漂泊失意。

③楚客：流落楚地的客子，此指贾谊。

④汉文：指汉文帝。有道：指治国有方。

⑤吊：指贾谊作《吊屈原赋》凭吊屈原。

⑥何事：为何，何故。

【作者】

刘长卿（？～789年），字文房，河间（今属河北）人，唐代天宝进士。青少年读书于嵩阳，天宝中进士及第。肃宗至德年间任监察御史，后为长洲尉，因事贬潘州南巴尉。上元东游吴越。代宗大历中以检校祠部员外郎为转运使判官，任淮西鄂岳转运留后，被诬贪赃，贬为睦州司马。德宗朝任随州刺史，叛军李希烈攻随州，弃城出走，复游吴越，终于贞元六年之前。因官终随州刺史，世称刘随州。其诗气韵流畅，意境幽深，婉而多讽，以五言擅长，称"五言长城"。有《刘随州诗集》。词存《谪仙怨》一首。

【赏析】

刘长卿是"清才冠世"、"诗调雅畅"（《唐才子传》）的杰出诗人，因其"刚而犯上"竟"两遭迁谪"。一次是在唐肃宗至德三年（758年），由苏州长洲县尉贬为潘州南巴（今广东茂名）县尉；又一次是在唐代宗大历八年（773年）至十二年（777年）间的秋天，由淮西鄂岳转运留后贬为睦州（浙江建德）司马。本篇即诗人从鄂岳南贬路经长沙凭吊贾谊故居时的怀古伤今之作。

此诗通过对贾谊迁谪失意不幸命运的同情，含蓄地表达出自己的身世之感。首联一个"悲"字，奠定全诗基调。漂泊栖迟，抱负成空，"三年"谪宦，"万古"悲哀。此为贾谊之悲，更是刘长卿之悲。颔联深秋暮色，似乎暗示国家前景岌岌可危。颈联先从文帝有道，贾谊尚且抑郁而死，隐约联系自己的坎坷沉沦；再从屈原不知贾谊吊念自己，联想到贾谊定不会料到有人会凭吊他。时间长逝，忠臣遇谗的悲剧不断上演，诗人不禁发出"怜君何事到天涯"的深沉感叹，在为古人鸣不平的同时，寄寓着诗人自己对不合理现实的控诉。

此诗借古伤今，含蓄蕴藉。诗人巧妙地将自身的坎坷际遇和内心的悲苦融入到具体的诗歌意象之中，借古

人之酒杯浇心中之块垒，讽世之意含而不露，体现出刘长卿近体诗研练深密、婉曲多讽的风格。本诗将个人身世不平的深沉感喟不露凿痕地熔铸于典型史事的描叙之中，令人既能身临其境地观看到意蕴丰厚的悲秋图景，又能清晰明了地聆听到诗人心底激越抑塞的呼声。作者正是精于"炼饰"，从而赢得人们对其"清才冠世"的赞赏。

左迁至蓝关示侄孙湘① 　　韩愈

【原文】

一封②朝奏九重天，夕贬潮州路八千③。

欲为圣朝除弊事④，肯⑤将衰朽惜残年？

云横秦岭⑥家何在，雪拥蓝关马不前。

知汝远来应有意，好收吾骨瘴江边⑦。

【注释】

①左迁：古人贵右贱左，左迁犹言下迁。蓝关：又称蓝田关，在今陕西蓝田县东南。侄孙湘：韩湘，字北渚，韩愈之侄韩老成的长子。

②一封：指韩愈上书宪宗谏迎佛骨事，几被诛，得裴度等力争，贬为潮州刺史。

③潮州：今广东潮州市。

④除弊事：指韩愈《论佛骨表》"老少奔波，弃其业次""伤风败俗，传笑四方，非细事也"等言。

⑤肯：岂肯。

⑥秦岭：陕西省内关中平原与陕南地区的界山，被尊为华夏文明

的龙脉。

⑦瘴江边：指潮州。瘴江：古时岭南一带河流多瘴气，故称。

【作者】

韩愈（768~824年），唐代文学家、哲学家。字退之，河南河阳（今河南孟州）人。自谓郡望昌黎，世称韩昌黎。贞元八年（792年）进士。曾任国子博士、刑部侍郎等职，因谏阻宪宗奉迎佛骨被贬为潮州刺史。后官至吏部侍郎。卒谥"文"。倡导古文运动，其散文被列为"唐宋八大家"之首，与柳宗元并称"韩柳"。其诗力求新奇，有时流于险怪，对宋诗影响颇大。有《昌黎先生集》。

【赏析】

韩愈一生，以辟佛为己任，晚年上《论佛骨表》，力谏宪宗"迎佛骨入大内"，触犯"人主之怒"，几被定为死罪，经裴度等人说情，才由刑部侍郎贬为潮州刺史。

潮州在今广东东部，距当时京师长安确有八千里之遥，那路途的困顿是可想而知的。当韩愈到达离京师不远的蓝田县时，他的侄孙韩湘赶来送行。韩愈此时，悲歌当哭，慷慨激昂地写下这首名篇。此诗是韩愈被贬后南行途中所作，历来传诵甚广。诗中表达了对自己直言获罪、前途渺茫的感叹。

诗中先写得罪之速，一封言事奏疏，自以为在理，却立刻获罪，被贬至边远地区。隐隐透出对仕途险恶的无奈。次写被贬的由来，表明自己的心迹，为了百姓的利益、国家的利益，勇于抗争，不会为了乌纱帽而明哲保身。再写内心的悲愤，面对前路漫漫、阻滞重重，不知何去何从？最后，诗人对侄孙叮嘱，化用《左传》僖公三十二年"必死是间，余收尔骨焉"之语，表示必死的决心，也表明坚持自己的革除弊政主张，至死不悔。

就艺术上看，此诗是韩诗七律中佳作。全诗"沉郁顿挫"，风格近似杜甫。"沉郁"指其风格的沉雄，感情的深厚抑郁，而"顿挫"是指其手法的高妙：笔势纵横，开合动荡。如"朝奏"、"夕贬"、"九重天"、"路八千"等，对比鲜明，高度概括，一上来就有高屋建瓴之势。三、四句用"流水对"，十四字形成一整体，紧紧承接上文，令人有浑成之感。五、六句宕开一笔，写景抒情，"云横雪拥"，境界雄阔。"横"状广度，"拥"状高度，二字皆下得极有力。故全诗大气磅礴，卷洪波巨澜于方寸，能产生撼动人心的力量。从整首诗来看，诗句写得流畅和谐，在严整的格律中，全诗有如飞瀑顺流而下，毫无晦涩之感。

酬乐天扬州初逢席上见赠① 刘禹锡

【原文】

巴山楚水②凄凉地，二十三年弃置身③。
怀旧空吟闻笛赋④，到乡翻似烂柯人⑤。
沉舟侧畔千帆过，病树前头万木春⑥。
今日听君歌一曲⑦，暂凭杯酒长精神⑧。

【注释】

①酬：答谢，酬答，这里是指用诗歌赠答。乐天：指白居易，字乐天。见赠：送给（我）。

②巴山楚水：指四川、湖南、湖北一带。古时四川东部属于巴国，湖南北部和湖北等地属于楚国。刘禹锡被贬后，迁徙于朗州、连州、夔州、和州等边远地区。这里用"巴山楚水"泛指这些地方。

③二十三年：从唐顺宗永贞元年（805年）刘禹锡被贬为连州刺史，至宝历二年（826年）冬应召，约22年。因贬地离京遥远，实际上到第二年才能回到京城，所以说23年。弃置身：指遭受贬谪的诗人自己。弃置：贬谪。

④怀旧：怀念故友。闻笛赋：指西晋向秀的《思旧赋》。三国曹魏末年，向秀的朋友嵇康、吕安因不满司马氏篡权而被杀害。后来，向秀经过嵇康、吕安的旧居，听到邻人吹笛，不禁悲从中来，于是作《思旧赋》怀之。这里刘禹锡借用这个典故怀念已死去的王叔文、柳宗元等人。

⑤翻似：倒好像。翻：副词，反而。烂柯人：指晋人王质。柯：斧柄。相传晋人王质上山砍柴，看见两个童子下棋，就停下观看。等棋局终了，手中的斧柄已经朽烂。回到村里，才知道已过了

一百年，同代人都已经亡故。作者以此典故表达自己遭贬 23 年的感慨，表达世事沧桑、人事全非、暮年返乡恍如隔世的心情。

⑥沉舟：这是诗人以沉舟、病树自比。侧畔：旁边。

⑦歌一曲：指白居易的《醉赠刘二十八使君》："为我引杯添酒饮，与君把箸击盘歌。诗称国手徒为尔，命压人头不奈何。举眼风光长寂寞，满朝官职独蹉跎。亦知合被才名折，二十三年折太多。"

⑧长精神：振作精神。长（zhǎng）：增长，振作。

【作者】

刘禹锡（772～842 年），字梦得，洛阳人，唐代中叶的哲学家和诗人。贞元九年（793 年）刘禹锡中进士，又登博学宏词科；贞元十一年（795 年）吏部取士科，官授太子校书；贞元十六年（800 年），为徐州掌书记；两年后调任京兆渭南主簿；贞元十九年（803 年），擢升为监察御史。开成三年（838 年），刘禹锡改任太子宾客，分司东都，一年后加检校礼部尚书，世称刘宾客。

刘禹锡与柳宗元交谊很深，人称"刘柳"。他又与白居易唱和甚多，并称"刘白"。

刘禹锡精于文，善于诗。刘禹锡的诗歌雄浑爽朗，语言干净明快，节奏比较和谐响亮。尤以律诗和绝句见长。有《刘梦得文集》40 卷，现存 30 卷。另有外集 10 卷，为北宋时辑录，收有遗诗 407 首，杂文22 篇。

【赏析】

唐敬宗宝历二年（826 年），白居易因眼疾罢苏州刺史，刘禹锡也从和州刺史任上罢归洛阳，两位诗人相逢在扬州。白居易在筵席上写了一首诗赠刘禹锡。诗曰："为我引杯添酒饮，与君把箸击盘歌。诗称国手徒为尔，命压人头不奈何。举眼风光长寂寞，满朝官职独蹉跎。亦知合被才名折，二十三年折太多。"刘禹锡这首诗，是对白居易赠诗的酬答。

《酬乐天扬州初逢席上见赠》是唐代刘禹锡创作的一首七言律诗。此诗作于唐敬宗宝历二年（826 年），刘禹锡罢和州刺史返回洛阳，同时白居易从苏州返洛阳，二人在扬州初逢时，白居易在宴席上作诗赠与刘禹锡，刘禹锡也写诗作答。

首联概写谪守巴楚、度尽劫难的经历。"凄凉地"、"弃置身"，虽语含哀怨，却在感伤中不失沉雄，凄婉中尤见苍劲。颔联感叹旧友凋零、今昔异貌。"闻笛赋"、"烂柯人"，借典寄慨，耐人寻味。颈联展示的却是生机勃勃的景象，寄寓在其中的是新陈代谢的进化思想和辩证地看待自己的困厄的豁达襟怀。白居易的赠诗中有"举眼风光长寂寞，满朝官职独蹉跎"两句，意思是说同辈的人都升迁了，只有你在荒远地方蹉跎了岁月，虚度了年华。刘禹锡在酬答诗中写道："沉舟侧畔千帆过，病树前头万木春。"诗人把自己比作沉舟和病树，固然有惆怅情绪，同时又十分达观。沉舟侧畔，有千帆竞发，病树前头，正万木争荣。新生的力量是那么生机勃勃，势不可当。他反而劝白居易，不要为自己寂寞、蹉跎而忧伤。这不但显示了刘禹锡豁达的襟怀，同时也表现了这位唯物主义哲学家对新生力量，对未来充满了信心并给予了热情的赞颂！正是由于"沉舟"一联的突然振起，才一洗伤感低沉的情调，给人以昂扬、振奋的力量。这两句诗既鲜明形象，又蕴涵深刻的哲理，千余年来，已经成了亿万读者反复吟咏的警策名句。在手法上，它则将诗情、画意、哲理熔于一炉，以形象的画面表现抽象的哲理，旨趣隽永。尾联顺势而下，请白氏举杯痛饮，借以振奋精神。

此诗既是显示自己对世事变迁和仕宦升沉的豁达襟怀，表现了诗人的坚定信念和乐观精神，同时又暗含哲理，表明新事物必将取代旧事物。全诗感情真挚，起伏跌宕，沉郁中见豪放，不仅阐释了深刻的人生哲理，也具有很强的艺术感染力。

望洞庭① 刘禹锡

【原文】

湖光秋月两相和②，

潭面无风镜未磨③。

遥望洞庭山④水翠，

白银盘里一青螺⑤。

【注释】

①洞庭：洞庭湖，在今湖南省，中国五大淡水湖之一。湖中有君山。

②湖光：指洞庭湖水泛着银光。和：和谐，协调。

③潭：原指深水池，这里指洞庭湖。镜未磨：古代的镜子一般用铜做成，经常磨才能够光亮照人，这里指远望湖水模糊不清，就像没有打磨的镜面。

④山：指君山。洞庭湖中有不少山，最著名的是君山。

⑤白银盘：比喻泛着白光的洞庭湖。青螺：指青螺髻，古代妇女的一种发型。古代常用螺髻比喻峰峦，这里的青螺指君山。

【作者】

见《刘禹锡·酬乐天扬州初逢席上见赠》篇。

【赏析】

《望洞庭》作于长庆四年（824年）秋。刘禹锡在《历阳书事七十韵》序中称："长庆四年八月，予自夔州刺史转历阳（和州），浮岷江，观洞庭，历夏口，涉浔阳而东。"刘禹锡贬逐南荒，二十年间来去洞庭，据文献可考的约有六次，其中只有转任和州这一次是在秋天。

此诗描写了秋夜月光下洞庭湖的优美景色。首句描写湖水与素月交相辉映的景象，第二句描绘无风时湖面平静的情状，第三、四句集中描写湖中的君山。诗人以轻快的笔触勾画出一幅优美的洞庭秋月图，生动地描绘了秋夜洞庭湖一片朦胧、宁静、柔美的风光。诗的头两句写洞庭湖光秋月，给人一种宁静的朦胧的美感。后两句写洞庭山水全景，将洞庭湖和君山作了极为生动形象而又十分贴切的比喻。此句的擅胜之处，不止表现在设譬的精警上，还表现了诗人壮阔不凡的气度和寄托了诗人高卓清奇的情致。在诗人眼里，千里洞庭不过是妆楼奁镜、案上杯盘而已。举重若轻，自然淡泊，毫无矜气作色之态，这是十分难得的。把人与自然的关系表现得这样亲切，把湖山的景物描写得这样高旷清超，这正是诗人性

格、情操和美学趣味的反映。在诗人的笔下，洞庭湖的秋夜是那么的淡雅静丽，令人陶醉。全诗写景细致，比喻美妙，想象丰富，表达了诗人对洞庭湖的喜爱和赞美之情。

浪淘沙·九曲黄河万里沙　　刘禹锡

【原文】

九曲黄河万里沙①，

浪淘风簸自天涯②。

如今直上银河去，

同到牵牛织女家。

【注释】

①九曲：自古相传黄河有九道弯。形容弯弯曲曲的地方很多。万里沙：黄河在流经各地时挟带大量泥沙。

②浪淘风簸：黄河卷着泥沙，风浪滚动的样子。浪淘：波浪淘洗。簸：掀翻，掀起。自天涯：来自天边。

【作者】

见《刘禹锡·酬乐天扬州初逢席上见赠》篇。

【赏析】

《浪淘沙》这一组诗共九首，是刘禹锡写于唐穆宗李恒长庆二年（822年），其时刘禹锡被贬于夔州。刘禹锡在贬官期间，目睹了当地百姓从事淘金生活的艰辛，非常同情，写了九首《浪淘沙》诗，这是其中的一首。这是模仿淘金人的口吻来写的，表明他们对淘金生涯的厌恶和对美好生活的向往。同是在河边生活，牛郎织女生活的天河恬静而优美，淘金者生活的黄河则充满风浪泥沙。直上银河，同访牛郎织女的家，寄托了他们心底对宁静的田园牧歌生活的憧憬。诗歌境界开阔，风格雄放，语言诙谐，表达了诗人积极进取、乐观向上的豪情。

诗歌一开首，诗人即以粗重、浑厚、酣畅的笔触，为人们描绘了一幅壮阔的图画，但见九曲黄河裹挟着浊浪黄沙自天边波涛汹涌地奔腾而来。开首二句写得极有魄力，与李白"黄河之水天上来，奔流到海不复回"名句有异曲同工之妙。开首二句既写出了黄河九曲的仪态婉转之美，更写出了自天而降奔腾向前的气魄。此外，诗人还进行了合理的想象与夸张，由眼前河道的婉转曲折，联想到它当来自"天涯"，由眼前的浊浪滚滚，便联想到它的万里黄沙，真可谓是思接千载，神通万里。诗人的豪迈之情，可说是溢于笔下，扑面而来。

三、四两句，诗人由眼前之景，联想到自己，以极富浪漫精神之笔，想象自己乘筏直上银河。古人认为银河与黄河是相通的。诗人在这里还暗用了一个典故，传说汉代时汉武帝曾派张骞出使大夏寻找黄河源头。经过一个多月，张骞乘筏直上银河，见到了织女而还。"牵牛织女"即指的是牵牛星与织女星。古代神话把这两个星宿说成是牛郎与织女。诗人在这里所表现出来的飞动之笔与驰骋的想象，正体现了他的迎风顶浪，逆流而上，直上九霄，直到牵牛织女家的豪迈气慨，以及向往美好理想的境界。

诗人歌咏九曲黄河中的万里黄沙，赞扬它们冲风破浪，一往无前的顽强性格。我们引用时可取其象征意义，歌颂与它们有着共同特点的事物或人。这首诗汲取了民歌的特点，语言通俗明白，即便是运用典故，也了无痕迹，同时也不失典雅，夸张与想象的合理运用，更为诗歌增色不少。

节妇吟·寄东平李司空师道① 张籍

【原文】

君知妾②有夫，赠妾双明珠。

感君缠绵意，系在红罗襦③。

妾家高楼连苑起④，良人执戟明光里⑤。

知君用心如日月⑥，事夫誓拟同生死⑦。

还君明珠双泪垂，恨不相逢未嫁时。

【注释】

①节妇：能守住节操的妇女，特别是对丈夫忠贞的妻子。吟：一种诗体的名称。李司空师道：李师道，时任平卢淄青节度使。

②妾：古代妇女对自己的谦称，这里是诗人的自喻。

③罗：一类丝织品，质薄、手感滑爽而透气。襦：短衣、短袄。

④高楼连苑起：耸立的高楼连接着园林。苑：帝王及贵族游玩和打猎的风景园林。起：矗立着。

⑤良人：旧时女人对丈夫的称呼。执戟：指守卫宫殿的门户。明光：本汉代宫殿名，这里指皇帝的宫殿。

⑥用心：动机目的。如日月：光明磊落的意思。

⑦事：服事、侍奉。拟：打算。

【作者】

张籍（约766~830年），唐代诗人。字文昌，原籍吴郡（今江苏省苏州市），少时侨寓和州乌江（今安徽省和县乌江镇）。贞元（唐德宗年号，785~805年）进士，历任太常寺太祝、水部员外郎、国子司业等职，故世称张水部或张司业。张籍是一位关心现实、同情民生疾苦的诗人，他的诗句语言精练，朴实自然，和当时的另一位诗人王建并称为"张王"。有《张司业集》。

【赏析】

《节妇吟》是唐代诗人张籍自创的乐府诗。此诗具有双层面的内涵，在文字层面上，它描写了一位忠于丈夫的妻子，经过思想斗争后终于拒绝了一位多情男子的追求，守住了妇道；在喻义层面上，它表达了作者忠于朝廷、不被藩镇高官拉拢、收买的决心。全诗以比兴手法委婉地表明态度，语言上极富民歌风味，对人物刻画细腻传神，为唐诗中的佳作。

诗题是《节妇吟》，女主人公之所以能冠以"节"字，就体现于她能在顺乎人情的情况下不失节操，而这种品德是在叙事中体现出来的。"君知妾有夫，赠妾双明珠。""知"字说明"君"明知自己是有夫之妇，却还要对自己赠珠挑逗。但是妾并未立即拒绝，而是"感君缠绵意"，并把明珠系在自己身穿的红罗短衣上。以下四句诗意也随之一转。高楼连帝苑而起，丈

夫在明光殿里执戟，意在说明妾家不是小户人家。我知君的用心虽明如日月，但我已和丈夫誓同生死。这层既申明道义，也为拒收所赠重礼铺平道路。在这里，"高楼连苑"和"良人执戟"比喻朝廷厚待自己，而自己在这样的状况下，自然不会有非分之想，不会有越礼的行为。"还君明珠双泪垂，恨不相逢未嫁时"两句为第三层。至此，女主人公解下双明珠掷还与"君"，同时她又酬以"双泪"，依依不舍地发出"恨不相逢未嫁时"的叹息，全诗语带双关，语言十分得体。

此诗采用乐府体，塑造人物细腻生动，心理刻画入微，内心中"情"与"理"的斗争激烈，终以理胜，而"情"欲缠绵。行文转折起伏，跌宕有致。全诗词浅意深，言在意外，含蓄地表达了诗人的政治立场。全诗情理真挚，心理描写细致入微，委婉曲折而动人。除了它所表现的是君子坦荡胸怀这一因素外，其在艺术上的高妙也是促使它成为名作的重要原因。据说由于这首诗情词恳切，连李师道本人也深受感动，不再勉强。

这首《节妇吟》其实还有一个副标题——"寄东平李司空师道"。这个李师道是何许人也呢？安史之乱后，藩镇割据的局面愈发明显，其中缁青高丽人李正己受封节度使，到李正己的孙子李师道自立为平卢缁青节度使，前后已历三代。李师道对朝廷外表恭顺，从皇帝那里骗来了检校司空的职衔，私下里却在蓄养死士，操练兵马。当时藩镇军阀为了制造对己有利的舆论，纷纷拉拢文人和中央政府官吏。李师道听说了张籍的才名，就派人携带重金拜访张籍。张籍和他的老师韩愈一样，都主张武力削藩，自然不愿被李师道收买。可张籍深知李师道心狠手辣，如果严词拒绝他可能招来杀身之祸。经过反复思考，张籍写下了这首《节妇吟》寄给了李师道，通过这样一首貌似男女爱情的诗作，最终达到了拒绝其拉拢的目的。

题都①城南庄　　崔护

【原文】

去年今日此门中，

人面②桃花相映红。

人面③不知何处去，

桃花依旧笑④春风。

【注释】

①都：国都，指唐朝京城长安。

②人面：指姑娘的脸。

③人面：指代姑娘。

④笑：形容桃花盛开的样子。

【作者】

崔护（？～831年），字殷功，博陵（今河北定县）人。贞元十二年（796年）进士及第，大和三年（829年）担任京兆尹，官至岭南节度使，其诗风清新隽永，《全唐诗》存诗六首，以《题都城南庄》最为世人称道。

【赏析】

此诗的创作时间，史籍没有明确记载。而唐人孟棨《本事诗》和宋代《太平广记》则记载了此诗"本事"：崔护到长安参加进士考试落第后，在长安南郊偶遇一美丽少女，次年清明节重访此女不遇，于是题写此诗。这段记载颇具传奇小说色彩，其真实性难以得到其他史料的印证。

此诗分为前后两个层次。前两句回忆过去情形：去年的今天，在这个院子里，看到的是一个与桃花相映生辉的美丽女子。"去年今日"是有心语，为何诗人来此的日子正好是"去年今日"？只因"今日"是一个不平常的日子，在去年的今天，诗人发现了心中的至美，而今年的今天，他也正是专程为寻找这往日的美丽而来。第二句"人面桃花相映红"一句将人与花交织在一起，因为有人，桃花更有生气，因为有花，美人更添娇艳。从这样的情景中，读者不难感受到当时作者和美人心中荡漾的情意。后两句写到的是眼下的情形：今年又到了这天，这里却是院门紧闭，去年的美人已不知所踪，留下的只是依旧鲜艳的桃花。这两句诗有着丰富的审美内涵，主要体现在以下两个方面：第一，物是人非的沧桑。这句诗中，诗人描写的是不同的时间，同一个地点。今日重来，深院桃花仍是旧时模样，但心中最为牵挂的美人却已不再，诗人心中自有无限感慨；第二，不见美人的哀伤。若以他物写相思，未必有太多哀伤，但诗人以"桃花依旧笑春风"的乐景作结，对比之下，自己心中的哀伤被放大了许多，使诗意更易动人。

此诗虽然短小，但婉曲隽永，耐人回味。在内容上，"人面桃花"自此成为人们形容女性美丽容颜的丽词。在结构上，时间轮回，物是人非的写作方法对后来作家的创作产生了巨大影响。

诗中没有主观情感的直接抒发，只是把自己两度游春的所见集中到都城南庄一个普通的村舍门口，通过两段情景的铺叙，两相对照，

喜悲相衬，一扬一抑，突出表现了风景依旧、佳人渺渺的无限惆怅之情。诗人把一块失去美好的思想重石抛压在每一位读者的心头。同时，他自己又狡黠地在诗中留下了一片片朦朦胧胧的艺术空白，让读者陷入他精心构置的令人惆怅的氛围之中无法自拔，从而去为他填补那一片片空白："鲜花"终究何主？才子何去何从？有情人可否终成眷属……此后果真有痴情人为这一切苦心孤诣地去敷衍故事，安排结局。如《丽情集》中的"人面桃花"以及说唱艺人口中的《谒浆崔护》等。他们甚至一厢情愿地想象，崔护题诗数日后，复还"谒浆"之门，得知少女读诗后竟感动相思而病夭，崔护入见，痛哭不已，少女竟又复生，于是这对经历生生死死的爱情波折的有情人终成眷属。小说家之言，当不足为凭，但是"人面桃花"、"谒浆崔护"的故事流传久远，脍炙人口，深入人心，却可见此诗不可抗拒的艺术魅力。崔护名气之大，也是因为有了这首诗的缘故。

尽管这首诗有某种情节性，有富于传奇色彩的"本事"，甚至带有戏剧性，但它并不是一首叙事诗，而是一首抒情诗。"本事"可能有助于它的广泛流传，但它本身所具的典型意义却在于抒写了某种人生体验，而不在于叙述了一个人们感兴趣的故事。它诠释了一种普遍性的人生体验：在偶然、不经意的情况下遇到某种美好事物，而当自己去有意追求时，却再也不可复得。这也许正是这首诗保持经久不衰的艺术生命力的原因之一。

遣怀①   杜牧

【原文】

落魄江湖载酒行②，

楚腰纤细掌中轻③。

十年一觉扬州梦④，

赢得青楼薄幸名⑤。

【注释】

①遣怀：排遣情怀。

②落魄：困顿失意、放浪不羁的样子。载酒行：装运着酒漫游。意谓沉浸在酒宴之中。

③楚腰：指美人的细腰。史载楚灵王喜欢细腰，宫中女子就束腰，忍饥以求腰细，"楚腰"就成了细腰的代称。掌中轻：据说汉成帝的皇后赵飞燕身体轻盈，能在掌上翩翩起舞。这是一种夸张的形容。

④扬州梦：作者曾随牛僧孺出镇扬州，经常出入倡楼，后分务洛阳，追思感旧，谓繁华如梦，故云。

⑤青楼：唐以前的青楼指青漆涂饰的豪华精致的楼房，这里指歌馆妓院。薄幸：薄情。

【作者】

杜牧（803～853年），唐代诗人。字牧之，京兆万年（今陕西西安）人，宰相杜佑之孙。太和二年（828年）进士，曾为江西观察使、宣歙观察使沈传师和淮南节度使牛僧孺的幕僚，历任监察御史，黄州、池州、睦州刺史，后入为司勋员外郎，官终中书舍人。

杜牧以济世之才自负。诗文中多指陈时政之作。写景抒情的小诗，多清丽生动。人称"小杜"，和李商隐合称"小李杜"，以别于李白与杜甫。有《樊川文集》二十卷传世。

【赏析】

《遣怀》是唐代诗人杜牧的代表作品之一。这是作者回忆昔日的放荡生涯、悔恨沉沦的诗，表面上是抒写自己对往昔扬州幕僚生活的追忆与感慨，实际上发泄自己对现实的满腹牢骚以及对自己处境的不满。

此诗当作于杜牧在黄州刺史任上，为追忆十年前的扬州岁月而作。杜牧于文宗大和七年至九年（833～835年）在淮南节度使牛僧孺幕府任推官，转掌书记，居扬州。当时他三十一、二岁，颇好宴游。他在扬州期间，与青楼女子多有来往，诗酒风流，放浪形骸。故日后追忆，乃有如梦如幻、一事无成之叹。

诗的前两句截取了诗人扬州生活的两个具有代表性的片段，首句起于"落魄"二字，定下了全诗感伤的基调，并借以说明"载酒行"的原因在于借酒消愁。第二句用了楚灵王好细腰和赵飞燕能在人的手掌上跳舞的典故，暗示了作者和妓女之间亲密的关系。将两句合看，有酒有色，可见杜牧扬州生活之放荡。

后两句从具体中抽离出来，抒发感慨，"十年"的时光对诗人来说，并不短暂，在这十年当中，他常置身于烟花柳巷之中，周旋于扬州名妓之间。如今看来，一切繁华皆为南柯一梦。在"十年"和"一觉"的对举中，蕴涵了诗人无尽的感伤：自己的凌云之志、自己的青春年华、自己的报国之心在十年之后都已烟消云散，梦醒时分，回首往事，自己在这些日子里都做了什么，留下了什么呢？"赢得青楼薄幸名"以调侃的语气给出了答案——这十年的光阴，都被耗费在了歌馆妓院之内，但即使是在自己终日揽腰于手、耳鬓厮磨的烟花女子那里，"赢得"的却也只是一个薄情寡义的名声。诗人对仕途的失意，对生活的悔恨，通过"赢得"二字，以自嘲的方式表现得深刻且沉痛。

这四句诗在结构上可谓波澜起伏，首句因有"落魄"两字，调子是压抑的，而次句描写妓女美好的姿态，又掺杂着愉悦的感受，诗情在这里形成了一个转折。第三句将自己十年扬州生活归于一梦，是对过去的否定，诗情再次重重跌落，末句照应第二句诗，采用肯定的句式加以自嘲，"赢得"二字又使诗歌结构产生了变化。全诗句句转折却又彼此勾连，不愧为杜牧的重要代表作品。

寄扬州韩绰判官① 　杜牧

【原文】

青山隐隐水迢迢②，

秋尽江南草未凋。

二十四桥③明月夜，

玉人何处教吹箫④。

【注释】

①韩绰：事不详，杜牧另有《哭韩绰》诗。判官：观察使、节度使的属官。时韩绰似任淮南节度使判官。

②迢迢：指江水悠长遥远。

③二十四桥：古代桥梁建筑的杰作，位于江苏省扬州市，历史上

的二十四桥早已颓圮于荒烟衰草。现今扬州市经过规划，在瘦西湖西修长桥，筑亭台，重修了二十四桥景点，为古城扬州增添了新的风韵。

④玉人：貌美之人。这里是杜牧对韩绰的戏称。一说指扬州歌妓。教：使，令。

【作者】

见《杜牧·遣怀》篇。

【赏析】

这首诗是诗人杜牧的代表作之一，也是前人诗词中写扬州的名篇之一，历来为人们所传诵。扬州是杜牧的旧游之地，他在做客江南时，仍眷恋着扬州的繁华旖旎，于是他把这种怀念之情写给了在扬州的朋友韩绰判官。韩绰，生平不详，杜牧在大和年间曾在淮南节度使牛僧孺的幕中做过掌书记，杜牧与韩绰当为熟友。杜牧另有《哭韩绰》一诗。

"青山隐隐水迢迢，秋尽江南草未凋"，在诗歌的开首二句，诗人挥笔写下深深留映在脑海中的江南美景。首句先从大处落笔，抓住了江南风光，青山迤逦，似与天接，绿水迢迢，蜿蜒如带。不仅如此，时令虽已是深秋，但江南大地依旧山青水秀，景致不减春色。诗句中的"隐隐"与"迢迢"两组叠字的运用，传达出江南绿水青山温柔妩媚的神韵，也表明江南的山水此时此刻离自己是相当之遥远。

"二十四桥明月夜，玉人何处教吹箫"，江南的诸多景致留给诗人印象最深的则是二十四桥上观赏明月，徐凝在《忆扬州》诗中曾道："天下三分明月夜，二分无赖是扬州"，可见扬州的明月之夜是何等的迷人。诗歌最后以开玩笑调侃的笔调问老友韩绰是否在这深秋之夜，皓月高悬之际在何处教那些歌妓吹箫呢？

这首诗歌能用最为简单的语言写出最富有特色的事物，并能激发人们的联想与想象；而在抒情方面，并没有直接抒情，但却包含着最蕴藉的感情，前人说这首诗是杜牧"厌江南之寂寞，思扬州之欢娱，"从诗歌中表现出来的情感来看，此说不无道理。

赋得^①古原草送别　白居易

【原文】

离离^②原上草，一岁一枯荣^③。

野火烧不尽，春风吹又生。

远芳侵古道^④，晴翠^⑤接荒城。

又送王孙^⑥去，萋萋满别情^⑦。

【注释】

①赋得：古代凡按指定、规定题目作诗，前面要加"赋得"二字，即"赋"诗"得"题的意思。

②离离：形容草长得茂盛。原：原野。

③枯：枯萎。荣：茂盛，繁荣。

④远芳：形容草香远播。侵：蔓延，侵占。

⑤晴翠：草原明丽翠绿。

⑥王孙：本指贵族的子弟，这里指被送别的朋友。

⑦萋萋：形容草木长得茂盛的样子。别情：分别时的伤感情怀。

【作者】

白居易（772～846年），唐代诗人。字乐天，号香山居士。其先太原（今属山西）人，后迁下邽（今陕西渭南东北）。贞元进士，授秘书省校书郎。元和年间任左拾遗及左赞善大夫。后因上表请求严缉刺死宰相武元衡的凶手，得罪权贵，被贬为江州司马。长庆初年任杭州刺史，宝历初年任苏州刺史，后官至刑部尚书。

白居易在文学上积极倡导新乐府运动，主张"文章合为时而著，歌诗合为事而作"，写下了不少感叹时世、反映人民疾苦的诗篇，对后世颇有影响，是我国文学史上相当重要的诗人。和元稹并称"元白"，和刘禹锡并称"刘白"，与李白、杜甫一起被后人并称为唐代"三大诗人"。

其诗语言通俗，自然、清新，流传广泛，现有传世之诗作近三千首。有《白氏长庆集》。

【赏析】

《赋得古原草送别》是唐代诗人白居易的成名作。此诗通过对古原上野草的描绘，抒发送别友人时的依依惜别之情。它可以看成是一曲野草颂，更是对生命的颂歌。

绵密的原上草每年一荣一枯，草枯黄之时即遭野火焚烧，但草是烧不尽的——春天一到，原上之草就又碧绿茂盛了。草的生长速度极快：不仅原上，就连古道荒城也无处不生。当此春草茂密之时，诗人又要送朋友远去，心中凄然，充满离别之情。

这首诗借写古原草的特点来抒发离别的情绪。诗的首句紧紧扣住题目"古原草"三字，并用叠字"离离"描写春草的茂盛。第二句，"一岁一枯荣"，进而写出原上野草秋枯春荣的规律。第三、四句，极为形象生动地表现了野草顽强的生命力。第五、六句，用"侵"和"接"刻画春草蔓延、绿野广阔的景象。最后两句，点明送别的本意。用绵绵不尽的春草比喻惜别之情，真正达到了情景交融、韵味无穷的境界。全诗自然流畅，又融入生活的感受，特别是名句"野火烧不尽，春风吹又生"寓意深刻，极富哲理。

咏物诗也可作为寓言诗看。有人认为是讥刺小人的。从全诗看，原上草虽有所指，但喻意并不确定。"野火烧不尽，春风吹又生，"却作为一种"韧劲"而有口皆碑，成为传之千古的绝唱。

全诗措辞自然流畅而又工整，虽是命题作诗，却能融入深切的生活感受，故字字含真情，语语有余味，不但得体，而且别具一格，故能在"赋得体"中称为绝唱。

此诗作于贞元三年（787年），作者时年十六。诗是应考的习作。按科场考试规矩，凡指定、限定的诗题，题目前须加"赋得"二字，作法与咏物相类，须缴清题意，起承转合要分明，对仗要精工，全篇要空灵浑成，方称得体。束缚如此之严，故此体向少佳作。据载，作者这年始自江南入京，谒名士顾况时投献的诗文中即有此作。起初，顾况看着这年轻士子说："米价方贵，居亦弗易。"虽是拿居易的名字打趣，却也有言外之意，说京城不好混饭吃。及读至"野火烧不尽"二句，不禁大为嗟赏，道："道得个语，居亦易矣。"并广为延誉。（见唐张固《幽闲鼓吹》）可见此诗在当时就为人称道。

钱塘湖春行　　白居易

【原文】

孤山寺北贾亭西①，水面初平云脚低②。
几处早莺争暖树③，谁家新燕啄春泥④。
乱花渐欲迷人眼⑤，浅草⑥才能没马蹄。
最爱湖东行不足⑦，绿杨阴里白沙堤⑧。

【注释】

①孤山寺：寺院名，南朝陈文帝天嘉初年建，名承福，宋时改名广化。贾亭：即贾公亭。唐贞元中，贾全出任杭州刺史，于西湖湖畔建亭，人称"贾亭"或"贾公亭"。

②水面初平：指春天湖水初涨，水面刚刚平了湖岸。云脚低：指云层低垂，看上去同湖面连成一片。

③早莺：初春时飞来的黄莺。莺：黄鹂，鸣声婉转动听。暖树：指向阳的树木。

④新燕：刚从南方飞回来的燕子。啄春泥：燕子衔泥筑巢。

⑤乱花：各种颜色的野花。迷人眼：使人眼花缭乱。

⑥浅草：刚刚长出地面、还不太高的春草。

⑦行不足：百游不厌。

⑧阴：同"荫"。白沙堤：即今白堤，又称沙堤、断桥堤，在西湖东畔，唐朝以前已有。

【作者】

见《白居易·赋得古原草送别》篇。

【赏析】

这首七律是唐穆宗长庆三年（823 年）前后的春天，白居易任杭州刺史时所作。钱塘湖是西湖的别名。提起西湖，人们就会联想到苏轼的名句："欲把西湖比西子，淡妆浓抹总相宜。"读了白居易这首诗，我们仿佛真的看到了那含情而笑的西施的面影，更加感到东坡这

比喻的贴切。

诗的前四句写湖上春光，范围宽广，它从"孤山"一句生发出来；后四句专写"湖东"景色，归结到"白沙堤"。前面先点明环境，然后写景；后面先写景，然后点明环境。诗以"孤山寺"起，以"白沙堤"终，从点到面，又由面回到点，中间的转换不着痕迹。"乱花""浅草"一联，写的虽也是一般春景，然而它和"白沙堤"却有紧密的联系：春天，西湖哪儿都是绿毯般的嫩草；可是这平坦修长的白沙堤，游人来往最为频繁。唐时，西湖上骑马游春的风俗极盛，连歌姬舞妓也都喜爱骑马。诗用"没马蹄"来形容这嫩绿的浅草，正是眼前现成景色。

"初平"、"几处"、"谁家"、"渐欲"、"才能"这些词语的运用，在全诗写景句中贯穿成一条线索，把早春的西湖点染成半面轻匀的钱唐苏小小。可是这蓬蓬勃勃的春意，正在急剧发展之中。从"乱花渐欲迷人眼"这一联里，透露出另一个消息：很快地就会姹紫嫣红开遍，湖上镜台里即将出现浓妆艳抹的西施。

这是一首写景诗，它的妙处不在于穷形尽相的工致刻画，而在于即景寓情，写出了融和的春意，写出了自然之美给予诗人的集中而饱满的感受。所谓"象中有兴，有人在"；所谓"随物赋形，所在充满"，是应该从这个意义去理解的。另外，值得玩味的还有诗人的笔法。无论是交代观赏的立足点，还是总体描绘湖上的景象，诗人都不是呆板地描叙。写位置，忽北忽西；写景致，忽高忽低。全诗左右变幻，上下呼应，跌宕多姿，隐约透露出诗人既兴奋又悠闲、既深情又从容的观览心态，为全诗定下了轻松活泼的情感基调。

此诗通过对西湖早春明媚风光的描绘，抒发了作者早春游湖的喜悦和对西湖风景的喜爱，表达了作者对于自然之美的热爱之情。全诗结构谨严，衔接自然，对仗精工，语言清新，堪称吟咏西湖的名篇佳作。

长相思·汴水流　　白居易

【原文】

汴水①流，泗水②流，流到瓜洲古渡③头。

吴山④点点愁。

思悠悠⑤，恨悠悠，恨到归时方始休。

月明人倚楼。

【注释】

①汴水：源于河南，东南流入安徽宿县、泗县，与泗水合流，入淮河。

②泗水：源于山东曲阜，经徐州后，与汴水合流入淮河。

③瓜洲古渡：在江苏省扬州市南长江北岸。瓜洲本为江中沙洲，沙渐长，状如瓜字，故名。

④吴山：在浙江杭州，春秋时为吴国南界，故名。此处泛指江南群山。

⑤悠悠：深长的意思。

【作者】

见《白居易·赋得古原草送别》篇。

【赏析】

相思是人类最普遍的情感之一，也是历代文人付诸歌咏的最佳题材之一。古诗中多用"长相思"三字，如《古诗十九首》中就有"上言长相思"、"著以长相思"、"行人难久留，各言长相思"等。南朝陈后主、徐陵、江总，唐李白等都有拟作。内容多写女子怀念久出不归的丈夫。至于白居易这首《长相思》，则有其特定的相思对象，即他的侍妾樊素。

樊素善歌《杨柳枝》，因又名柳枝。因为种种原因，樊素自求离去，白氏在《别柳枝》绝句中说："两枝杨柳小楼中，袅袅多年伴醉翁。明日放归归去后，世间应不要春风。"可见作者对于樊氏的离去十分伤感。这首《长相思》词也表达了相同的情感。

这首词是抒发"闺怨"的名篇，构思比较新颖奇巧。它写一个闺中少妇，月夜倚楼眺望，思念久别未归的丈夫，充满无限深情。词作采用画龙点睛之笔，最后才点出主人公的身份，突出作品的主题思想，因而给读者留下强烈的悬念。在朦胧的月色下，映入女子眼帘的山容水态，都充满了哀愁。前三句用三个"流"字，写出水的蜿蜒曲折，也酿造成低徊缠绵的情韵。下面用两个"悠悠"，更增添了愁思的绵长。

词的上阕写樊素回南必经之路。因为她是杭州人氏，故作者望吴山而生愁。汴水、泗水是一去不复回的，随之南下的樊素大概也和河水一样，永远离开了他。所以作者想象中的吴中山脉，点点都似离愁别恨凝聚而成。短短几句，把归人行程和愁怨的焦点都简括而又深沉地传达了出来。尽管佳人已去，妆楼空空，可作者一片痴情，终难忘怀，他便于下阕抒发了自己的相思之痛。两个"悠悠"，刻画出词人思念之深。这种情感的强烈，只有情人的回归才能休止。

然而那不过是空想，他只能倚楼而望，以回忆昔日的欢乐，遣散心中的郁闷而已。

　　这篇作品形式虽然短小，但它却用回环复沓的句式，流水般汩汩有声的节奏，贯穿于每个间歇终点的相同韵脚，造成了绵远悠长的韵味，使相思之痛、离别之苦，表现得更加淋漓尽致。全词以"恨"写"爱"，用浅易流畅的语言、和谐的音律，表现人物的相思之痛、离别之苦；特别是那一派流泻的月光，更烘托出哀怨忧伤的气氛，增强了艺术感染力，显示出这首小词言简意丰、词浅味深的特点。

放言·赠君一法决狐疑　　白居易

【原文】

赠君一法决狐疑，不用钻龟与祝蓍①。

试玉要烧三日满②，辨材须待七年期③。

周公恐惧流言日④，王莽谦恭未篡时⑤。

向使当初身便死，一生真伪复谁知？

【注释】

①钻龟：古代在龟壳上钻灼，以裂痕占卜吉凶。祝蓍：古代占卜的一种方法，取蓍草的茎以卜吉凶。

②作者自注："真玉烧三日不热。"《淮南子·俶真训》说，钟山之玉用炉炭烧三日三夜而色泽不变。

③作者自注："豫章木生七年而后知。"《史记·司马相如列传》张守节"正义"说："豫，今之枕木也；章，今之樟木也。二木生至

七年，枕、樟乃可分别。"

④周公：指周武王之弟周公旦。武王之子周成王继位时，因年幼由叔父周公旦摄政。周公在辅佐成王时，一些人曾经怀疑他有篡权的野心，使他心怀恐惧，就避于东。后来成王发现流言是假的，便迎接周公回来。

⑤王莽：字巨君，汉元帝皇后侄。他在夺取政权过程中，为了收揽人心，常表现出谦恭退让的姿态，迷惑了一些人。后来终于篡汉自立，改国号为"新"。

【作者】

见《白居易·赋得古原草送别》篇。

【赏析】

这是一首哲理诗。

元和五年（810年），白居易的好友元稹因得罪了权贵，被贬为江陵士曹参军。在江陵期间，元稹写了五首《放言》诗，表露自己的心情。过了五年，白居易也被贬为江州司马。贬官途中，感慨万千，写了五首《放言》诗唱和元诗。这首诗是其三。

诗的一开头说要告诉朋友元稹一个决狐疑的方法，至于它是什么，却不直说，使诗歌有曲折、有波澜，为读者留下悬念。第二联以两个比喻句委婉地说明，要知道事物的真伪优劣，需要假以时日。后四句从反面阐述同样的道理：如果过早地下结论，就容易为一时表面现象所蒙蔽，不辨真伪。诗人希望朋友元稹多加保重，等待"试玉"、"辨材"期满，朝廷和世人自然会辨清真伪善恶。这是劝喻朋友，也是作者曲折地对自身遭受诬陷的辩白。

这首诗以具体的事例作为论据，借用比喻和历史故事，寓哲理思考于形象叙述之中，说明了辨别人才好坏的方法。以具体事例表现普遍规律，小中见大。在表现手法上，虽以议论为诗，但却纡回委婉，富有情味。全诗以具体形象的事例，通俗易懂的语言，说明了一个抽象而带有普遍性的道理，哲理深刻，耐人寻味。

锦瑟　　　　　李商隐

【原文】

锦瑟无端五十弦①，一弦一柱②思华年。

庄生晓梦迷蝴蝶③，望帝春心托杜鹃④。

沧海月明珠有泪⑤，蓝田日暖玉生烟⑥。

此情可待成追忆，只是当时已惘然⑦。

【注释】

①锦瑟：装饰华美的瑟。瑟：拨弦乐器，通常二十五弦。无端：犹何故。怨怪之词。

②柱：弦弓。

③庄周梦蝶：比喻人生如梦，往事如烟之意。

④望帝：《华阳国志·蜀志》："杜宇称帝，号曰望帝……其相开明，决玉垒山以除水害，帝遂委以政事，法尧舜禅授之义，遂禅位于开明。帝升西山隐焉。时适二月，子鹃鸟鸣，故蜀人悲子鹃鸟鸣也。"子鹃即杜鹃，又名子规。

⑤珠有泪：《博物志》："南海外有鲛人，水居如鱼，不废绩织，其眼泣则能出珠。"

⑥蓝田：《元和郡县志》："关内道京兆府蓝田县：蓝田山，一名玉山，在县东二十八里。"

⑦惘然：迷茫的样子。

【作者】

李商隐（约 813～858 年），唐代诗人。字义山，号玉溪生、樊南生。怀州河内（今河南沁阳）人。开成二年（837 年）进士。曾任县尉、秘书郎和东川节度使判官等职。处于牛李党争的夹缝之中，被人排挤，潦倒终身。诗歌成就很高，所作"咏史"诗多托古讽今，"无题"诗很有名。擅长律、绝，富于文采，具有独特风格，然有用典过多，意旨隐晦之病。有《李义山诗集》。

【赏析】

《锦瑟》，是李商隐的代表作，爱诗的无不乐道喜吟，堪称最享盛名；然而它又是最不易讲解的一篇难诗。有人说是写给令狐楚家一个叫"锦瑟"的侍女的爱情诗；有人说是睹物思人，写给故去的妻子王氏的悼亡诗；也有人认为中间四句诗可与瑟的适、怨、清、和四种声情相合，从而推断为描写音乐的咏物诗；此外还有影射政治、自叙诗歌创作等许多种说法。千百年来众说纷纭，莫衷一是，大体而言，以"悼亡"和"自伤"说者为多。

这首诗取开头二字为题，并非咏锦瑟，实际是一首无题诗。诗的题旨，众说不一，但是，这首写于作者去世当年的七律，应是回顾一生政治遭遇之作。

李商隐天资聪颖，文思锐敏，二十出头考中进士，举鸿科大考遭人嫉妒未中刷下，从此怀才不遇。在"牛李党争"中左右为难，两方猜疑，屡遭排斥，大志难伸。中年丧妻，又因写诗抒怀，遭人贬斥。作者一生，从少时"怀抱凌云一片心"，到青年"欲回天地入扁舟"，到壮年"且吟王粲从军乐"，一直希求施展才华，为国效力，但晚唐黑暗的政治现实特别是朋党倾轧的政局，使他处于穷途抑塞、志不得申的境地。

作者在诗中追忆了自己的青春年华，伤感自己不幸的遭遇，寄托了悲慨、愤懑的心情，大量借用庄生梦蝶、杜鹃啼血、沧海珠泪、蓝田生烟等典故，采用比兴手法，运用联想与想象，把听觉的感受，转化为视觉形象，以片段意象的组合，创造朦胧的境界，从而借助可视可感的诗歌形象来传达其真挚浓烈而又幽约深曲的深思。全诗词藻华美，含蓄深沉，情真意长，感人至深。

全诗巧用比兴、象征、用典等多种艺术手法，创造出含蕴丰厚、色彩浓郁的艺术境界，以清丽的语言、铿锵的音律，表达了凄婉的哀思，情意蕴富，感慨深长。

无题·相见时难别亦难　李商隐

【原文】

相见时难别亦难，东风无力百花残①。

春蚕到死丝方尽②，蜡炬成灰泪始干③。

晓镜但愁云鬓改④，夜吟应觉月光寒⑤。

蓬山⑥此去无多路，青鸟殷勤为探看⑦。

【注释】

①东风：春风。残：凋零。

②丝方尽：丝，与"思"谐音，以"丝"喻"思"，含相思之意。

③蜡炬：蜡烛。泪：指燃烧时的蜡烛油。这里取双关义，指相思的眼泪。

④晓镜：早晨梳妆照镜子。镜：用作动词，照镜子的意思。云鬓：女子多而美的头发，这里比喻青春年华。

⑤应觉：设想之词。月光寒：指夜渐深。

⑥蓬山：蓬莱山，传说中海上仙山，指仙境。

⑦青鸟：神话中为西王母传递音讯的信使。殷勤：情谊恳切深厚。探看：探望。

【作者】

见《李商隐·锦瑟》篇。

【赏析】

在晚唐诗坛上，李商隐是一位诗歌大家，与当时的杜牧齐名。李商隐在诗歌史上的一个重要贡献是创造性地丰富了诗的抒情艺术。他的诗歌常以清词丽句构造优美的形象，寄情深微，意蕴幽隐，富有朦胧婉曲之美。最能表现这种风格特色的作品，是他的七言律绝，其中又以《无题》堪称典型。

李商隐的这首《无题》，全诗以首句"别"字为通篇主眼，从头至尾都熔铸着痛苦、失望而又缠绵、执著的感情，诗中的每一联都是这种情感状态的反映，但是各联的具体意境又彼此有别。它们从不同的方面反复表现了融贯全诗的复杂感情，同时又以彼此之间的密切衔接纵向地反映了以这种复杂感情为内容的心理过程。这样的抒情连绵往复、细微精深，成功地再现了诗人心底的绵绵深情。

乐聚恨别，人之常情，而首句却从"相见时难"着笔，点出惟其暂会已是罕逢，更觉长别的难分难舍；紧承"别"字，便展现出离别之际东风无力、百花凋零的景象，像是为难堪的离别提供一幅黯然销魂的背景，又像别离双方难堪情绪的外化，还像是青春、爱情的消逝，以及他们触景伤怀，发自内心的咏叹。首联重笔点染，意蕴丰富，感慨深沉。

颔联诗人从自己方面抒写别后无穷的思念与离恨，比喻中寓象征，反映对所爱者至死不渝的挚爱思念及终身不已的别离之恨，情感热烈缠绵、沉着深挚。颈联转从对方着笔，晓妆对镜，抚鬓自伤，于细微体贴中见情之深致。尾联意致婉曲，在刻骨的思念与忧伤中故作宽解，说对方所居离自己不远，希望能有青鸟使者殷勤传书，试为探望致意，更见内心的悲痛和情之不能自已。

全诗写别恨相思，纯粹抒情，不涉叙事，感情的发展脉络清晰，环环相扣，这样的爱情诗，已是舍弃了生活本身的大量杂质，经过提纯、升华而为艺术的结晶。这就是一首纯粹的爱情诗，不必牵强说它寄托了什么政治上的抱负和理想。

金铜仙人辞汉歌① 李贺

【原文】

茂陵刘郎秋风客②，夜闻马嘶晓无迹。

画栏③桂树悬秋香，三十六宫土花碧④。

魏官牵车指千里⑤，东关酸风射眸子⑥。

空将汉月出宫门，忆君清泪如铅水⑦。

衰兰送客咸阳道⑧，天若有情天亦老。

携盘⑨独出月荒凉，渭城⑩已远波声小。

【注释】

①金铜仙人辞汉：汉武帝刘彻曾经在长安建章宫前建造神明台，上面有铜铸的仙人，"高二十丈，大十围"，仙人手里托着承露盘以储露水。武帝将露水与玉屑和着喝下，以求长生。魏明帝景初元年（237年），仙人被拆下运往洛阳，因太重未能成功。相传金铜仙人被拆时流泪。

②茂陵：汉武帝陵墓，在今陕西兴平县东北。刘郎：指刘彻。秋风客：秋风中的过客。

③画栏：绘有花纹图案的栏杆。

④三十六宫：汉代长安有宫殿三十六所。土花：苔藓。

⑤魏官牵车：指魏官引车向洛阳之事。

⑥东关：指长安东门。酸风：刺眼的冷风。

⑦君：指刘彻。铅水：金铜仙人的眼泪。

⑧衰兰送客：秋兰已老，故称衰兰。客：指铜人。咸阳道：此指长安城外的道路。咸阳：秦都城名，汉改为渭城县，离长安不远，故代指长安。

⑨盘：露盘。

⑩渭城：秦都咸阳，代指长安。波声：指渭水的波涛声。渭城在渭水北岸。

【作者】

李贺（790～816年），唐代诗人。字长吉，福昌（今河南宜阳西）人。唐皇室远支，家世早已没落，生活困顿，仕途偃蹇。曾官奉礼郎。因避家讳，被迫不得应进士科考试。早岁即工诗，见知于韩愈、皇甫湜，并和沈亚之友善，死时仅二十六岁。其诗长于乐府，多表现政治上不得意的悲愤。善于熔铸词采，驰骋想像，运用神话传说，创造出新奇瑰丽的诗境，在诗史上独树一帜，严羽《沧浪诗

话》称为"李长吉体"。有些作品情调阴郁低沉，语言过于雕琢。有《昌谷集》。

【赏析】

唐宪宗元和八年（813年）李贺因病辞去奉礼郎职务，这首诗大约是离京赴洛阳途中所作。当时唐帝国国运日衰，藩镇割据，兵祸迭起，民不聊生。"唐诸王孙"的贵族之裔也早已没落衰微，诗人报国无门，处处碰壁。在诗歌中，作者借金铜仙人辞汉的历史故事，抒发离开京都时的悲思，于其中寄托了浓郁的兴亡之感、家国之痛和身世之悲。它设想奇特，而又深沉感人；形象鲜明，而又变幻多姿；词句奇峭，而又妥帖绵密：是李贺的代表作品之一。特别是"天若有情天亦老"一句，已成为传诵千古的名句。

全诗可分为三个层次。前两联是第一个层次，借金铜仙人的"观感"，慨叹韶华易逝，人生短暂，盛衰无常。汉武帝当年求仙炼丹，希望长生不老，但却只能像秋风中的落叶一样，飘然长逝。一个"客"字，道出了作者心中的万千伤感之情。中间两联为第二个层次，表现金铜仙人离汉时的凄楚。作者用拟人化手法，将自己的感情融注在描写对象之中，亡国之痛、移徙之悲跃然而出。末两联为第三个层次，写金铜仙人出城后途中的情景。"衰兰"一句，既是叙事，也是抒情；既是写物，也是写人。"天若有情"一句，意境辽远，感情深沉，昔人以为"奇绝无对"。末联进一步描述了金铜仙人恨别伤离的情怀。

李贺人称"诗鬼"，呕心为诗。冷、艳、奇、险，是人们对其诗歌风格的评价。这首诗想象力丰富，设喻奇警，感情丰沛，充满了悲怆、凄凉的韵味。

梦天① 李贺

【原文】

老兔寒蟾②泣天色，云楼③半开壁斜白。

玉轮轧露湿团光④，鸾佩⑤相逢桂香陌。

黄尘清水三山下⑥，更变千年如走马⑦。

遥望齐州九点烟⑧，一泓海水杯中泻⑨。

【注释】

①梦天：梦游天上。

②老兔寒蟾：神话传说中住在月宫里的动物。

③云楼：比喻云层像海市蜃楼一般。

④玉轮：月亮。轧：倾轧。

⑤鸾佩：雕刻着鸾凤的玉佩，此代指仙女。桂香陌：《酉阳杂俎》卷一："旧言月中有桂，有蟾蜍，故异书言月桂高五百丈，下有一人常斫之，树创随合。"此句是诗人想象自己在月宫中桂花飘香的路上遇到了仙女。

⑥黄尘清水：即沧海桑田。三山：指海上的三座神山蓬莱、方丈、瀛洲。这里指东海上的三座山。

⑦走马：跑马。

⑧齐州：中州，即中国。九点烟：古代中国有九州。这句是说在月宫俯瞰中国，九州小得就像九个模糊的小点，而大海小得就像一杯水。

⑨一泓：一汪，一道，一片。这句是说在月宫俯瞰中国，大海小得就像一杯水。

【作者】

见《李贺·金铜仙人辞汉歌》篇。

【赏析】

李贺在这首诗中，通过梦游月宫，描写天上仙境，以排遣个人苦闷。天上众多仙女在清幽的环境中，你来我往，过着一种宁静的生活，而俯视人间，时间是那样短促，空间是那样渺小，寄寓了诗人对人事沧桑的深沉感慨，表现出冷眼看待现实的态度。

开头四句，描写梦中上天。句中的"老兔寒蟾"指的是月亮。幽冷的月夜，阴云四合，空中飘洒下来一阵冷雨，仿佛是月里玉兔寒蟾在哭泣似的。雨飘洒了一阵，又停住了，云层裂开，幻成了一座高耸的楼阁；月亮从云缝里穿出来，光芒射在云块上，显出了白色的轮廓，有如屋墙受到月光斜射一样。玉轮似的月亮在水气上面碾过，它所发出的一团光都给打湿了。在这桂花飘香的月宫小路上，诗人和一群仙女遇上了。这四句，开头是看见了月亮；转眼就是云雾四合，细雨飘飘；然后又看到云层裂开，月色皎洁；然后诗人飘然走进了月宫。层次分明，步步深入。

下面四句，又可以分作两段。第一段是写诗人同仙女的谈话，可能就是仙女说出来的。诗人以为，人到了月宫，回过头来看人世，就会看出"千年如走马"的迅速变化。最后两句是诗人"回头下望人寰处"所见的景色。诗人觉得大地上的九州有如九点烟尘，东海之小如同一杯水打翻了一样。这四句，诗人尽情驰骋幻想，仿佛他真已飞入月宫，看到大地上的时间流逝和景物的渺小，浪漫主义的色彩是很浓厚的。

全诗想象丰富，构思奇妙，用比新颖，体现了李贺诗歌变幻诡谲的艺术特色。

章台①夜思

韦庄

【原文】

清瑟怨遥夜②，绕弦风雨哀。

孤灯闻楚角③，残月下④章台。

芳草已云暮⑤，故人殊⑥未来。

乡书不可寄⑦，秋雁又南回⑧。

【注释】

①章台：在长安城中，汉代有章台街。

②清瑟：乐调清凄的弦乐器。遥夜：
长夜。

③楚角：楚地产的军中吹奏的乐器。
亦指发出凄楚鸣声的号角。

④下：落下。

⑤芳草：这里指春光。已云暮：已经
晚暮了，指春光快要消歇了。云：助词，
有"又"义。

⑥殊：竟，尚。

⑦乡书：指家书，家信。不可寄：是
说无法寄。

⑧雁又南回：因雁是候鸟，秋天从北往南来，春天又飞往北方。
古时有鸿雁传书的传说。

【作者】

韦庄（约 836～910 年），唐末五代诗人、词人。字端己，谥文靖。京兆杜陵（今陕西西安市东南）人。唐初宰相韦见素后人，诗人韦应物四世孙。少孤贫力学，才敏过人，疏旷不拘，任性自用。公元880 年（广明元年）陷黄巢兵乱，身困重围。后逃至洛阳，赴润州入周宝幕府，开始了为期十年的江南避乱生涯。公元 894 年（乾宁元年）进士及第，历任拾遗、补阙等职。公元 901 年（天复元年）入蜀任王建掌书记。仕蜀十年间，为王建扩展势力，建立政权出谋划策，蜀之开国制度多出其手，官至门下侍郎兼吏部尚书同平章事。其诗极富画意，词尤工，与温庭筠并称"温韦"，同为"花间派"重要词人。存诗 320 余首。有《浣花集》。

【赏析】

这是晚唐诗人韦庄具有代表性的望乡怀人之作。前四句为章台夜景。凄清的瑟调倾吐怨怅的漫漫夜曲，缠绕瑟弦的是凄风苦雨的哀鸣。孤灯无眠，传来夜幕深处的楚角低吟，残月黯然，沉落于羁旅所困的长安章台。清瑟之怨，风雨之哀，楚角之苦，无不打上情感烙印；孤灯之殷红，残月之惨白，章台之昏黑，皆染上鲜明的对照色彩。透过无边的夜与遥远的声，孤寂之情，乡关之念，怀人之思，已溢于言表。于是，后四句着重抒写章台夜思。春去秋来，"草木变衰，所思不见，雁行空过，天远书沉"，不管是夜境还是夜思，都写得"一片空灵，含情无际"（俞陛云《诗境浅说》）。

这首诗层次清晰，章法严密。前半写景，景中寓情；后半叙事，事中寄慨。而慨叹故人、故乡的久违，又是前半首所抒悲情的原因，前后联系紧密，浑成一体。全诗一气呵成，感情真挚，幽怨清晰，感人至深。

谒金门 冯延巳

【原文】

风乍①起，吹皱一池春水。

闲引鸳鸯香径里，手挼②红杏蕊。

斗鸭阑干③遍倚，碧玉搔头④斜坠。

终日望君君不至，举头闻鹊喜。

【注释】

①乍：忽然。

②挼（ruó）：用手轻轻搓揉。

③斗鸭阑干：《三国志·吴书·陆逊传》："时建昌侯虑于堂前作斗鸭栏，颇施小巧。"古时民间有以斗鸭为戏，众人围而观之。

④搔头：指妇女头上的碧玉簪。

【作者】

冯延巳（903～960年），五代十国时期南唐词人。又名延嗣，字正中，广陵（今扬州）人。曾任南唐宰相。宋初《钓矶立谈》评其"学问渊博，文章颖发，辩说纵横"。作为词人，他虽受花间词影响，多写男女离别相思之情，但词风不像花间词那样浓艳雕琢，而以清丽多彩和委婉情深为其特色，有时感伤气息较浓，形成一种哀伤美。其词集名《阳春集》。

【赏析】

这首词写女子在春天里愁苦无法排遣和希望心上人到来的情景。

上片开头写景：风忽地吹起，把满池塘的春水都吹皱了。这景物本身就含有象征意味：春风荡漾，吹皱了池水，也吹动了妇女们的心。它用一个"皱"字，就把这种心情确切地形容出来。女主人公的心情也像池水一样，涌起阵阵涟漪。面对着明媚的春光，她的心上人不在身边，该怎样消磨这良辰美景呢？她只好在芳香的花间小路上，手揉着红杏花蕊，逗着鸳鸯消遣。可是成双成对的鸳鸯，难免要触起女主人公更深的愁苦和相思，甚至挑起她微微的妒意，觉得自己的命运比禽鸟尚不如。她漫不经心地摘下含苞欲放的红杏花，放在掌心里轻轻地把它揉碎。通过这样一个细节，深刻表现出女主人公内心无比复杂的感情——尽管她也像红杏花一般美丽、芬芳，却被另一双无情的手把心揉碎了。

　　下片写她怀着这样愁苦的心情，一切景物都引不起她的兴致。哪怕她把斗鸭栏杆处处都倚"遍"，仍然是没精打采。这个"遍"字，把她这种难捱难捱的心情精细地刻画出来。她心事重重地垂着头。她整天思念心上人，却一直不见他来。忽然，她听到喜鹊的叫声，莫非心上人真的要来了么？她猛然抬起头，愁苦的脸上初次出现了喜悦的表情。作者写到这里，便结束了全词。在一种淡淡的欢乐中闭幕，像给女主人公留下一线新的希望。但读者可以设想：喜鹊报喜究竟有多大的可靠性呢？恐怕接连而来的，将是女主人公更大的失望和悲哀。尽管作者把帷幕拉上了，但读者透过这重帷幕，还可以想象出无穷无尽的后景。

这首词的思想内容并无多大价值，但在写作艺术上，它那细致、委婉而又简练、生动的描写手法，却值得我们借鉴。

第四章
宋辽金诗词

虞美人　　　　　李煜

【原文】

春花秋月何时了①？

往事知多少。

小楼昨夜又东风，

故国②不堪回首月明中。

雕栏玉砌③应犹在，只

是朱颜改。

问君④能有几多愁？

恰似一江春水向东流。

【注释】

①何时了：什么时候才
能结束。言痛苦没有终结。

②故国：指南唐都城金
陵（今江苏南京）。

③雕栏玉砌：指皇宫的
建筑。

④君：作者自指。

【作者】

李煜（937～978年），字重光，南唐中主李璟的第六子，南唐后
主。李璟在位时南唐已称臣于周，李煜即位后宋已经代周建国，南唐

形势更加岌岌可危，治国无能的李煜只好对宋称臣纳贡，以求偏安一方。开宝七年（974 年），宋军大举南下，次年十一月攻破金陵，李煜肉袒出降，被俘到汴京，被封违命侯，实际上已经成为比较体面的阶下囚。宋太宗即位，又晋封李煜为陇西郡公。太平兴国三年（978 年），李煜卒于开封。李煜精通书画，熟谙音律，工于诗文，词尤为五代之冠。他的词可以他降宋为界，分为前后两期：前期作品继承了晚唐"花间派"的词风，风格柔靡；后期身为俘虏，词作多写亡国之痛，情感真挚，语言清新，富有强烈的艺术感染力。李煜在词史上的地位不容忽视，他不仅扩大了词的题材，而且拓展了词的意境，对宋词的发展产生了深远的影响。

【赏析】

这首词是李煜被俘到汴京后所作。据说，这首词写好之后，于他生日七月七日那天晚上，在开封的寓居里宴饮奏乐，叫歌伎进行演唱，声闻于外。后来宋太宗知道了这件事，觉得他有故国之思，就命令秦王赵廷美赐他牵机药，把他毒死。所以，这首词，可以说是李煜的绝命词。

词的开头说，春花秋月的美好时光，何时了结。因为一看到春花秋月，就有无数往事涌上心头，想到在南唐时欣赏春花秋月的美好日子，不堪回首，所以怕看见春花秋月。这一提问包含了深刻的含义：首先，从被问的对象来看，春花和秋月，众所周知，象征着美好的事物，按照正常的逻辑，一般人都希望能够永远留住它们；从提问者的角度来看，既然问他们何时终了，也就暗含着希望它们尽快逝去的意愿。为什么会出现这种不符合正常逻辑的思维？"往事知多少！"读到这里，虽然我们仍不知道"往事"指的是什么，但可以了解到的是，是春花、秋月引发了作者对这些往事的回忆。而这种回忆夹杂了那么沉痛的感受，对一个亡国之君来说，这种往事多么的不堪回首。在东风吹拂的月明之夜，金陵的故国生活不堪回首了。那里宫殿的雕栏玉砌应该还在，只是人的容貌因愁苦变得憔悴了。倘若要问有多少愁苦，恰恰像一江春水向东流去，无穷无尽。一江指长江，用一江春水来比愁，跟南唐故国金陵在江边相结合，充满怀念故国之情。应该说，李煜这样的词，不仅是写他个人的愁苦，还有极大的概括性，概括了所有具亡国之痛的人的痛苦情感，如怕看到春花秋月，怕想到过去美好的生活。再如故国的美好景物已经不堪回顾，故国的雕栏玉砌等还在，但人的容颜因愁苦而改变，这里还含有人事的改变。这一问一答，就把"愁绪"这种虚无缥缈的事物以一江东流的春水形象地表现了出来。虚实的互化，别有一种美感在其中。这一句也因其生动形象的写愁手法成为历来人们所传颂的名句。

整首词正是反映了有亡国之痛的人的感情，担负了所有这些人的感情痛苦，这正说明这首词具有高度的概括性、代表性，这正是这首词的杰出成就。

全词通过具有诗意的形象比喻，真实而深刻地表现了李煜的亡国之痛，意境深远，感情真挚，结构精妙，语言清新，达到了很好的艺术效果。词虽短小，但余味无穷。

浪淘沙令·帘外雨潺潺　　李煜

【原文】

帘外雨潺潺①，春意阑珊②。罗衾③不耐五更寒。
梦里不知身是客④，一晌贪欢⑤。

独自莫凭栏^⑥，无限河山^⑦。别时容易见时难。

流水落花春去也，天上人间！

【注释】

①潺潺：形容雨声。

②阑珊：衰残。

③罗衾（qīn）：绸被子。不耐：受不了。

④身是客：指被拘汴京，形同囚徒。

⑤一晌：一会儿，片刻。贪欢：指贪恋梦境中的欢乐。

⑥凭栏：靠着栏杆。

⑦江山：指南唐河山。

【作者】

见《李煜·虞美人》篇。

【赏析】

这首词作于李煜被囚汴京期间于去世前不久所写，一般编集的人也都认为是李煜的绝笔之作。此词抒发了由天子降为臣虏后难以排遣的失落感，以及对南唐故国故都的深切眷念。

词的上片应从整体来看，"罗衾不耐五更寒"，说明作者是在五更天的时候，因为春寒醒来。这种寒冷冷到怎样的程度？即使身盖罗衾也无法抵挡。作者听见帘外淅沥的雨声，想到春天快要过去了，心中生出无限孤寂。一个"寒"字不仅写出了身体的寒冷，更渗出了内心的凄凉感受。下句"梦里不知身是客，一晌贪欢"由实入虚，表达了两层意思：一方面，尽情享受欢愉只能在梦里，因为梦中作者可以忘了自己阶下囚的身份，这样才能享受到片刻欢愉。另一方面，由"贪"字又体现出作者亡国的痛苦，这一晌之欢又是何等对不起自己的万里河山？所以，梦里的欢愉与醒后的孤寂，梦中贪欢的心境与醒时痛苦的心境，构成了两种鲜明的对比，表现出一种复杂的绝望的

心情。

下片"独自莫凭栏",似乎在劝告他人,实际在劝告自己,一个人的时候不要去凭栏远眺,因为看到的将会是无限的江山。这里就加入了作者浓厚的身世之感——对于一个普通人来说,看到无限江山,引发的更可能是壮丽雄伟之感,但因为作者曾经是个君王,看到无限的江山,注定会引发他对亡国的无限悔恨之情。"流水落花春去也,天上人间!"这里写出了作者前后生活的巨大落差,没有直接说明,而是用了一个比喻:昔日繁华美妙的生活就像流水落花一样一去不复返了,目前的生活与之前的生活相比,就如同天上与人间的巨大不同。写到这里,作者内心的痛苦、悔恨已经不需要太多的言语来表达了。

全词情真意切、哀婉动人,深刻地表现了词人的亡国之痛和囚徒之悲,生动地刻画了一个亡国之君的艺术形象。正如李煜后期词反映了他亡国以后囚居生涯中的危苦心情,确实是"眼界始大,感慨遂深"。且能以白描手法诉说内心的极度痛苦,具有撼动读者心灵的惊人艺术魅力。读李煜的词，应该清醒地看到它的阶级性，同时也要认识它的艺术性，以便有所借鉴。

山园小梅·众芳摇落 林逋

【原文】

众芳摇落独暄妍①，占尽风情向小园。

疏影横斜水清浅，暗香浮动月黄昏。

霜禽欲下先偷眼②，粉蝶如知合断魂。

幸有微吟可相狎③，不须檀板共金樽④。

【注释】

①暄妍：明媚多姿。

②霜禽：羽毛白色的禽鸟。偷眼：偷偷地拿眼看。

③狎：亲近。

④檀板：檀木制的拍板，此处指歌舞。金樽：豪华的酒杯，此处指饮酒。檀板和金樽，指世俗的歌舞宴饮。

【作者】

林逋（968～1028年），字君复，钱塘（今浙江杭州）人。早岁浪游江淮间，后归隐杭州西湖孤山，种梅养鹤，经身不仕，也不婚娶，旧时称其"梅妻鹤子"。天圣六年卒，仁宗赐谥和靖先生。《宋史》《东都事略》《名臣碑传琬琰集》均有传。逋善行书，喜为诗，与钱易、范仲淹、梅尧臣、陈尧佐均有诗酬答。其诗风格淡远，有《林和靖诗集》四卷，《补遗》一卷。《全宋词》录其词三首。

【赏析】

　　林逋是宋代著名隐士，年轻时漫游江淮，四十余岁后隐居杭州西湖，结庐孤山。林逋种梅养鹤成癖，终身不娶，世称"梅妻鹤子"，所以他眼中的梅含波带情，笔下的梅更是引人入胜。他一生写了不少咏梅诗篇，这首诗即是其中最有名的一首，被誉为"咏梅绝唱"。

　　首联展现了不随流俗、傲世独立的梅花形象：凛凛寒冬，万花凋谢，独梅花可以迎风傲雪地绽放，这时它是花园中的主宰。这是从梅的生活环境入手。颔联则是对梅的具体刻画，"疏影横斜水清浅"写其姿态，"暗香浮动月黄昏"写其幽香。两句都是侧写，欣赏梅的虬枝，可观其水中之影，清浅之水映横斜之疏影，梅枝的清峻跃然纸上；欲感受梅的幽香也要等到黄昏，尘嚣已定，月华初升，梅花淡淡的清香好像融入月光，萦绕在人的周围。整个意境清冷静谧，超凡脱俗。张炎在《词源》中盛赞此联："诗之赋梅，惟和靖（林逋）一联而已，世非无诗，无能与之齐驱耳。"颈联采用拟人的手法，借禽、蝶的态度烘托梅之高洁，"霜禽欲下先偷眼"写霜禽窥艳欲来，却又惊艳迟疑之态。"粉蝶如知合断魂"是揣拟之辞，因粉蝶是生活在温暖季节的，无缘领略梅的芳姿，如果知道梅花的美丽肯定会为之销魂的。尾联点明以梅花之清雅，诗人以"微吟"差可相酬，而无须世俗之人携檀板金樽来赏花的那份热闹。

　　全诗之妙在于脱略花之形迹，着意写意传神，因而用侧面烘托的笔法，从各个角度渲染梅花清绝高洁的风骨，这种神韵其实就是诗人幽独清高、自甘淡泊的人格写照。此诗托物言志，寄托了作者清雅孤高的情怀，所以苏轼在《书林逋诗后》说："先生可是绝俗人，神清骨冷无由俗。"

苏幕遮·碧云天　范仲淹

【原文】

碧云天，黄叶①地。

秋色连波，波上寒烟②翠。

山映斜阳天接水。

芳草无情③，更在斜阳外。

黯④乡魂，追旅思⑤。

夜夜除非，好梦留人睡。

明月楼高休独倚。

酒入愁肠⑥，化作相思泪。

【注释】

①黄叶：落叶。

②寒烟：指水汽朦胧，如同烟云。

③无情：指芳草无法理解游子的思乡之情。

④黯（àn）：心情忧郁颓丧。

⑤旅思：羁旅异乡的客中愁思。

⑥愁肠：指忧思郁结于心。

【作者】

范仲淹（989～1052年），字希文，江苏吴县人，北宋著名的文学家、政治家。真宗大中祥符八年（1015年）范仲淹中进士，外放任官多年。天圣六年（1028年），经晏殊推荐，回京任秘阁校理。景祐二

年（1035 年），范仲淹进除吏部员外郎权知开封府，不久又因得罪宰相吕夷简被贬知饶州。北宋与西夏开战后，范仲淹出任陕西经略安抚副使兼知延州（今陕西延安），屡建边功。庆历三年（1043 年）召为枢密副使，参知政事。范仲淹倡导庆历新政，改革政治，但终因守旧官僚的攻击而失败。庆历五年（1045 年），范仲淹罢参知政事，郁郁而终。作为北宋的一代名臣，范仲淹的文学素养极高，他的词作不多，但其风格沉郁苍凉，词句绮丽奔放，为后来的豪放词开了先声。

【赏析】

这首词又题作《别恨》或《怀旧》，是范仲淹在被贬谪途中所作，抒发的是思乡之情、羁旅之思，被称为"以秋景写愁心"的绝唱。

词的上阕写景，描摹的是辽阔而多彩的秋色，"碧云"、"黄叶"、

"寒烟"等，构成了一幅色彩斑斓的图画。开头第一句"碧云天，黄叶地"，用了两个对比非常强烈的色彩，写出了秋天最有特征的景象。"碧"写出了秋日最高爽的天空，而"黄"写出了秋日落叶最萧索的大地。天与地便在"碧"与"黄"两种颜色中概括无遗。在天与地之间，诗人再通过纵深的视角，描绘了更具体的景物——秋波、山色和斜阳。首先，诗人将具体的"秋波"和抽象的"秋色"相接，再用一个"翠"字藏于"寒烟"之中，在秋日的肃杀中平添几分旖旎的想象。而"天接水"三字更是在诗人的想象中，使上下空间形成了勾连。在山与水的尽头是不是可以看到我的家乡啊？但是接下来的"芳草无情，更在斜阳外"一句，诗人美好的想象被"无情"二字打破了。芳草的意象写出了离别与思乡，"无情"更是写出人世间离别的痛苦与无奈。

词的下阕表达了词人心头萦绕不去、纠缠不已的怀乡之情和羁旅之思。词人为乡愁所扰而好梦难成，便想登楼远眺，以遣愁怀，但明月皎皎，反而使他倍感孤独与怅惘，于是不由得发出"休独倚"之叹。下片开头作者感情迸发，写思乡之苦，时间由黄昏到了深夜。描写了一个被乡思折磨得睡不着觉的诗人形象，诗人说"除非好梦留人睡"，这不过是反过来说罢了。于是无眠的诗人便起来独自倚着高楼，明月照在他的身上，心却到了远方。那思乡的忧愁啊！都说是酒能解愁，但是那一碗酒下去，流出来的是两行更加相思的泪。酒与泪看似两个毫无逻辑关系的事物，被作者巧妙地连接在一起。以"酒入愁肠"对应前面的"芳草无情"，离别是无奈的，而思念更是无法排解的，这是人类永恒的困惑。

全词低回婉转而又不失沉雄刚健之气，不愧为真情流溢、感慨深邃的千古名篇。整首作品上片写景，下片写情，以芳草、斜阳引出相思，把景与情有机地结合在一起，实为写景抒情的佳作。

浣溪沙·一曲新词酒一杯   晏殊

【原文】

一曲新词酒一杯，去年天气旧亭台①。

夕阳西下几时回？

无可奈何花落去，似曾相识燕归来。

小园香径独徘徊②。

【注释】

①旧亭台：指旧日的亭台楼阁。

②香径：指散发着落花香味的小路。徘徊：在一个地方来回地走。

【作者】

晏殊（991～1055 年），字同叔，抚州临川（今江西南昌）人，北宋著名词人。晏殊十四岁为真宗赏识赐进士，其后历任要职，官至集贤殿大学士，同平章事兼枢密使。晏殊是有名的太平宰相，也是有名的词人。他的词多写闲愁，却一洗五代"花间"脂粉之气，而变得雍容华贵又不失清新雅致，词的题材多为文人诗酒宴会所作，绝大多数内容是感伤时世和男女爱恨的作品，他的词今存 130 多首。

【赏析】

晏殊的《浣溪沙》千百年来脍炙人口、历久不衰，是一首惜时伤春的词。整首词充满了惆怅和伤感的基调，同时也饱含着生活的哲理。全词含蓄委婉，情致缠绵，音韵和谐，语言圆转流利，明白如话，意境却蕴涵深广。

上片写的是诗人把酒思旧的生活场景。在那暮春时分，西园之中，有繁花亭台，美景如画。诗人坐在望湖台上，手中的酒杯里斟满了新沽来的美酒，夕阳西下的余晖在酒中轻轻漾起。诗人一边喝着酒，一边欣赏着歌女歌唱他新写的词曲。自娱自乐，悠然自得。在美酒荡起的圈圈涟漪中，诗人的思绪回到了去年的这个时节，天气跟现在一样，亭台也依旧，一切都是那么美好。那时自己在做什么呢？或许也在做着同样的事情。不同的是，时间又翻过了一年，于是在这一样的景物中所蕴含的不一样的时间，让他警觉了。他感觉到自己的生命在这时光的轮回中一点一点地被消耗掉。于是他进一步感叹起了"夕阳西下几时回"，这似乎是在惋惜那些逝去的时光，人生苦短，年华不再。与不变的亭台相比，轮回的四季中，人或许只能成为这永恒和轮回中的过客。

下片写的是诗人对生命无常的感叹和哲思。"无可奈何花落去，似曾相识燕归来"是这首词中最脍炙人口的名句，对仗工整，又饱含哲理。之所以说"无可奈何"，是因为花的凋落，春的消逝，时光的流逝，都是不可抗拒的自然规律，惋惜流连也无济于事。而燕子是历史的见证者，它的出现意味着事物在消逝后仍会再现，生活不会因消逝而变得没有希望。最后一句"小园香径独徘徊"以兴象作结。诗人只给我们一个场景，至于作者在徘徊的时候想什么，只能由读者去体会。作者以"独徘徊"的场景收束全词，给人无尽的想象空间。

本词抒写悼惜春残花落、好景不常的愁怀，又暗寓相思离别之情，语意十分蕴藉含蓄。通篇无一字正面表现思情别绪，读者却能从"去年天气旧亭台"、"燕归来"、"独徘徊"等句，领会到作者对景物依旧、人事全非的暗示和深深的叹恨。尤其是"无可奈何花落去，似曾相识燕归来"一句，更为世人所称道不已。

这首词虽然反映的是晏殊富贵闲人的"闲愁"，但是它对宇宙人生的深思更符合人们今天的普遍心理，也许它还能焕发出更加强大的艺术生命力。

寓意　　　　　　　　　　晏殊

【原文】

油壁香车①不再逢，峡云②无迹任西东。

梨花院落溶溶月，柳絮池塘淡淡风。

几日寂寥伤酒后，一番萧索禁烟③中。

鱼书④欲寄何由达，水远山长处处同。

【注释】

①油壁香车：油漆涂饰、用香木做成的车子。

②峡云：巫山之云。

③禁烟：指寒食节。古代风俗，在清明前一天或两天，禁止生火煮食，只吃冷食。

④鱼书：书信。古诗《饮马长城窟行》："客从远方来，

遗我双鲤鱼。呼儿烹鲤鱼，中有尺素书。"后来常用鲤鱼代指书信。

【作者】

见《晏殊·浣溪沙·一曲新词酒一杯》篇。

【赏析】

宋诗中爱情诗的数量不多，本篇就是一篇优秀的爱情诗。题目作《寓意》或《无题》，就像李商隐的《无题》诗，故意不写明题目。

首联写二人分别已久，他再也见不到那女子乘的油壁香车，她就像巫山的云一样来去无踪，意思虽然简单，却因为用的典故而显得飘忽又缠绵。额联陷入了对相聚时光的回忆，两句都无动词，连缀六个名词词组而成，华美精致的庭院，如水的月光洒在洁白的梨花上，春水荡漾的池塘边，淡淡的风拂动柳枝，意境清幽，如梦似幻。颈联笔调陡落，写眼前孤寂之苦，在冷冷清清的寒食节，男主人公连日借酒浇愁以至为酒所伤。所以想托鱼书以寄衷情，但尾联的一问一答又点明欲寄无处寄的苦楚，回应首联的"不再逢"、"任西东"。

全诗用笔含蓄，言短意长，其手法有二：一是使用典故，借"油壁香车"、"峡云无迹"、鱼书寄情等典故蕴涵的丰富韵味传达哀婉的情绪。二是以景传情，额联梦幻般的美景象征了过去的美好时光，与颈联的"萧索"形成对比，而萧索的禁烟时节也为"寂寥伤酒"渲染了气氛。

鲁山①山行　梅尧臣

【原文】

适与野情惬②，千山高复低。

好峰随处改③，幽径独行迷。

霜落熊升树④，林空鹿饮溪。

人家在何许⑤？云外一声鸡⑥。

【注释】

①鲁山：一名露山。故城在今河南鲁山县东北。

②适：恰好。野情：喜爱山野之情。惬（qiè）：心满意足。

③随处改：指（山峰）随观看的角度的变化而变化。

④熊升树：熊爬上树。一作大熊星座升上树梢。

⑤何许：何处，哪里。

⑥云外：形容遥远。一声鸡：暗示有人家。

【作者】

梅尧臣（1002～1060年），字圣俞，世称宛陵先生，汉族，宣州宣城（今安徽省宣城市宣州区）人。北宋著名现实主义诗人，给事中梅询从子。初以恩荫补桐城主簿，历镇安军节度判官。于皇祐三年（1051年）始得宋仁宗召试，赐同进士出身，为太常博士。以欧阳修荐，为国子监直讲，累迁尚书都官员外郎，故世称"梅直讲"、"梅都官"。

梅尧臣少即能诗，与苏舜钦齐名，时号"苏梅"，又与欧阳修并称"欧梅"。为诗主张写实，反对西昆体，所作力求平淡、含蓄，被誉为宋诗的"开山祖师"。曾参与编撰《新唐书》，并为《孙子兵法》作注。另有《宛陵先生集》60卷、《毛诗小传》等。

【赏析】

这首诗语言朴素，运用丰富的意象，动静结合，描绘了一幅斑斓多姿的山景图，是诗人于深秋时节、林空之时，在鲁山中旅行时所见的种种景象。诗中情因景生，景随情移，以典型的景物表达了诗人的"野情"，其为大自然所陶醉之情表露无遗。

诗中表现了诗人对山野风光的热爱。开篇就直奔主题"适与野情惬"——恰恰和我爱好天然风物的情趣相合。下一句的"千山高复低"应该是第一句的主语，可知首联用的是倒装句式，以突出主题。颔联采用移步换形的写法，扣题目之"行"字，群峰随立脚点的不同变换各种姿态，"幽径"和"独行"回应"野情"之"野"，"好峰"和"迷"传达山行的自得之乐，回应首句的"惬"字。颈联视线由远转近，看到了林中的动物，而且点明了此行的时间："霜落"、"林空"正是深秋时分。熊和鹿自由自在，丝毫感觉不到人的惊扰，而人也和它们共享着自在之趣。尾联的一声鸡鸣，打破了前三联的无声世界，原来在山峦后面也有小山村，而这深山怀抱里的村落人家，也是作者喜爱的"野情"的一部分。梅尧臣论诗，主张平淡，他的《读邵不疑学士诗卷》中说："作诗无古今，惟造平淡难。"

本诗用语朴素，意境疏淡，但又颇有情趣，韵味悠远。

雨霖铃·寒蝉凄切　　　　柳永

【原文】

寒蝉凄切，对长亭①晚，骤雨初歇。

都门帐饮无绪，留恋处、兰舟催发②。

执手相看泪眼，竟无语凝噎③。

念去去、千里烟波，暮霭沉沉楚天阔④。

多情自古伤离别，更那堪、冷落清秋节！

今宵酒醒何处？杨柳岸、晓风残月。

此去经年⑤，应是良辰好景虚设。

便纵有千种风情⑥，更与何人说？

【注释】

①长亭：古时设在交通大道边供行人休歇的亭舍，也是送别的地方。

②都门：京城，指汴京。帐饮：在郊外张设帐幕宴饮饯别。无绪：没有心情。兰舟：相传鲁班刻兰木树为舟，后用作船的美称。

③凝噎（yē）：因悲伤过度喉咙气塞声阻，说不出话来。

④去去：去而又去，指一程又一程地远离。暮霭（ǎi）：傍晚的薄雾。沉沉：深厚貌。楚天：古时长江中下游一带地区属楚国，故称南天为楚天。

⑤经年：经过一年或若干年。

⑥风情：情意，深情蜜意。

【作者】

柳永（987～1053 年），原名柳三变，字景庄，后改名永。崇安（今福建武夷山）人，祖籍河东（今山西永济），北宋著名词人，婉约派的代表人物。柳永少年时混迹于花街柳巷、脂粉之地，过着一种"倚红偎翠"的生活。柳永曾经写过一首《鹤冲天》，词中写有"忍把浮名，换了浅斟低唱"的句子。后来柳永参加进士考试，原本已经高中，但宋仁宗不喜他放荡不羁的性格，不但取消了他的名次，还在他的考卷上批道："此人好去浅斟低唱，何要浮名？且填词去。"受此打击的柳永没有丝毫颓废之态，反而竖起"奉旨填词柳三变"的大旗，将填词事业进行到底。柳永的词题材新颖，手法多样，在当时流传甚广，曾有从西夏回来的北宋官员称"凡有井水饮处，皆能歌柳词。"他的词自成一派，人称"柳氏家法"、"七郎风

味"，对后世影响极大，苏东坡、黄庭坚、周邦彦等著名词人都曾受到过柳永的启发和影响。有《乐章集》。

【赏析】

柳永仕途失意，四处漂泊，这首词就是他离开汴京、前往浙江时与心上人离别之作，是抒写离情别绪的千古名篇，也是宋代婉约词的杰出代表作。

全词虽为直写，但叙事清楚，写景工致，以具体鲜明而又能触动离愁的自然风景画面来渲染主题，"状难状之景，达难达之情"，感情真挚，词风哀婉，为脍炙人口的千古名篇。

上片写送别的情形，着重摹写分别时的凄楚情状。"寒蝉凄切"，劈头便是一阵阵寒蝉的哀鸣，给全诗配上凄切的声音背景，定下了一个愁苦的基调。"对长亭晚，骤雨初歇"是写事件发生的时间和地点。离别的长亭，诗人与他的情人一直相对到黄昏，离别的愁绪在秋日黄昏凄切的蝉鸣里，在那不知何时已停下来的骤雨里慢慢地酝酿。"都门帐饮无绪，留恋处、兰舟催发"一句承上句，由景转入描写离别的场面。离别的酒从来都是最苦的，哪里还会有饮酒的情绪呢？"无绪"更能衬托"留恋"之深。离别的客船终究要开了，催着客人快快上船，于是两人不忍离别又不得不离别。心头似乎还有着千言万语，但是执手相看时，彼此都是泪眼婆娑，竟哽咽得无法诉说。"念去去、千里烟波，暮霭沉沉楚天阔"一句感情深挚，"去去"二字相叠，极言行程之远，加上此后"千里烟波"阻隔，怎不让人的肝肠寸断。偏偏那低沉沉的暮霭，模糊了天与水的界限，让南行的天空更加空旷无际，更增加了离别在空间上的深度和广度。

下片写别后的种种思绪，表达了惆怅而又真挚的感情。首句点明自古离别最苦，而在接近清秋节的离别则使人倍添伤感。"今宵酒醒何处？杨柳岸、晓风残月"，前一句以设问的形式，想象明天酒醒的时候，客船会到了哪里。那时还会不会有残月当空，晓风轻拂，岸柳婆娑，还会不会有你呢喃的耳语，关注的目光，还会不会有这般甜蜜与美好？万般风情如同吹不开的晨雾，在诗人的脑海中浮现。但是"此去经年"啊，不知何时才能再见，纵然有想象中的这般良辰美景，如果没有你，那也是形同虚设吧！我心头便是有万般的风情，又该向谁去诉说呢？最后一句，写出作者离别之后有情而无处言说的痛苦。

全词遣词造句不着痕迹，绘景直白自然，场面栩栩如生，起承转合优雅从容，情景交融，蕴藉深沉，将情人惜别时的真情实感表达得缠绵悱恻，凄婉动人。

八声甘州①　　　　柳永

【原文】

对潇潇②暮雨洒江天，一番洗清秋。

渐霜风凄紧，关河冷落，残照当楼③。

是处红衰翠减，苒苒物华休④。

惟有长江水，无语东流。

不忍登高临远，望故乡渺邈⑤，归思难收。

叹年来踪迹，何事苦淹留⑥？

想佳人、妆楼颙望⑦，误几回、天际识归舟？

争知我、倚栏杆处，正恁凝愁⑧？

【注释】

①八声甘州：词牌名。又名《甘州》《潇潇雨》《宴瑶池》，是从

唐教坊大曲《甘州》截取一段改制的。后用为词牌。因全词前后片共八韵，故名八声，慢词。

②潇潇：风雨急骤的样子。

③霜风：秋风、寒风。关河：山关江河，即山河。

④是处：处处。苒（rǎn）苒：同"冉冉"，渐渐。物华：美好的景物。

⑤渺邈（miǎo）：遥远，模糊。

⑥何事：为什么。淹留：久留。

⑦颙（yóng）望：指抬头凝望。

⑧争知：怎知。恁（nèn）：这样。凝愁：指愁思郁结。

【作者】

见《柳永·雨霖铃·寒蝉凄切》篇。

【赏析】

这首词大约作于柳永宦游江浙时。词中通过描写羁旅行役之苦，表达了诗人强烈的思归情绪，语浅而情深，是柳永同类作品中艺术成就最高的一首。

作者在暮雨潇潇、霜风凄紧的秋日登高临远，满目山河冷落，残照当楼，万物萧疏，大江东流，不由勾起作者思乡怀人的愁情；这种愁情却无人可与诉知，更令人伤感悲戚。

词的上阕写景，以"暮雨"、"霜风"、"江流"描绘了一幅风雨急骤的秋江雨景。"渐霜风凄紧"以下写雨后的景象：以"关河"、"夕阳"之冷落，展现了骤雨冲刷后苍茫辽阔、寂静高远的江天之境，

气势冷峻，情景萧瑟。"是处"二句，隐喻青春年华的消逝；"长江水"二句则暗示词人内心的惆怅与悲愁。词的下阕，词人遥望故乡，触发了"归思难收"的心情，更遥想"佳人"痴望江天，误认归舟的相思苦况，层层剖述，婉转曲折。全词以铺叙见长，词中把思乡怀人的情思展现得淋漓尽致，再加上通俗的语言，将复杂的情绪表达得明白如话。

全词意境舒阔高远，气魄沉雄清劲；写景层次清晰有序，抒情淋漓尽致。语言凝炼，气韵精妙。自古以来深受词家叹服欣赏。

书湖阴先生壁① 　　　王安石

【原文】

茅檐长扫净无苔②，

花木成畦手自栽③。

一水护田将绿绕④，

两山排闼送青来⑤。

【注释】

①书：写。湖阴先生：杨骥，字德逢，号湖阴先生，是王安石退居江宁钟山时的邻居和朋友。壁：墙壁。这是一首题壁诗，即题写在湖阴先生家墙壁上的诗。

②茅檐：茅草屋檐，代指茅屋、草堂，这里指包括茅屋在内的整个庭院。长：经常。无苔：没有青苔。

③成畦（qí）：成垄成行。畦：经过修整的一块块田地。

④护田：这里指护卫环绕着园田。

⑤排闼：推开门。排：推；闼（tà）：门。青：苍翠的山色。

【作者】

王安石（1021～1086年），字介甫，号半山，人称半山居士。封为舒国公，后又改封荆国公。世人又称"王荆公"。北宋临川县城盐埠岭（今临川区邓家巷）人。庆历二年（1042年）进士。嘉祐三年（1058年）上万言书，提出变法主张。宋神宗熙宁二年（1069年）任参知政事，推行新法。次年拜同中书门下平章事。熙宁七年（1074年）罢相，次年复任宰相；熙宁九年（1076年）再次罢相，退居江宁（今江苏南京）半山园，封舒国公，不久改封荆，世称荆公。卒谥文。执政期间，曾与其子王雱及吕惠卿等注释《诗经》《尚书》《周官》，时称《三经新义》。其文雄健峭拔，为"唐宋八大家"之一；诗歌遒劲清新。所著《字说》《钟山一日录》等，多已散佚。今存《王临川集》《临川集拾遗》，后人辑有《周官新义》《诗义钩沉》等。

【赏析】

这首诗写在诗人晚年退居江宁钟山时的朋友杨骥家的墙壁上。杨骥性情高洁，隐居不仕，他居住的环境也洁净清幽，纤尘不染，体现了主人高雅的情趣。

前两句写庭院的整洁、清幽，又充满生机，令人陶醉。由"茅檐"可见居住条件的简陋，但"净无苔""花木成畦"可见主人是一个朴实勤快、兴趣高雅、热爱生活的人。三、四句运用了拟人手法，使拟人和描写浑然一体。一"绕"一"护"，不仅写出溪流蜿蜒曲折的真实形象，更写出了动感，具有了生命力；一"排"一"送"写出了青山推门而入的动作姿态和迫不及待的心情，更写出了对主人的一片心意。这一神来之笔为此诗增色不少，使静止的事物有了动态美，给单纯的画面增添了灵气。

全诗既赞美了主人朴实勤劳，又表达了诗人退休闲居的恬淡心境，从田园山水和与平民交往中领略到无穷的乐趣。诗中虽然没有正面写人，但写山水就是写人，景与人处处照应，句句关合，融化无痕。

在修辞技巧上，"一水护田将绿绕，两山排闼送青来"两句也堪作范例。诗人运用了对偶的句式，又采用了拟人的手法，给山水赋予人的感情，化静为动，显得自然化境既生机勃勃又清静幽雅。

明妃曲·明妃初出汉宫时　　王安石

【原文】

明妃初出汉宫时，泪湿春风鬓脚垂①。

低徊顾影无颜色，尚得君王不自持②。

归来却怪丹青手③，入眼平生未曾有。

意态由来画不成，当时枉杀毛延寿。

一去心知更不归，可怜着尽汉宫衣。

寄声欲问塞南④事，只有年年鸿雁飞。

家人万里传消息，好在毡城⑤莫相忆！

君不见咫尺长门闭阿娇⑥，人生失意无南北。

【注释】

①明妃：即王昭君，汉元帝宫女，容貌美丽，品行正直。晋人避司马昭讳，改昭为明，后人沿用。春风：比喻面容之美。

②低徊：徘徊不前。不自持：不能控制自己的感情。

③归来：回过来。丹青手：指画师毛延寿。

④塞南：指汉王朝。

⑤毡城：此指匈奴王宫。游牧民族以毡为帐篷（现名蒙古包）。

⑥咫尺：极言其近。长门闭阿娇：西汉武帝曾将陈皇后幽禁长门宫。长门：汉宫名。阿娇：陈皇后小名。

【作者】

见《王安石·书湖阴先生壁》篇。

【赏析】

历代咏王昭君的作品很多，王安石的两首《明妃曲》可以说是最著名的了。这是其中一首，描绘王昭君的美貌，着重写昭君的风度、情态之美，以及这种美的感染力，并从中宣泄她内心悲苦之情，同时还揭示出她对故国、亲人的挚爱之情。

全诗可分为两部分。前八句是第一部分，写昭君离别汉宫的场景。诗人不正面写昭君的美貌，而写她"无颜色"之时——因要离开汉宫而鬓脚低垂，徘徊顾影，即使如此还使得"君王不自持"，制造出想像的空间，反衬出王昭君的美。后面说昭君之美不仅在于容貌，更在于神态和气质，这不是画匠能画得出的，所以毛延寿也是被枉杀了。表面上是为毛延寿翻案，其实还是说昭君超俗之美。后八句是第二部分，写昭君离开汉宫后的岁月。前四句写在异乡的孤单和对汉宫的牵念，这是同题材诗常见的内容，后四句借昭君家人的话又陡生新意：阿娇与君王近在咫尺，还是被抛弃，所以失意是不分距离远近的。最后一句更是超出了具体的情和事，上升到"人生"的高度，使本诗的含义更加深广。全诗语言凝炼深雅，缠绵婉丽，艺术手法多样，风格鲜明独特。

王安石认为好诗要做到"自出己意，借事相发，情态毕出"（《蔡宽夫诗话》引），正可作为本诗艺术特色的注解。首先，诗中说毛延寿被"枉杀"、昭君远嫁匈奴流落异域未必比阿娇终老汉宫更为不幸，都体现了王安石在传统旧说之外求变求新的精神。其次，一般认为，唐诗主情韵，宋诗主议论，《明妃曲》则情韵与议论并胜。对昭君姿态的渲染、"一去心知更不归"的哀伤、"着尽汉宫衣"的细节等，刻画了一个丰满的人物形象，可谓"情态毕现"。再者，当时北宋饱受北方少数民族政权侵扰之苦，此诗借昭君的命运升华出带有普遍意义的精警议论，暗含了王安石对时事和人生的思考，因此在当时引起很大回响，梅尧臣、欧阳修、司马光等皆有应和之作。

生查子·元夕　　欧阳修

【原文】

去年元夜①时，花市②灯如昼。

月上柳梢头，人约黄昏后。

今年元夜时，月与灯依旧。

不见去年人，泪湿春衫③袖。

【注释】

①元夜：元宵之夜。农历正月十五为元宵节。自唐朝起有观灯闹夜的民间风俗。北宋时从十四到十六三天，开宵禁，游灯街花市，通宵歌舞，盛况空前，也是年轻人密约幽会，谈情说爱的好机会。

②花市：民俗每年春时举行的卖花、赏花的集市。灯如昼：灯火像白天一样。

③春衫：年少时穿的衣服，也指代年轻时的自己。

【作者】

欧阳修（1007～1072年），字永叔，四十岁号醉翁，晚号六一居士，庐陵（今江西吉安）人，北宋著名文学家。欧阳修自幼丧父，家境贫困，但他学习刻苦，为人正直，于宋仁宗天圣八年（1030年）中进士，后官至参知政事。欧阳修不但是北宋初期政坛举足轻重的人物，而且也是当时的文坛领袖，他在散文、辞赋、诗、词等领域内都取得了很高的成就。在散文方面，他是宋初古文运动的领导者；在诗词创作方面，他的诗作清新自然、平易雅正，大多描写爱情或思乡之情，抒发个人的情怀，既有南唐余风，又开宋调新声。有《六一词》，见《六十家词》本，又有《欧阳文忠公近体乐府》三卷及《醉翁琴趣外篇》六卷。

【赏析】

这是欧阳修的一首小词，过去曾被羼入朱淑真词中，前人已证其误，不再赘述。词在欧氏的文学创作中，虽不占主要位置，但从当时词坛看，他却和晏殊同处于领袖地位。他们的词，继承了南唐冯延巳的传统，以"清切婉丽"为特色。而这首小词，在"清切婉丽"中，却显得平淡隽永，别具一格。此词言语浅近，情调哀婉，用"去年元夜"与"今年元夜"两幅元夜图景，展现相同节日里的不同情思，仿佛影视中的蒙太奇效果，将不同时空的场景贯穿起来，写出一位女子悲戚的爱情故事。

上阕描绘"去年元夜时"女主人公与情郎同逛灯市的欢乐情景。"去年元夜时，花市灯如昼。"起首两句写去年元宵夜的盛况美景，大街上热闹非凡，夜晚的花灯通明，仿佛白昼般明亮。"月上柳梢头，人约黄昏后"，女主人公追忆与情郎月下约定的甜蜜情景，情人间互诉衷情的温馨幸福溢于纸上。从如昼灯市到月上柳梢，光线从明变暗，两人约定的时间又是"黄昏"这一落日西斜、素来惹人愁思的时刻，皆暗示女主人公的情感故事会朝着悲剧发展。

下阕写"今年元夜时"女主人公孤独一人面对圆月花灯的情景。"今年元夜时，月与灯依旧。"一年过去，眼前的景象与去年没有两样，圆月仍然高挂夜空，花灯仍然明亮如昼，但是去年甜蜜幸福的时光已然不再，女主人公心里只有无限相思之苦。之所以伤感，是因为"不见去年人"，往日的山盟海誓早已被恋人抛诸脑后，如今物是人非，不禁悲上心头。令人肝肠寸断的相思化作行行清泪、浸湿衣衫。"泪湿春衫袖"一句是点题句，将女主人公的情绪完全宣泄出来，饱含辛酸蕴藏无奈，更有无边无际的苦痛。

全词以独特的艺术构思，运用今昔对比、抚今追昔的手法，从而巧妙地抒写了物是人非、不堪回首之感。语言平淡，意味隽永，有效地表达了词人所欲吐露的爱情遭遇上的伤感和苦痛体验，体现了真实、朴素与美的统一。语短情长，形象生动，又适于记诵，因此流传很广。此词的艺术构思近似于唐人崔护的《题都城南庄》诗，却较崔诗更见语言的回环错综之美，也更具民歌风味。明代徐士俊认为，元曲中"称绝"的作品，都是仿效此作而来，可见其对这首《生查子》的赞誉之高。

丰乐亭① 游春·红树青山日欲斜　　欧阳修

【原文】

红树②青山日欲斜，

长郊草色绿无涯③。

游人不管春将老④，

来往亭前踏落花。

【注释】

①丰乐亭：在滁州城西一里许的大丰山下，欧阳修任滁州（今安徽滁县）知州时所筑，为当时滁州的胜游之地。

②红树：开红花的树，或落日反照的树，非指秋天的红叶。

③长郊：广阔的郊野。无涯：无边际。

④老：逝去。

【作者】

见《欧阳修·生查子·元夕》篇。

【赏析】

欧阳修于庆历六年（1046 年）在滁州郊外山林间造了丰乐亭，第二年三月写了这组诗。丰乐亭建于琅琊山风景名胜区丰山东北麓的幽谷中，是丰山风景最佳之处，距滁州城约 1 公里。这里面对峰峦峡谷，傍倚涧水潺流，古木参天，山花遍地，风景十分佳丽。关于丰乐亭的兴建，欧阳修在《与韩忠献王书》中告诉友人："偶得一泉于（滁）州城之西南丰山之谷中，水味甘冷，因爱其山势回抱，构小亭于泉侧。"泉名"丰乐泉"，亭名"丰乐亭"，取"岁物丰成"、"与民同乐"之意。为此，欧阳修于宋庆历七年（1047 年）春写下《丰乐亭

游春三首》记载与民同乐之盛况。其中第一首诗诗人用拟人手法写鸟语花香，生动表现出春光的迷人和勃勃生机；用夸张手法说"酒醒春已归"，感叹春天的短暂，暗含着诗人浓厚的惜春之意。第二首诗前两句运用了拟人的手法，形象地写出了春天的美景；后两句借太守插花醉归形象的塑造，侧重写醉春之态。

本文为第三首，诗写暮春时节一望无际、郁郁葱葱的美景，写了暮春时节草木青翠、落红满地的特征，表达了游人对此怀着喜爱和恋恋不舍的感情。三首诗都是前两句写景，后两句抒情。写景鲜艳斑斓，抒情含意深厚。情致缠绵，余音袅袅。

诗中描写，青山红树，白日西沉，萋萋碧草，一望无际。天已暮，春将归，然而多情的游客却不管这些，依旧踏着落花，来往于丰乐亭前，欣赏这暮春的美景。有的本子"老"字作"尽"，两字义近，但"老"字比"尽"字更能传神。这首诗把对春天的眷恋之情写得既缠绵又酣畅。在这批惜春的游人队伍中，当然有诗人自己在内。欧阳修是写惜春之情的高手，他在一首《蝶恋花》词中有句云："泪眼问花花不语，乱红飞过秋千去"，真是令人肠断；而此诗"来往亭前踏落花"的多情游客，也令读者惆怅不已。结句情致缠绵，余音袅袅，具有一唱三叹之妙。

水调歌头·中秋　　　　苏轼

【原文】

明月几时有？把①酒问青天。

不知天上宫阙，今夕是何年②。

我欲乘风归去③，又恐琼楼玉宇，高处不胜寒。

起舞弄清影，何似在人间！

转朱阁，低绮户，照无眠④。

不应有恨，何事长向别时圆？

人有悲欢离合，月有阴晴圆缺，此事古难全。

但愿人长久，千里共婵娟⑤。

【注释】

①把：端着。

②何年：哪一年，指作者忘记了时间。

③乘风归去：暗含忘掉一切的意思。

④绮（qǐ）户：雕花的门窗。无眠：指不能入睡的人。

⑤婵娟：指代月色。

【作者】

苏轼（1037～1101年），字子瞻，号"东坡居士"，眉州眉山（即今四川眉山）人，北宋著名散文家、书画家、文学家、词人、诗人。苏轼是北宋文坛的领袖人物，在文学艺术等许多领域均取得突出的成就。他不仅是当时最杰出的散文大家，也是宋代豪放词风的开创者。他与他的父亲苏洵、弟弟苏辙皆以文学名世，世称"三苏"。他在文学艺术方面堪称全才。其文汪洋恣肆，明白畅达，与欧阳修并称"欧苏"，为"唐宋八大家"之一；诗清新豪健，善用夸张比喻，在艺术表现方面独具风格，与黄庭坚并称"苏黄"；词开豪放一派，对后代很有影响，与辛弃疾并称"苏辛"；书法擅长行书、楷书，能自创新意，用笔丰腴跌宕，有天真烂漫之趣，与黄庭坚、米芾、蔡襄并称"宋四家"；画学文同，喜作枯木怪石，论画主张神似。著有《苏东坡全集》和《东坡乐府》等。

【赏析】

这首脍炙人口的中秋词作于宋神宗熙宁九年（1076年），即丙辰年的中秋节，为作者醉后抒情、怀念弟弟苏辙之作。这一时期，苏轼因为与当权的王安石等人政见不同，自求外放，辗转各地为官。这一年的中秋，皓月当空，银辉遍地，词人与弟弟苏辙分别之后，转眼已七年未得团聚了。此刻，词人面对一轮明月，心潮起伏，于是乘酒兴正酣，挥笔写下了这一名篇。整首词通篇咏月，月是词的灵魂载体，却时时刻刻切合人事。

"明月几时有，把酒问青天"，词的上片以反问的语气出现，笔力高妙。词的破题便将屈原《天问》和李白《把酒问月》的手法运用得淋漓尽致，明月何时，把酒问天，个中自有一股怫郁不平之气。"不知天上宫阙，今夕是何年"，天上宫阙本是虚无缥缈之物，在东坡笔下则若有其事，今夕何年，其中无限感慨，将东坡出世入世，仕隐抉择上的自我徘徊或无奈的心态表达得淋漓尽致。

"我欲乘风归去，又恐琼楼玉宇，高处不胜寒"，在这里东坡将关于月亮的传说——"广寒清虚之府"——形象化，尘世多污尘，难寻清静地，虽然东坡想要以出世之心脱离烦嚣，而入世之情依然炽热，东坡是矛盾的，正是这种矛盾的冲撞才将词的感情表达一步步推向高潮。"起舞弄清影，何似在人间"，琼楼玉宇虽好，尚有高处畏寒之感，明月之下，大醉而舞，此情此景，恐怕这人间与天上别无二致。

"转朱阁，低绮户，照无眠"，下片在上片写景的基础上，化写实为写意，以景物入情思。下片起首三句看起来是在写月光照人，孤寂无眠，实际上是将感情的抒发愈转愈下，"自成妙谛"。明月千里，昆玉两处，月既照人之无眠，又照无眠之人，二意兼之，顿挫流丽。"不应有恨，何事长向别时圆"，东坡明里写恼恨月之照人，实则说月缺为有恨，月圆应无恨，尚使人圆月缺，自当无恨；月圆人分，圆月有恨矣。

"人有悲欢离合，月有阴晴圆缺，此事古难全"，上句已说人事，此句更将人事步步深入，以"别时圆"起兴。人之悲欢离合较之月的圆缺阴晴本无差别，千古如斯，万古如斯，原本让人感到悲伤之际，突然掉转笔锋，将情感的成分抹杀，而将理智的认识发扬开来，怨愁一转而为旷达。"但愿人长久，千里共婵娟"，此句由上文的旷达更转入一种超脱之中。东坡在此向所有的亲友尤其是自己的弟弟子由发出了真挚的祝福和安慰，在此明月夜，乡心处处同。

词人运用形象描绘的手法，勾勒出一种皓月当空、美人千里、孤高旷远的境界氛围，把自己遗世独立的意绪和往昔的神话传说融合一处，在月的阴晴圆缺当中，渗进浓厚的哲学意味，可以说是一首将自然和社会高度契合的感喟作品。这首词仿佛是词人与明月的对话，在对话中探讨人生的意义，既有理性，又有情趣，很是耐人寻味。它那浪漫的色彩、潇洒的风格和行云流水一般的语言，至今还能给我们一种美的享受。南宋学者胡仔在《苕溪渔隐丛话》说："中秋词，自东坡《水调歌头》一出，余词尽废。"

江城子·密州①出猎　　苏轼

【原文】

老夫聊发少年狂，左牵黄，右擎苍②。

锦帽貂裘，千骑卷平冈③。

为报倾城随太守，亲射虎，看孙郎④。

酒酣胸胆尚开张⑤，鬓微霜，又何妨！

持节云中，何日遣冯唐⑥？

会挽雕弓如满月，西北望，射天狼⑦。

【注释】

①密州：地名，即今山东省诸城市。

②老夫：作者自称，时年四十。聊：姑且，暂且。黄：指黄犬。苍：指苍鹰。鹰、犬都是古人打猎时用来追捕猎物的。

③锦帽貂裘：古代贵族官僚的服装。千骑（jì）：指太守的随从。

平冈：指山脊平坦处。

④太守：一州的行政长官，这里是词人自称。孙郎：孙权。这里词人以孙权自比。

⑤胸胆尚开张：形容胸怀开阔，胆气豪壮。尚：更。

⑥节：兵符，带着传达命令的符节。何日遣冯唐：汉文帝时云中太守魏尚和匈奴作战，有战功。后因上报杀敌数字与实际不符而被逮捕判刑。冯唐认为这种处罚不恰当，向汉文帝陈述了自己的意见。汉文帝于是派冯唐带着符节去赦免魏尚的罪，魏尚乃复为云中太守。苏轼此时因政治上处境不好，调密州太守，故以魏尚自许，希望能得到朝廷的信任。

⑦会：应当。挽：拉。雕弓：弓背上有雕花的弓。天狼：星名，古人认为主侵略。这里用来喻指侵略中原的敌人，隐喻侵犯北宋边境的辽国与西夏。

【作者】

见《苏轼·水调歌头·中秋》篇。

【赏析】

苏轼在熙宁四年（1071 年）因对王安石变法持不同政见而自请外任。朝廷派他去当杭州通判，三年任满后转任密州太守。这首词是熙宁七年（1074 年）冬，苏轼与同僚出城打猎时所作，抒发了为国效力、抗击侵略的雄心壮志和豪迈气概。

词的上阕主要写"出猎"这一特殊场合下词人表现出来的举止神态之"狂"。词中说自己有少年人的豪情，左手牵着黄狗，右臂举着苍鹰去打猎。"锦帽"两句，写出打猎的阵容。"为报倾城随太守，亲射虎，看孙郎"，是以孙权自比，说全城人都跟着去看他射虎。

下阕由实而虚，进一步写词人"少年狂"的胸怀，抒发由打猎激发起来的壮志豪情。"酒酣胸胆尚开张"，言词人酒酣之后，胸胆更豪，兴致益浓。接下来，词人倾诉了自己的雄心壮志：年事虽高，鬓发虽白，但又有什么关系呢？这里词人以西汉的魏尚自况，希望朝廷能派遣冯唐一样的使臣，前来召自己回朝，委以重任。"会挽雕弓如满月，西北望，射天狼"中的"天狼"喻指辽和西夏。词人以形象的语言，表达了自己渴望一展抱负、杀敌报国、建功立业的雄心壮志。

这首词可能是苏轼最早的一首豪放词。作品融叙事、言志、用典为一体，调动各种艺术手段形成豪放的风格，多角度、多层次地从行动和心理上表现了词人宝刀未老、志在千里的英风与豪气。

念奴娇·赤壁怀古① 苏轼

【原文】

大江东去，浪淘尽、千古风流人物②。

故垒西边，人道是、三国周郎赤壁③。

乱石穿空，惊涛拍岸，卷起千堆雪④。

江山如画，一时多少豪杰。

遥想公瑾当年，小乔初嫁了，雄姿英发⑤。

羽扇纶巾，谈笑间、樯橹灰飞烟灭⑥。

故国神游，多情应笑我，早生华发⑦。

人生如梦，一尊还酹江月⑧。

【注释】

①念奴娇：词牌名。又名"百字令""酹江月"等。赤壁：此指

黄州赤壁，一名"赤鼻矶"，在今湖北黄冈西。而三国古战场的赤壁，文化界认为在今湖北赤壁市蒲圻县西北。

②大江：指长江。淘：冲洗，冲刷。风流人物：指杰出的历史名人。

③故垒：过去遗留下来的营垒。周郎：指三国时吴国名将周瑜，字公瑾，少年得志，二十四为中郎将，掌管东吴重兵，吴中皆呼为"周郎"。

④雪：比喻浪花。

⑤遥想：形容想得很远；回忆。小乔：《三国志·吴书·周瑜传》载，周瑜从孙策攻皖，"得桥公两女，皆国色也。策自纳大桥，瑜纳小桥。"乔，本作"桥"。其时距赤壁之战已经十年，此处言"初嫁"，是言其少年得意，倜傥风流。雄姿英发：谓周瑜体貌不凡，言谈卓绝。英发，谈吐不凡，见识卓越。

⑥羽扇纶（guān）巾：古代儒将的便装打扮。羽扇：羽毛制成的扇子。纶巾：青丝制成的头巾。樯橹（qiáng lǔ）：这里代指曹操的水军战船。樯：挂帆的桅杆。橹：一种摇船的桨。

⑦故国：这里指旧地，当

年的赤壁战场。神游：于想象、梦境中游历。华发：花白的头发。

⑧尊：通"樽"，酒杯。酹（lèi）：古人祭奠以酒浇在地上祭奠。

【作者】

见《苏轼·水调歌头·中秋》篇。

【赏析】

这首词是宋神宗元丰五年（1082年）苏轼谪居黄州时所写，是苏词豪放风格的代表作之一。当时作者47岁，因"乌台诗案"被贬黄州已两年余。苏轼由于诗文讽喻新法，为新派官僚罗织论罪而被贬，心中有无尽的忧愁无从述说，于是四处游山玩水以放松情绪。正巧来到黄州城外的赤壁（鼻）矶，此处壮丽的风景使作者感触良多，更是让作者在追忆当年三国时期周瑜无限风光的同时也感叹时光易逝，因写下此词。

此词以赤壁怀古为主题，将奔腾浩荡的大江波涛、波澜壮阔的历史风云和千古而来的风流人物，酣畅淋漓地泼墨挥写于大笔之下，抒发了作者宏伟的政治抱负和豪迈的英雄气概。词中也流露出壮志未酬的感慨和人生如梦、岁月流逝的遗憾，但这种感慨和遗憾并非失望和颓废。它向人们揭示：千古风流人物身名俱灭，但江山长在，江月长留，当举酒相酹。

开篇"大江东去"四字，从眼前写起，诗人伫立于江畔，望着眼前浩浩荡荡东去的长江之水，心中禁不住涌起磅礴之气。"浪淘尽、千古风流人物"由景物转入联想：浪花年复一年地冲刷着江岸，冲刷着沙石，也正是在这年复一年中，世间又出现过多少叱咤风云的英雄豪杰！"故垒西边"四字是实境，而"人道是、三国周郎赤壁"立刻由实入虚，借他人之口，使读者回到战火纷飞的三国时代。在这个时代发生过什么呢？词人并不继续围绕这点铺叙，而是采取了借景抒情的法子："乱石穿空，惊涛拍岸，卷起千堆雪。"词人看到的是高耸入云的石壁，词人听到的是岸旁的巨浪惊涛，此句从各个方向荡开空间，有声有色，是神来之笔。"千堆雪"以借喻的手法描写浪花，一方面写出了浪花雪白的颜色，另一方面也写出了飞沫四处飘洒的情景。面对此情此景，再联系到三国时的风起云涌，怎不令读者胸中生出千种滋味、万般感慨？故词人不禁发出了"江山如画，一时多少豪杰"的感慨，此句对上片自然收束，带起下片。整个上片立足写景，为英雄人物出场作铺垫。

下片借上片之势，转入对赤壁之战中英武的周瑜进行描写："遥想公瑾当年，小乔初嫁了，雄姿英发。羽扇纶巾，谈笑间、樯橹灰飞烟灭"。当时周瑜正当盛年，担任东吴水军都督，在事业上如日中天；初娶小乔，揽美人于怀抱，在生活上亦春风得意。"雄姿英发"四字准确地表达出当时周郎的英姿。"羽扇"和"纶巾"都是读书人的配饰，在常人看来，读书人手无缚鸡之力，在战争中本不堪大用，杨炯就曾以"宁为百夫长，胜作一书生"（《从军行》）形象地突出了读书人和军人之间的差异和对立。但就是这么一个手摇羽扇，头戴纶巾的周郎，举手之间就令曹操的战船化为灰烬。词人通过此二者的极不协调，造成了强烈的冲击力，使读者对当时火烧赤壁的壮观情景产生了联想，对运筹帷幄的周瑜产生了无限的钦佩之情。"故国神游，多情应笑我，早生华发"从想象回到现实，同样的地方，但已经历朝代更迭。对比周郎，词人想到了自己过去经历的坎坷，感慨万千：我虽钦慕古人的丰功伟业，怎奈年岁将老，却至今一事无成！两相对照，又怎不让人忧从中来，青丝成雪？"人生如梦"四字承载了作者最深沉的叹息，虽然苏轼有远大的抱负，有万丈的豪情，但往往不得不被残酷的现实所左右，如在梦中一般。换一个角度，"如梦"二字也是旷达语，纵然如周郎般辉煌，不也被"浪淘尽"了么，所以不管人生如何，都只是一梦，梦醒时分，什么都不会留下。全词至此所抒之情已淋漓尽致，作者以"一尊还酹江月"

作结，一方面是想抛洒掉心头沉沉的感伤，另一方面是希望与江月为伴，达到无欲无求，天人合一之境。

全词借古抒怀，雄浑苍凉，大气磅礴，笔力遒劲，境界宏阔，将写景、咏史、抒情融为一体，给人以撼魂荡魄的艺术力量，被誉为"古今绝唱"。

六月二十七日望湖楼醉书① 苏轼

【原文】

黑云翻墨②未遮山，

白雨跳珠乱入船③。

卷地风来④忽吹散，

望湖楼下水如天⑤。

【注释】

①六月二十七日：指宋神宗熙宁五年（1072年）六月二十七日。望湖楼：古建筑名，又叫看经楼。位于杭州西湖畔，五代时吴越王钱弘俶所建。醉书：饮酒醉时写下的作品。

②翻墨：打翻的黑墨水，形容云层很黑。

③白雨：指夏日阵雨的特殊景观，因雨点大而猛，在湖光山色的衬托下，显得白而透明。跳珠：跳动的水珠（珍珠）。形容雨点，说明雨点大，杂乱无序。

④卷地风来：指狂风席地卷来。

⑤水如天：形容湖面像天空一般开阔而且平静。

【作者】

见《苏轼·水调歌头·中秋》篇。

【赏析】

《六月二十七日望湖楼醉书》是北宋的著名文学家、书法家苏轼谪居杭州期间创作的一组 5 首七言绝句中的第一首，也是最为著名的一首。

这首诗描写了夏季西湖下阵雨时的情景。第一句写黑云翻滚，第二句写大雨倾盆，第三句写风过雨歇，第四句写西湖水又恢复了平静。四句分写云、雨、风、水，一句一景，接得紧，转得快，可见大自然变化多么迅速，诗人用笔多么神奇。虽为小诗，却写得气象万千。诗中比喻也非常贴切，尤其是"白雨跳珠乱入船"一句，最为传神。

诗人苏轼先在船中，后在楼头，迅速捕捉住湖上急剧变化的自然景物：云翻、雨泻、风卷、天晴，写得有远有近，有动有静，有声有色，有景有情。读起来，你会油然产生一种身临其境的感觉——仿佛自己也在湖心经历了一场突然来去的阵雨，又来到望湖楼头观赏那水天一色的美丽风光。这些夏日西湖上常有的景象，在诗人的笔下充满了诗情画意，使人如临其境，如闻其声。

观雨　　　　　　　　　　陈与义

【原文】

山客龙钟不解耕①，开轩危坐看阴晴②。

前江后岭通云气③，万壑千林④送雨声。

海⑤压竹枝低复举，风吹山角晦还明⑥。

不嫌屋漏无干处，正要群龙洗甲兵⑦。

【注释】

①山客：隐士。龙钟：身体衰老，行动不灵便者。不解耕：这里指不熟悉农事。

②开轩：开窗。危坐：古人以两膝着地，耸起上身为"危坐"，即正身而跪，表示严肃恭敬。后泛指正身而坐。

③云气：云雾，雾气。

④万壑（hè）千林：形容众多的山谷和林子。壑：坑谷，深沟。

⑤海：这里指暴雨。

⑥山角：山的转角向外突出处。晦：昏暗不明。

⑦甲兵：盔甲和兵器。

【作者】

陈与义（1090～1138年），字去非，号简斋，其先祖居京兆，自曾祖陈希亮迁居洛阳，故为宋代河南洛阳人。陈与义在北宋做过地方府学教授、太学博士，在南宋是朝廷重臣，又是一位爱国诗人，其主要贡献还是在诗歌方面，给后世留下不少忧国忧民的爱国诗篇。元代方回在《瀛奎律髓》中称杜甫为江西诗派的"一祖"，黄庭坚、陈师道、陈与义为"三宗"。有《简斋集》传世。

【赏析】

《观雨》作于1130年夏。宋高宗建炎三年（1129年）十月，金兵在东南战线攻破临安（今杭州）、越州，继而从海上追击宋朝皇帝，高宗从明州逃至温州。在两湖（湖南、湖北）一线，金兵于1130年春天进逼湖南长沙。当年二月长沙守帅向子谌积极组织军民顽强抵抗，形势略有好转。诗人在汴京（今河南开封）失陷后，流寓湖南邵阳，此时正住在贞牟山上。一场夏雨翩然而降，诗人的思绪也随着雨丝在纷飞。该诗虽然写的是雨景，但却包含着诗人对时局的极大关注，不是为写景而写景了。

首联表面说自己年事已高，不事农耕，只能临窗端坐，看窗外天气阴晴变化，其实饱含对时局的关心。颔联渲染雨前的声势，风起云涌，雷声隐隐。颈联描绘雨中的情状。上句从近处描写雨势，"海"，指雨，说明雨势之大，如翻江倒海一般。对句从远处着笔，山角处风云开合，晦明变化，气象万千。尾联写观雨之感受，此联化用杜甫《茅屋为秋风所破歌》和《洗兵马》句，意为当众将士誓与金人决一死战之时，有此洗濯甲兵之雨，振奋人心，整刷军旅，北伐可待，胜利可卜，则我虽屋漏也在所不惜，表达出了对恢复中原的渴望。

全诗除了运用拟人、对仗等辞格，使得气韵雄沉外，关键还是双关的应用，把眼前的自然现象、把诗人对自然现象的观感与对现实的焦灼而深刻的思虑天衣无缝般地有机融为一炉，拓宽了诗歌的意境，深化了诗歌的内涵，气足神完，极具审美意义，是陈与义现存诗中的精品。

贺新郎·送胡邦衡待制赴新州①　　张元干

【原文】

梦绕神州②路。

怅秋风、连营画角，故宫离黍③。

底事昆仑倾砥柱，九地黄流乱注④？

聚万落千村狐兔⑤。

天意从来高难问，况人情老易悲难诉⑥。

更南浦，送君去⑦。

凉生岸柳催残暑。

耿斜河、疏星淡月，断云微度⑧。

万里江山知何处？回首对床夜语。

雁不到，书成谁与？

目尽青天怀今古，肯儿曹恩怨相尔汝⑨？

举大白，听金缕⑩。

【注释】

①胡邦衡：胡铨，字邦衡，宋高宗朝进士，曾任枢密院编修官，是南宋初期坚持抗金的著名爱国人士。待制：朝廷顾问官。胡铨于多年后才任此职，这里的"待制"二字恐为后人所加。新州：今广东新兴。词题又作《送胡邦衡谪新州》。

②神州：此处指中原沦陷地区。

③画角：古管乐器。传自西羌。形如竹筒，本细末大，以竹木或皮革等制成，因表面有彩绘，故称。故宫：指北宋故都汴京的宫殿。离黍：表达亡国之悲。语出《诗经·王风·黍离》"彼黍离离"，诗句描写周平王东迁后，西周故都荒凉，宫殿旧址长满庄稼，表现亡国的感慨。

④底事：何事。昆仑：昆仑山。砥柱：砥柱山，在黄河中。倾砥柱，比喻北宋政权的崩溃。九地：九州之地，即指遍地。黄流乱注：以黄河泛滥成灾比喻金人的入侵。

⑤狐兔：比喻金兵。

⑥此句化用杜甫《暮春江陵送马大卿公恩命追赴阙下》"天意高难问，人情老易悲"意，暗指帝心难测。

⑦南浦：泛指送别之地。

⑧耿：明亮。斜河：银河斜转，表示已经夜深。

⑨肯：岂肯。儿曹：小儿女辈。尔汝：指以你我相称。

⑩大白：酒盏名。金缕：即指《贺新郎》词。《贺新郎》也称《金缕曲》《金缕词》《金缕歌》《金缕衣》。

【作者】

张元干（1091～约1161年），字仲宗，号芦川居士、真隐山人，晚年自称芦川老隐。芦川永福人（今福建永泰嵩口镇月洲村人）。历任太学上舍生、陈留县丞。金兵围汴，秦桧当国时，入李纲麾下，坚决抗金，力谏死守。曾赋《贺新郎》词赠李纲，后秦桧闻此事，以他事追赴大理寺除名削籍。元干尔后漫游江浙等地，客死他乡，卒年约七十，归葬闽之螺山。张元干与张孝祥一起号称南宋初期"词坛双璧"。

【赏析】

这首词作于宋高宗绍兴十二年（1142年）。枢密院编修胡铨遭受秦桧等人迫害，除名押送新州（今广东新兴县）编管。当时张元干寓居三山（今福州市），不顾个人安危，写了这首词送给他，并与之饯别。这不仅表现了作者刚正不阿、坚持正义的斗争精神，而且词中通过独特的艺术构思，抒发作者的"抑塞磊落之气"，构成了沉郁悲壮的词风。张元干后因此词而被捕下狱，并被削职为民。

此词上片述时事。"梦绕神州路"四句为第一层，写中原沦陷的惨状；"底事昆仑倾砥柱"三句为第二层，严词质问悲剧产生的根源；"天意从来高难问"至"送君去"为第三层，感慨时事，点明送别。词人以黄流、狐兔比喻入侵的金人，形象地表现了金人入侵给神州大地造成的沉重灾难，字里行间充满了对侵略者的痛恨和对投降派的憎恶。宋朝的臣民、中原的百姓为何要遭此劫难？可是上苍高远，天意难以追究；人生如白驹过隙，容易衰老，一腔悲愤又很难找到知己倾

诉，更何况在南浦送别友人，这岂不让我又少了一个可以诉说悲愤的知己？上片以怀念故国起，继而描写中原沦陷的惨状，抒发了对时事的悲愤，结尾处点出送别，由此过渡至下片。

下片叙别情。"凉生岸柳催残暑"至"断云微度"为第一层，状别时景物；"万里江山知何处"至"书成谁与"为第二层，设想别后之心情；"目尽青天怀今古"至最后为第三层，遣愁致送别意。词人极目青天，感怀今古，低沉的心绪于此获得解脱，他劝慰友人：自然无限，历史悠悠，多少志士仁人临大节而不辱、赴刀锯而不辞，我们岂能像小人物那样为个人恩怨荣辱而悲伤？请举起酒杯，听我为你歌一曲送别的《金缕词》，让我们就这样豪迈地分手！

全词感情慷慨激昂，悲壮沉郁，抒情曲折，表意含蓄，为张元干词的压卷之作。

卜算子①·我住长江头 李之仪

【原文】

我住长江头，君住长江尾。

日日思君不见君，共饮长江水。

此水几时休，此恨何时已②？

只愿君心似我心，定不负相思意。

【注释】

①卜算子：词牌名。北宋时盛行此曲。

②休：停止。已：完结，停止。

【作者】

李之仪（1048～1127年），字端叔，号姑溪居士，沧州无棣（今山东省德州）人，北宋著名词人。李之仪出身于书香名门，他的表兄李之纯是宋哲宗朝的户部侍郎、御史丞。李之仪早年师从于范仲淹的儿子范纯仁，为人端正，学问渊博。北宋熙宁三年（1070年）中进士及第，因新旧党争，范仲淹反对王安石变法，受到排挤和贬谪，李之仪亦未能被授予官职。元佑初年（1086年），李之仪被任命为枢密院编修官，后为苏轼知定州时的幕宾。宋徽宗初年（1101年），李之仪因为文章得罪蔡京，贬官太平州（今安徽当涂）。李之仪善诗词，尤工尺牍。

【赏析】

北宋崇宁二年（1103 年），仕途不顺的李之仪被贬到太平州。祸不单行，先是女儿及儿子相继去世，接着，与他相濡以沫四十年的夫人胡淑修也撒手人寰。事业受到沉重打击，家人连遭不幸，李之仪跌落到了人生的谷底。这时一位年轻貌美的奇女子出现了，就是当地绝色歌伎杨姝。杨姝是个很有正义感的歌伎。早年，黄庭坚被贬到当涂做太守，杨姝只有十三岁，就为黄庭坚的遭遇抱不平，她弹了一首古曲《履霜操》，《履霜操》的本意是伯奇被后母所谮而被逐，最后投河而死。杨姝与李之仪偶遇，又弹起这首《履霜操》，正触动李之仪心中的痛处。李之仪对杨姝一见倾心，把她当知音，接连写下几首听她弹琴的诗词。这年秋天，李之仪携杨姝来到长江边，面对知冷知热的红颜知己，面对滚滚东逝奔流不息的江水，心中涌起万般柔情，写下了这首千古流传的爱情词。

这首小令言短情长，全词围绕着长江水，表达男女相爱的思念和分离的怨愁。

词的上片"我住长江头，君住长江尾"，引用民谣，点明了两人是处于分离的状态。这个女子住在长江的上游，她的恋人则住在长江的下游。"日日思君不见君，共饮长江水"，分离之后，我对你的思念没有一天停止过，虽然我见不到你，但是值得安慰的是，我们虽不见面，却同饮这一江水。由"日日思君"可以体会到这个女子对恋人的思念之深，"不见君"则暗示出渴望早点相见的迫切愿望。但对于事实上的不能相见，她没有怨天尤人，没有怨声载道，而是说尽管有那么多的不如意，相见那么困难，或者见面遥遥无期，但值得庆幸的是，我们虽远远相隔，却在同饮一江之水。这就暗示出这位女子内心的安慰和平和之情。同时，也体现了中国传统"平允中和"，"含蓄蕴藉"的美学风格。在写法上，围绕"长江"展开叙述，开头由长江宕开去写分离、思念，最后又回到"长江"上来，这就形成了回环往复的结构特点。

词的下片"此水几时休，此恨何时已"，尽管上面已经给了自己很多的安慰了，但是内心对恋人的思念还是不能停止，所以问道这水何时才会停止流动，这相思之苦何时才能停止。这里的"此水几时休"一句，既有起兴之意，由不停流淌的江水引出绵绵不断的相思之情，同时也有贯穿全词的作用。此处，似乎表现出情感激荡，难以忍受别离的情绪，但结尾处一转，"只愿君心似我心，定不负相思意"，又归于平和。只愿你的心和我的心一样，我们都为彼此相守，就一定不会辜负我们彼此相思的情意，或者说就一定不会辜负我的一片相思之情，表现出对爱情的忠贞不移。

李之仪这首《卜算子》深得民歌的神情风味，明白如话，复叠回环，同时又具有文人词构思新巧、深婉含蓄的特点，可以说是一种提高和净化了的通俗词。全词处处是情，层层递进而又回环往复，短短数句却感情起伏。语言明白如话，感情热烈而直露，明显地吸收了民歌的优良传统。但质朴清新中又曲折委婉，含蓄而深沉，显示出高超的艺术技巧，在北宋词作中也是不可多得的佳作。

鹊桥仙·纤云弄巧   秦观

【原文】

纤云弄巧，飞星传恨，银汉迢迢暗度①。

金风玉露②一相逢，便胜却人间无数。

柔情似水，佳期如梦，忍顾③鹊桥归路。

两情若是久长时，又岂在朝朝暮暮。

【注释】

①纤云弄巧：一缕缕的云彩作弄出许多花巧。比喻织女织造精巧，也暗示这是乞巧节。飞星传恨：说牛郎、织女流露出终年不得见面的离恨。银汉：天河。

②金风玉露：秋风白露。

③忍顾：表示不忍分别之意。顾：回头看。

【作者】

秦观（1049～1100年），字太虚、少游，号淮海居士，扬州高邮（今江苏高邮县）人，北宋文学家。宋神宗元丰八年（1085年）进士。历任太学博士、秘书省正字兼国史院编修官。绍圣初，坐元祐党籍，连遭贬谪。徽宗时召还，后客死于滕州（今属广西），时年五十二岁。秦观与黄庭坚、晁补之、张耒号称"苏门四学士"，其词作清丽婉约，格调凄婉。南宋诗论家敖陶孙在《诗评》说："秦少游如时女游春，终伤婉弱。"

【赏析】

秦观是北宋婉约词人的代表，而《鹊桥仙》又可说是秦词中的绝作。婉约词的特点是以委婉含蓄的手法写哀怨感伤的情怀。这首《鹊桥仙》描写牵牛、织女的爱情，真挚、细腻、纯洁、坚贞，赋予这对仙侣浓郁的人情味，而与庸俗的情词又确有霄壤之隔。词的语言清新自然，而文心起伏，哀乐交迸，令人读之回肠荡气，不能自已。

七月七日，传说牛郎织女相会天河鹊桥之日，也几乎成了古老中国的一个"情人节"。此词正是作者七夕仰观星空时的所见所思。

上片前三句，从不断飘动变化的纤薄秋云，联想起织女灵活的双手，美丽的织锦；从不停闪烁的织女牵牛两星，感受到蕴含的无限的怅恨。之后，笔锋一转，放下分离的千愁万恨，反而认为这"一相逢"能胜过人间的不分离，为下片的描述作了过渡。词人巧妙地将李商隐的诗句"由来碧落银河畔，可是金风玉露时"化入自己的词中，新意迭出，不露痕迹。

下片作者对两星相会于鹊桥的情景展开想象：他俩情意绵绵、互诉衷曲，真是银汉迢迢、两心悠悠；而七夕佳期，瞬息即逝，如同梦幻泡影一般，转眼将别，鹊儿行将远飞，归路就要断绝，匆匆话别的爱人，都不忍回顾那踽踽独自返归的身影。在词的结尾，词人终于发出了这首词的最强音，揭示了爱情的真谛。词人的议论感慨甚是符合人们内心对纯洁爱情的渴望和追求，与读者产生了强烈的共鸣。这两句感情色彩饱满的议论，与词的前文紧密呼应，叙事议论相间无碍，造就了整首词连绵起伏的情致。

这首词景中有情，情中有景，叙述议论，兼顾周密，有情趣，有理趣，遣词造句，自然流畅，婉约含蓄，韵味盎然。

如梦令·昨夜雨疏风骤　　李清照

【原文】

昨夜雨疏风骤，浓睡不消残酒①。

试问卷帘人②，却道海棠依旧。

知否？知否？应是绿肥红瘦③。

【注释】

①浓睡：沉睡。不消残酒：指残余的酒意尚未消失。

②卷帘人：指站在窗口卷帘的侍女。

③绿肥红瘦：叶子更舒展，花儿更稀少。

【作者】

李清照（1084～1155 年），号易安居士，山东济南人，宋代杰出的女文学家，婉约词派的代表人物。李清照工书能文，通晓音律，她的前期作品，词风旖旎，多为相思爱情之作，后期词风迥异，更多的表现身世之悲，中有无限感慨。现存诗文及词为后人所辑，有《漱玉词》传世。

【赏析】

李清照传世的词中，《如梦令》仅有两首，两首词的内容差不多，都是写酒醉、花美的，风格清新别致，历来脍炙人口。在这两首词中可以看到词人早年生活的点点滴滴。这里选用的是其中的第二首词，这首词是李清照早期的作品。它通过对海棠"绿肥红瘦"的描写，抒发了女词人暮春时节的感伤情绪。这种感伤来自她对春光的留恋和惜别，也是对自己青春将逝的烦闷与苦恼。作者在表达这种心情的时候，没有采用直抒胸臆的手法，而是委婉含蓄地通过一问一答把自己的情感轻轻地吐露了出来。全词虽然短短六句，却将词人惜春伤春之情表现得委婉别致，其语言清新，词意隽永，令人读来唇齿生香，回味无穷。

"昨夜雨疏风骤，浓睡不消残酒"，从字面上来看，在一个疾风狂雨之夜，虽然一夜浓睡依然没有消除酒意。词人听见疾风骤雨在先，饮酒浓睡在后。"雨疏风骤"，风吹在了词人的心坎上，雨也打在了词人的心坎上，这般风雨只会使得花枝狼藉，想到这里，惜花之情油然而生，词人姑且借酒来消除心中的烦闷，便在沉沉的醉意中睡了过去。

接下来的"试问卷帘人，却道海棠依旧"，就是这种心情发展的必然结果。作者有感于春光将尽，产生了惜春之情；一夜风雨之后，自然会惦记起园中的海棠。"试问"两个字，本来是词中常用的，在这里却包含着作者复杂的感情。海棠花经得住风风雨雨吗？是不是谢去了呢？作者是不希望海棠凋零的，可是又担心它凋零，于是想，还是问一问卷帘人吧。因此这里的"试问"就不是一般的问，而是含着惜春怜花之情的问。在这一问中包含着作者多少缠绵的感情啊！可是卷帘人的回答却是那样的无动于衷，这就更加衬托出作者伤春惜花的感情。"却道海棠依旧"的"却"字用得极好：它把卷帘人的冷淡态度和作者感到回答出乎意外的神态一下子描绘了出来。

"知否？知否？应是绿肥红瘦。"最后两句，既是词人对使女的反诘，又是词人的自言自语。词人虽然没有出门去看，心中却已经想到了园中海棠花的景象，经过一夜风雨，较弱的海棠花现在应该是绿叶多了，红花少了。"绿肥红瘦"四个字包含了无穷无尽的无可奈何的惜花之情，语浅意深，可以说是将语言艺术化的搭配发挥到了极致。《草堂诗余别录》评曰："结句尤为委曲精工，含蓄无穷意焉。"可谓

尽得词人三昧。

　　李清照的这首《如梦令》是一首小词，篇幅很短，通篇只有33个字，寥寥数语，却写得层次丰富，意味隽永。从"昨夜雨疏风骤，浓睡不消残酒"的一般叙述，转折到"试问卷帘人，却道海棠依旧"的一问一答，又从这一问一答转折到"知否？知否？应是绿肥红瘦"的反问和慨叹，整首词一层一层地拓展和深入，直到把作者惜春怜花的情感抒发得淋漓尽致。词中有人物，有场景，还有对白，借对宿酒醒后询问花事的描写，曲折委婉地表达了词人的惜花伤春之情，语言清新，词意隽永，令人玩味不已，充分显示了词的语言表现力和词人的才华。

　　李清照能以这样短小的篇幅，写出如此丰富多姿的内容，显示了她很高的艺术造诣。这首词内容很深刻，感情很含蓄，但语言十分通俗明白，浅显如话。33个字里面，几乎没有什么浓艳奇丽的辞藻和雅致古奥的典故，如"雨疏风骤"、"不消"、"知否"、"绿肥红瘦"等等，都是很普通的常用语言。李清照就是用这些寻常的语言，写出了优美动人的词章，这也是李清照在艺术上的成功之处，难怪南宋文学家陈郁的《藏一话腴》称这首词是"天下称之"的佳作。

声声慢·寻寻觅觅　　李清照

【原文】

寻寻觅觅，冷冷清清，凄凄惨惨戚戚①。

乍暖还寒时候，最难将息②。

三杯两盏淡酒，怎敌他，晚来风急！

雁过也，正伤心，却是旧时相识。

满地黄花堆积，憔悴损，如今有谁堪摘③？

守着窗儿，独自怎生得黑④！

梧桐更兼细雨，到黄昏，点点滴滴。

这次第⑤，怎一个愁字了得！

【注释】

①寻寻觅觅：寻求往事，追怀过去。寻：寻思。觅：搜索。冷冷清清：形容处境孤寂。凄凄惨惨戚戚：形容凄苦、悲惨和忧愁。

②将息：调养休息。

③憔悴损：枯了谢了。

④怎生得黑：怎样才能挨到天黑。

⑤这次第：这一切情况。

【作者】

见《李清照·如梦令·昨夜雨疏风骤》篇。

【赏析】

这是首脍炙人口的千古名篇。此词是李清照后期的作品，作于南渡以后，具体写作时间待考，多数学者认为是作者晚年时期的作品，也有人认为是作者中年时期所作。

宋钦宗靖康二年（1127 年）夏五月，徽宗、钦宗二帝被俘，北宋亡。李清照夫婿赵明诚于是年三月，奔母丧南下金陵。秋八月，李清照南下，载书 15 车，前来会合。明诚家在青州，有书册十余屋，因兵变被焚，家破国亡，不幸至此。宋高宗建炎三年（1129 年）八月，赵明诚因病去世，此时李清照 46 岁。金兵入侵浙东、浙西，李清照把丈夫安葬以后，追随流亡中的朝廷由建康（今南京市）到浙东，饱尝颠沛流离之苦，避难奔走，所有庋藏丧失殆尽。国破家亡，丈夫去世，境况极为凄凉，一连串的打击使作者尝尽了颠沛流离的苦痛，亡国之恨，丧夫之哀，孀居之苦，凝集心头，无法排遣，于是写下了这首《声声慢》。

上片起首三句连用七对叠字，有排空而来的怨情，有"大珠小珠落玉盘"似的音乐效果。似泣如诉，笼罩全词。在写法上也是独创。在这种凄凉的境况下，又是"乍暖还寒"的悲秋时节。虽有"淡酒"御寒，可又偏是"晚来风急"，真是雪上加霜，环境层层压迫，外力重重摧折；正是诗人历遭劫难、备受痛苦的形象写照。"雁过也"三句更进而把苦难与离乱结合起来，借旧时相识的大雁回归，寄托自己流落他乡的凄凉身世之感。

下片是在上片愁闷无法排遣后的触景生情。首三句写庭院景象的凄凉。"黄花"无人采摘，只是"满地堆积"，一切不可收拾，一切百无聊赖。次二句写室内永昼难度的孤寂。"梧桐"三句内外并举，物我相呼。最后"这次第"一言总括了上面种种惨淡景象，迸发出"怎一个愁字了得"的不解愁结。全词以突兀的开头，写愁云惨淡，继而借一些典型的凄凉物象，用舒缓婉曲的絮语诉说愁情，一层层推进，将一"愁"字推出，用"怎一个"反问，将愁情推向高峰，让读者永难排解，感染力极强。

作品通过描写残秋所见、所闻、所感，抒发自己因国破家亡、天涯沦落而产生的孤寂落寞、悲凉愁苦的心绪，具有浓厚的时代色彩。此词在结构上打破了上下片的局限，一气贯注，着意渲染愁情，如泣如诉，感人至深。

这首词之所以这样富有感染力、历来被人们广泛经久地传诵，是和作品中所表现出来的深沉感情分不开的。这里当然也离不开作者的精湛的艺术表现手法。首先，她由外到内，由远及近地刻画了自己内心的沉痛。由"寻寻觅觅"到"守着窗儿"，由"晚来风急"自然地写到"满地黄花堆积"，由"雁过也"到眼前所见到和听到的"梧桐更兼细雨"……层层推展，步步深入。

这首词几乎都由口语构成，经过作者的提炼与加工，表现在作品之中使人感到既自然又贴切，笔力遒劲而情韵缠绵。在这首词里，作者用巧妙自然的铺叙手法，把情和景概括得极其突出和深刻。全词所用的十八个叠字，确切而自然，更加强了感情的渲染。特别是在情与景的对比描写之中，生动地刻画出作者种种难以诉说的沉痛而真实的感情。

作者的这种沉痛并不是个人的无病呻吟。在南宋小朝廷卖国集团屈辱求全，把祖国大好河山拱手让敌的时代里，作者的那种由个人生活遭遇所引起的沉痛，也就是一个具有爱国心的人应有的那种蕴含国家兴衰之感的沉痛。因而这一种沉痛不仅仅是个人的，它代表着不少的、特别是那一时代任人摆布的妇女的苦难遭遇。任何时代，个人的遭遇与痛苦都是紧紧地和社会现实连在一起的。因此，这首词具有一定的社会意义和比较深刻的思想性。

一剪梅·红藕香残玉簟秋　　李清照

【原文】

红藕香残玉簟秋①。

轻解罗裳，独上兰舟②。

云中谁寄锦书③来，雁字回时，月满西楼。

花自飘零水自流。

一种相思，两处闲愁。

此情无计④可消除，才下眉头，却上心头。

【注释】

①玉簟（diàn）秋：意谓时至深秋，精美的竹席已嫌清冷。

②兰舟：用木兰树制作的舟船，为舟之美称。一说"兰舟"特指睡眠的床榻。

③锦书：对书信的一种美称。

④无计：没有办法。

【作者】

见《李清照·如梦令·昨夜雨疏风骤》篇。

【赏析】

此词是作者早期的作品之一，作于词人与丈夫赵明诚离别之后，寄寓着作者不忍离别的一腔深情，反映出初婚少妇沉溺于情海之中的纯洁心灵。作品以其清新的格调，女性特有的沉挚情感，丝毫"不落俗套"的表现方式，给人以美的享受，是一首工致精巧的别情词作。

"红藕香残玉簟秋"，词的上片一开始就显得如此"精秀特绝"，"红藕"盛开的季节已经匆匆过去，而今只有那残香微微，室内的"玉簟"也因此显得有些凉了。"轻解罗裳，独上兰舟"，"罗裳"为夏季服饰，"轻解"二字承接上文的"玉簟秋"，说明现在已经是"已凉天气未寒时"，象征着丈夫外出远游夫妻分离而产生的一种悲凉。"独上兰舟"，远游的丈夫现在已经踏上征程，自己现在却一个人孤零零地待着，依依不舍之情在词人的心中久久不能罢休。"云中谁寄锦书来，雁字回时，月满西楼"，上文是作者对实景实情的叙述，那么这里所要表达的则是词人对别后的悬念，此时此刻，那云中归雁可有一封平安书信捎来？这思妇的愁闷难解，所有的情感在这字里行间默默呈现。

"花自飘零水自流"，词的下片一开始既有借景起兴，更有承上赋情。上文浓墨重彩地写"红藕香残"，这里又哀哀怨怨地写落花流水之景。李白诗云："落花有意随流水，流水无情送落花"，词人暗用太白成句，表达自己的感情。无论从哪个角度看，此人无日无夜、无时无地不在思念丈夫，而丈夫却音信不传，词人心中难免有一些埋怨，"埋怨"丈夫的"薄情"。"一种相思，两处闲愁"，难道词人的丈夫真的那么"薄情"吗？当然不是，无论是独自在家的词人，还是远游在外的丈夫，都在彼此思念着对方。词人自己在忍受相思之苦、闲愁之深的同时，也想到了自己的丈夫同样在忍受这种相思之苦、闲愁之深，这种情感对于两个心心相印的人来说，不是单方面的，不管锦书来与不来，都不能抹杀两人之间真挚的爱情和彼此之间的信任，这种情感完全是一而二、二而一的。"此情无计可消除，才下眉头，却上心头"，因为彼此之间的情感是那么的真挚，这种人分两地、彼此相思的苦闷，自然就很难排遣。

　　作者在这短短的小词中，创造了完整感人的意境，表达了强烈的思想感情，采用移情入景的表现方法，把自己真挚、深沉的思想感情融入客观外界的景物之中，又借着对景物的描写将它巧妙地抒发出来。词的上片和下片的开头两句"红藕香残玉簟秋"、"花自飘零水自流"，互相补充、衬托，勾画出秋天的自然景色。这常见的自然现象经过作者带着相思的主观色彩一描绘，就有了人的情感在内，具有了多层意义，潜流着牵动人心的情感，更好地抒发了女主人公浓厚的思想感情。李廷机的《草堂诗余评林》称此词"语意超逸，令人醒目"，读者之所以易于为它的艺术魅力所吸引，其原因在此。

满江红·怒发冲冠　　　岳飞

【原文】

怒发冲冠，凭栏处、潇潇雨歇①。

抬望眼，仰天长啸②，壮怀激烈。

三十功名尘与土，八千里路云和月。

莫等闲③、白了少年头，空悲切。

靖康耻④，犹未雪；臣子恨，何时灭。

驾长车踏破，贺兰山缺⑤。

壮志饥餐胡虏肉，笑谈渴饮匈奴血。

待从头、收拾旧山河，朝天阙⑥。

【注释】

①怒发冲冠：形容愤怒至极的样子。潇潇：形容雨势急骤。

②长啸：感情激动时撮口发出清而长的声音。

③等闲：轻易，随便。

④靖康耻：宋钦宗靖康二年（1127年），金兵攻陷汴京，掳走徽、钦二帝，史称"靖康之变"。

⑤长车：战车。贺兰山缺：贺兰山的关口。贺兰山：在今宁夏回族自治区西北，西汉时是与匈奴的交战之地。缺：险隘的关口。

⑥天阙（què）：皇帝所居的宫殿前的楼观。

【作者】

岳飞（1103～1142年），字鹏举，相州汤阴（今属河南）人，南宋名将。绍兴十年（1140年），岳飞统率宋军大破金兵于郾城，进军朱仙镇，准备渡河收复中原失地。但南宋朝廷勒令其退兵，北伐大业功亏一篑。后来，岳飞被赵构、秦桧以"莫须有"的罪名杀害。岳飞流传下来的作品不多，但都是充满爱国激情的佳作。有《岳武穆集》。

【赏析】

岳飞的《满江红》在南宋词人中可以说是独辟蹊径，被后人看成是爱国主义诗词中的最强音，是英雄主义豪情壮志的千古绝唱。

"怒发冲冠，凭栏处、潇潇雨歇"，词的上片从起句便给人一种气势磅礴、浩然之气充盈不绝的感觉。"怒发冲冠"，说明站在高楼之上的词人心中多么愤慨，多么悲愤。词人站在高楼之上，身倚栏杆，纵目远眺，大雨已经停了下来。"仰天长啸，壮怀激烈"，面对着经过大雨洗礼的天空和大地，他放声长啸，这啸声直冲天宇，激荡澎湃，词人的心中迸发出了壮志难酬的抑郁情感。

"三十功名尘与土，八千里路云和月"，已经过了而立之年的词人，回顾往事，自觉半世功名，亦可慰藉自我，但是金贼未灭，"二圣"未还，功名尽如尘土，大业还待努力。"莫等闲、白了少年头，空悲切"，词人念念不忘家国，面对神州陆沉，岂可新亭垂泪，做楚囚相对，更当勖勉自己，努力为国，不可使岁月流逝，人生碌碌。纵观整个上片，声调慷慨，情感激昂，字字击金叩玉，笔笔掷地有声。

"靖康耻，犹未雪，臣子恨，何时灭"，下片一开始就显得气盖山河，一片悲情，喷薄而出。"靖康之耻"尚且在目，正待洗刷；作为臣子，胸中不平之气，岂能暂且消歇，这十二个字是词人忠烈气概的自诉，读来令人凛凛如对神明。"驾长车踏破，贺兰山缺"，只要壮士用命，战车长驱，踏破重关险隘，自当灭却金贼，直捣黄龙。"壮志饥餐胡虏肉，笑谈渴饮匈奴血"，这两句承接上文，畅情尽势，丝毫没用冗沓重复之感，正气磅礴激荡。"待从头，收拾旧山河，朝天阙"，只要灭却金贼，收复失地，报君仇雪国耻，实现词人"还我河山"的愿望，到那时旧疆恢复，国家统一，群臣舞蹈阙下，万岁山呼，该是多么雄伟壮观的场景。词人一片丹诚，满腔悲愤，自肺腑间宣泄而出。词人笔力之雄健，脉络之流畅，情理之深婉，不同凡响，足为有宋一代词坛生色。

　　全词满腔忠义，激情喷涌，有碧血丹心般的英勇壮烈，其势足以惊天地、泣鬼神，读来让人血脉贲张。全词通篇洋溢着爱国主义的浩然正气，成为贯穿全篇的一条红线。作者是一位爱国英雄，又是指挥千军万马的优秀将领，只有他这样的身份，才能写出如此气壮山河的优秀作品。作者直抒胸臆，完全用白描手法来言志抒情，那种势如火山爆发似的悲愤，一泻千里的激情，真可以说是"末势犹壮"，读者无不为其英雄气概所倾倒、所感动。

小重山^① · 昨夜寒蛩不住鸣　　岳飞

【原文】

昨夜寒蛩②不住鸣，惊回千里梦，已三更。

起来独自绕阶行。

人悄悄，帘外月胧明③。

白首为功名。

旧山④松竹老，阻归程。

欲将心事付瑶琴，知音少，弦断⑤有谁听？

【注释】

①小重山：词牌名，又名"小重山令"，多用以写"宫怨"，故其调悲。

②蛩（qióng）：蟋蟀。

③胧明：明亮貌。

④旧山：岳飞的家乡汤阴。时在金人统治下，不能回家，故下文有"阻归程"之说。

⑤弦断：因情绪激动，弹奏有力，故而弦断。

【作者】

见《岳飞·满江红·怒发冲冠》篇。

【赏析】

这首词的风格与《满江红》不同，它婉转地倾吐出岳飞积极主战，反对投降的一腔"心事"。

绍兴八年（1138年），南宋以向金称臣，岁贡银二十五万两、绢二十五万匹的条件达成屈辱的和议。岳飞一再上书论和议之非："莫守金石之约，难充溪壑之求"，"愿定谋于全胜，期收地于两河"。因此更触秦桧之忌，秦桧等人密谋夺去岳飞等大将的兵权。在这种情况下，岳飞不能不为和议后出现的更加危急复杂、难以收拾的局面而日夜担忧，连梦里都被惊醒，深夜起来在院子里徘徊寻思。

词从深夜梦回写起。"昨夜寒蛩不住鸣，惊回千里梦，已三更。"梦被惊醒，说是由于深秋蟋蟀的叫声。但蟋蟀叫声轻微，"凄凄更闻私语"，"哀音似诉"（姜夔），不过像人在暗地里说着悄悄话儿，或是低声的泣诉，怎么能惊醒一位驰骋千军万马中的虎将呢？如果梦醒不是由于蛩鸣，那是由于什么？他又梦见了什么呢？这些都没有说。但却说了曾经梦行千里。千里之外，是过去曾经征战过的地方，即下片的旧山——包括他的家乡河南汤阴在内的辽阔的中原沦陷区。这里作者用了"惊回"二字，既有梦醒的意思，也有想梦回故乡，结果却被什么给打乱了的意思。特别是这个"惊"字，颇耐寻味，绝不是因蛩鸣而惊，而是别有原因。"已三更"，表面看只是点明时间，实际是三更前，即使睡，也未安稳；三更后，尤未成寐；不是仅因蛩惊，就更显然了。"起来独自绕阶行"。夜已三更，不能成寐，起床后，走出室

237

外，一个人默默地沿着台阶走过来，走过去……可看出这个人的"心事"重重，无法排解，苦闷是很深的。"人悄悄"，是写实，但也有寓意，此时的宋王朝不就是一个"万马齐喑"的局面吗？"帘外月胧明"，是由室外又回到了室内。"月胧明"，是说月光明亮。"人悄悄"三字，既指室内，也指室外，此时虽有虫鸣，却更给人以万籁俱寂、四外无声之感。

上片，蛩鸣，梦醒，静中有动；绕阶行，帘中望月，动中有静。从人来说，是由梦而醒，由醒而思。思什么？"不着一字"，用的是烘托手法，但可以看出此中人内心的起伏激荡和起卧不安的情景。

下片直接抒情，但和上片一样，仍用含蓄的手法。"白首为功名"。为国家建功立业，名垂青史，是岳飞一生的抱负。他从靖康元年（1126 年）投入抗金的行列，先后在宗泽、张所、王彦等人部下，屡次以少胜多，收复了湖北的大部分和河南南部地区。这句是岳飞的誓言。岳飞对这样的誓言，他的确是贯彻始终的。

"旧山松竹老，阻归程。"旧山，旧日的家山，既指故乡河南汤阴，又指广大的中原沦陷区。这时距宋室南渡虽仅十余年，但对日夜

不忘恢复的岳飞来说，在感觉中这时间却不算短了。另外，松、竹、梅，所谓"岁寒三友"，被中国人民一向看作是坚贞劲节的植物，也是志士仁人的象征。正是"旧山"松竹在艰苦的环境中坚强挺立，他们渴望复国，听到宋军胜利的消息，奔走相告，甚至白天罢市，黑夜不眠，伺听风声。这里岳飞只是用"旧山松竹老"五个字，概括了充满着焦躁的渴盼与斑斑血泪的极其丰富的事实。一方面是人民的渴望，爱国将领矢志北伐："何日请缨提锐旅，一鞭直渡清河洛"（岳飞《满江红·登黄鹤楼有感》）；另一方面是"阻归程"！谁"阻"呢？是敌人？是朝内的投降派？在岳飞眼里，敌人"阻"是其次；最主要的是后者——秦桧之流的投降派。后来秦桧提出的"南自南，北自北，以河北人还金，中原人还刘豫"（金人在 1130 年在河北立的傀儡皇帝）的彻底投降主张，正合宋高宗怕"迎两宫还朝"的"孤"意。不管岳飞出于某种原因，不便明言，但从当时的形势看，确是由于最高统治者苟且偷安，别有打算。

"欲将心事付瑶琴，知音少"，暗喻投降派得势，少有人理会自己的抗金主张。试想：赵构、秦桧采取了与金妥协投降的既定方针，他们能听取岳飞"还我河山"的恢复大计吗？"弦断有谁听"，含蓄地道尽了词人难堪的孤独和痛苦的心情。这首词跟《满江红》的壮怀激烈不同，因为词人所愤切的对象已不光是金人，还包括当朝的秦桧，甚至还有可能包括秦桧背后的皇上赵构了，因此不能不百转千回，表现为深沉的寻思和低徊的沉吟，明言不得。但词人内心同样是五内俱焚。

这首《小重山》多用比喻，曲折地道出心事，含蓄委婉，抑扬顿挫，情景交融，艺术手法高超。

蝶恋花·送春　　朱淑真

【原文】

楼外垂杨千万缕，欲系青春，少住春还去①。

犹自②风前飘柳絮，随春且看归何处？

绿满山川闻杜宇，便作无情，莫也愁人苦③。

把酒送春春不语，黄昏却下潇潇雨④。

【注释】

①系：拴住。青春：大好春光。隐指词人青春年华。少住：稍稍停留一下。

②犹自：依然。

③杜宇：杜鹃鸟。便作：即使。莫也：岂不也。

④把酒：举杯。潇潇雨：形容雨势之疾。

【作者】

朱淑真（生卒年不详，约1131年前后在世），一作淑贞，号幽栖居士，浙江海宁人，一说浙江钱塘（今浙江杭州）人。相传为朱熹侄女，生于仕宦家庭，其父曾在浙西做官，家境优裕。其词多抒发个人爱情生活的郁闷幽怨，风格婉约，语言清新秀丽，清婉缠绵。现存词30余首，有诗集《断肠集》、词集《断肠词》。

【赏析】

朱淑真是宋代声名仅次于李清照的女词人，她作词的特点，是缠绵悱恻，哀婉动人。这首《蝶恋花》，即体现出她的这一特色。

朱淑真在少女时有一段纯美的爱情，但婚后生活却十分不如意，最后忧郁而终。这首词正是她对昔日美好生活一去不复返的追恋哀伤不已的反映。全词将春拟人，抒发伤春情怀。

上片写景：垂杨缕缕，一派春意，它们似乎想要用自己的枝条将春天拴住，只是春天是那样短暂，略作停留，便不顾而去。杨柳无奈，只好因风飘絮，逐春而走，似乎要探寻春的归处。作者在此对杨柳进行了拟人化的描写，从而赋予无知无觉的杨柳以惜春的情感，借杨柳之情，反映作者对青春流逝的无奈而又不甘的起伏心绪，温婉动人。

下片抒情：首句只有七字，却有声有色地写出了"暮春"景色的特征。"绿满山川"是眼睛所见，"满"字说明到处已是草木茂盛，郁郁葱葱，这是春天即将结束的象征；"闻杜宇"是说耳朵听见了杜鹃的叫声。杜鹃鸣叫，意味着初夏的到来，它的叫声凄厉，引人愁思。但是，杜鹃并非真懂得人的情意，所以作者才臆测假想："便做无情，莫也愁人苦。"触景伤情，思绪联翩，无限烦恼涌上心头，不能自已，她只好端酒"送春"，而"春"和鸟儿样，是不解人意的，"春不语"写出作者此时是如何寂寞孤独，而天近黄昏，却又下起了"潇潇雨"，这凄风苦雨更衬托出作者悲凉忧伤的心情。

全词通过描写万缕垂杨、飞絮缱绻、杜鹃哀鸣、春雨潇潇，构成一副凄婉缠绵的画面，一个多愁善感、把酒送春的女主人公的形象活现在这幅画面中，词句清丽，意境深远。

青玉案·元夕 　　辛弃疾

【原文】

东风夜放花千树，更吹落、星如雨①。

宝马雕车②香满路。

凤箫声动，玉壶光转，一夜鱼龙舞③。

蛾儿雪柳黄金缕，笑语盈盈暗香去④。

众里寻他千百度⑤。

蓦然回首，那人却在，灯火阑珊处⑥。

【注释】

①花千树：形容灯火之多如千树花开。星如雨：指焰火纷纷，乱落如雨。星：指焰火。形容满天的烟花。

②宝马雕车：豪华的马车。

③凤箫：指音乐演奏。玉壶：比喻月亮。亦可解释为指灯。鱼龙舞：指舞动鱼形、龙形的彩灯，如鱼龙闹海一样。

④蛾儿雪柳黄金缕：皆古代妇女元宵节时头上佩戴的各种装饰品。这里指盛装的妇女。盈盈：声音轻盈悦耳，亦指仪态娇美的样子。暗香：本指花香，此指女性们身上散发出来的香气。

⑤他：泛指第三人称，古时就包括"她"。千百度：千百遍。

⑥蓦然：突然，猛然。阑珊：零落稀疏的样子。

【作者】

辛弃疾（1140～1207年），南宋词人。字幼安，号稼轩，历城

（今山东济南）人。南宋豪放派词人，人称词中之龙，与苏轼合称"苏辛"，与李清照并称"济南二安"。21岁参加抗金义军，曾任耿京军的掌书记，不久投归南宋。历任江阴签判，建康通判，江西提点刑狱，湖南、湖北转运使，湖南、江西安抚使等职。42岁遭谗落职，退居江西信州，长达20年之久，其间一度起为福建提点刑狱、福建安抚使。64岁再起为浙东安抚使、镇江知府，不久罢归。一生力主抗金北伐，并提出有关方略《美芹十论》等，均未被采纳。其词热情洋溢、慷慨激昂，富有爱国感情。有《稼轩长短句》以及今人辑本《辛稼轩诗文钞存》。

【赏析】

这首词作于南宋淳熙元年或二年（1174年或1175年）。当时，强敌压境，国势日衰，而南宋统治阶级却不思恢复，偏安江左，沉湎于歌舞享乐，以粉饰太平。洞察形势的辛弃疾，欲补天穹，却恨无路请缨。他满腹的激情、哀伤、怨恨，交织成了这幅元夕求索图。

全词采用对比手法，上片极写花灯耀眼、乐声盈耳的元夕盛况，下片着意描写主人公在好女如云之中寻觅一位立于灯火零落处的孤高女子，构思精妙，语言精致，含蓄婉转，余味无穷。

此词描绘了元宵佳节满城灯火，游人如织，彻夜歌舞的热闹场面，记叙了一对意中人长街巧遇的情景。词中那位独立"灯火阑珊处"的女子，也许并非真有其人，不过是作者"理想"的化身。

上片状景，铺叙元夕满城灯火尽情狂欢的景象。开篇两句运用夸张和比喻展示出一幅火树银花的瑰丽画面。接着四句，写人们欢度良宵的种种活动。词中没有直接描写人物，而是通过车马、道路、乐声和舞灯等画面，烘托出游人繁多、气氛热烈、场景壮观的情景。作者在上片极力描绘元夕热闹繁华的场面，是为了反衬结尾"那人"自甘寂寞的孤独情怀。

下片"蛾儿""笑语"两句，用特写镜头描绘一群妇女结伴上街观灯的生动景象：她们装扮入时，头戴蛾儿、雪柳等装饰品，一个个笑逐颜开，带着阵阵香气向人群中走去。这两句既是对上片倾城欢庆元宵的补叙，作为两片之间的过渡，也是为下文作铺垫。"众里"以下四句，是全词的核心，寄托了一种不同流俗的情怀。词中的抒情主人公走遍大街小巷，穿过熙熙攘攘的人群，东瞅西望，焦急万分，一遍又一遍地寻找着意中人，忽然回头一看，竟在那灯火稀落的僻静之处发现了她。惊喜之情，溢于言表。

此词从极力渲染元宵节绚丽多彩的热闹场面入手，以和婉的笔调、优美的意境收束，反衬出一个孤高淡泊、超群拔俗、不同于金翠脂粉的女性形象，寄托着作者政治失意后，不愿与世俗同流合污的孤高品格，并给读者留下回味和联想的广阔余地，情韵深长，引人入胜。

水龙吟·登建康赏心亭^①　辛弃疾

【原文】

楚天^②千里清秋，水随天去秋无际。

遥岑远目，献愁供恨，玉簪螺髻^③。

落日楼头，断鸿声里，江南游子。

把吴钩看了，栏杆拍遍，无人会，登临意^④。

休说鲈鱼堪脍，尽西风、季鹰归未^⑤？

求田问舍，怕应羞见，刘郎才气^⑥。

可惜流年，忧愁风雨，树犹如此^⑦！

倩何人、唤取红巾翠袖，揾英雄泪^⑧！

【注释】

①建康：今江苏南京。赏心亭：在建康下水门城楼上，下临秦淮河，可尽观览之胜。

②楚天：长江中下游一带（古属楚国）的天空，也泛指南方的天空。

③岑（cén）：小而高的山。目：望。玉簪螺髻：比喻山形。玉簪：女子插在头发上的一种饰物。螺髻：梳成螺形的发髻。

④吴钩：古代吴地出产的一种兵器，似剑而刃弯。后泛指锋利的刀剑。栏杆拍遍：北宋刘概少时曾凭栏而立，怀想世事，以手拍栏杆，并吟诗曰："读书误我四十年，几回醉把栏杆拍。"

⑤此句是说：自己不愿学张翰弃官归隐。脍（kuài）：切得很细的

肉。季鹰：张翰，字季鹰，晋吴郡人。《世说新语·识鉴》也有记载：张翰在洛阳做官，在秋季西风起时，想到家乡莼菜羹和鲈鱼脍的美味，便立即辞官回乡。后来的文人将思念家乡称为莼鲈之思。

⑥此句是说：自己不愿学许汜只知添置田舍。求田问舍：添置家产。刘郎：刘备。《三国志·魏书·陈登传》记载：刘备与许汜共论天下人，许汜抱怨陈登豪气不除，竟然自卧于大床，令许汜卧于下床。刘备对他说："君有国士之名。今天下大乱，帝王失所，望君忧国忘家，有救世之意。而君求田问舍，言无可采，是元龙（陈登）所讳也，何缘当与君语！"

⑦此句是感叹虚度年华。流年：指时光流逝。《世说新语·言语》："桓公（温）北征，经金城，见前为琅琊时种柳，皆已十围，慨然曰：'木犹如此，人何以堪！'攀枝执条，泫然流泪。"

⑧倩（qìng）：请，央求。红巾翠袖：女子妆束，借代歌女。揾（wèn）：擦拭。

【作者】

见《辛弃疾·青玉案·元夕》篇。

【赏析】

《水龙吟·登建康赏心亭》是我国文学史上的著名词篇。作者辛弃疾是我国南宋杰出的爱国词人。他原来在北方抗金，后因起义军失败，而渡江南下。南下之后，南宋小朝廷不仅不予重用，相反对他诸多猜忌，但他仍怀着满腔热切的希望，写了《美芹十论》上奏皇帝，结果奉行投降主义路线的南宋朝廷以"讲和方定，议不行"（《宋史》本传）为理由，而不予理睬。辛弃疾回顾自己渡江南来以后，曾经尽了最大的努力，把自己心中想说的忠心爱国的肺腑之言都陈奏给皇帝了。

可是南宋统治集团好比是一个患恐敌病的重病人，任凭你怎样想用议论去鼓舞他们，把他们拔出于消沉畏缩的气氛之中，都是徒劳无功。正如陆游在一首诗中说："诸君尚守和戎策，志士虚捐少壮年"。报国无门，壮志难申，辛弃疾这时心中的悲愤是可想而知的。

宋孝宗淳熙元年（1174 年），辛弃疾将任江东安抚司参议官。这时作者南归已八、九年了，却投闲置散，任了一介小官。一次，他登上建康的赏心亭，极目远望祖国的山川风物，百感交集，更加痛惜自己满怀壮志而老大无成，于是写下一首《水龙吟》词。

全词就登临所见发挥，由写景进而抒情，情和景融合无间，将内心的感情写得既含蓄而又淋漓尽致。虽然出语沉痛悲愤，但整首词的基调还是激昂慷慨的，表现出辛词豪放的风格特色。

上片以山水起势，千里江南，秋气横空，水天相接，苍茫一片。遥望北方，山峦峥嵘，千姿百态，似乎向人们表示着无穷的愁苦和怨恨。这显然是以景寓情，写山的怨恨正是写人的怨恨。"献愁供恨"用倒卷之笔迫逼题旨。以下七个短句一气呵成。落日断鸿，把看吴钩，拍遍栏杆，在阔大苍凉的背景上凸现出一个孤寂的爱国者形象。

下片抒怀，写其壮志难酬之感。不用直笔，连用三个典故。或反用，或正取，或半句缩住。作者指出：既不能效法思乡忘国的张翰，又不能学习图谋个人私利的许汜。表达了他忧国忘家、关心祖国命运的激情。在民族危亡的严重关头，统治阶级内部是不乏张翰、许汜这类人的。因此，作者在这里的揭露是尖锐的，批判是深刻的。"可惜流年，忧愁风雨，树犹如此！"反映出他忧虑的是国势飘摇，年华虚度，报国无门。结尾处叹无人唤取红巾翠袖"揾英雄泪"，遥应上片"无人会，登临意"，抒慷慨呜咽之情。

这是稼轩早期词中最负盛名的一篇，艺术上也渐趋成熟境地，豪而不放，壮中见悲，力主沉郁顿挫，别具深婉之致。所以《海绡说词》谓其："纵横豪宕，而笔笔能留。"《谭评词辨》也说："裂竹之声，何尝不潜气内转。"

登临述怀，是中国古典诗词的常见题材。辛弃疾的《水龙吟》能以平凡的题材写出不平凡的杰作，强烈地表现崇高的爱国主义思想感情，动人心魄，催人奋进。这是与词人富有传奇色彩的人生经历和壮志难酬的遭遇密切相关的。

全词通过写景和联想抒写了作者恢复中原国土，统一祖国的抱负和愿望无法实现的失意的感慨，深刻揭示了英雄志士有志难酬、报国无门、抑郁悲愤的苦闷心情，极大地表现了词人诚挚无私的爱国情怀。

这首《水龙吟》词，风格属于豪放一类。它不仅对辛弃疾生活着的那个时代的矛盾有所反映，有比较深厚的现实内容，而且，运用圆熟精到的艺术手法把内容完美地表达出来，直到今天，仍然具有极其强烈的感染力量，使我们百读不厌。

钗头凤·红酥手　　　陆游

【原文】

红酥手，黄縢酒，满城春色宫墙柳①。

东风②恶，欢情薄。

一怀愁绪，几年离索③。

错，错，错！

春如旧，人空瘦，泪痕红浥鲛绡透④。

桃花落，闲池阁⑤。

山盟虽在，锦书难托⑥。

莫⑦，莫，莫！

【注释】

①黄縢酒：此处指美酒。宋代官酒以黄纸为封，故以黄封代指美酒。宫墙：南宋以绍兴为陪都，绍兴的某一段围墙，故有宫墙之说。

②东风：喻指陆游的母亲。

③离索：离群索居的简括。

④浥（yì）：湿润。鲛绡（jiāo xiāo）：神话传说鲛人所织的绡，极薄，后用以泛指薄纱，这里指手帕。绡：生丝，生丝织物。

⑤池阁：池上的楼阁。

⑥山盟：旧时常用山盟海誓，指对山立盟，指海起誓。锦书：写在锦上的书信。

⑦莫：相当于今"罢了"。

【作者】

陆游（1125～1210年），字务观，号放翁，汉族，越州山阴（今绍兴）人，南宋文学家、史学家、爱国诗人。

陆游生逢北宋灭亡之际，少年时即深受家庭爱国思想的熏陶。宋高宗时，参加礼部考试，因受秦桧排斥而仕途不畅。宋孝宗即位后，赐进士出身，历任福州宁德县主簿、敕令所删定官、隆兴府通判等职，因坚持抗金，屡遭主和派排斥。乾道七年（1171年），应四川宣抚使王炎之邀，投身军旅，任职于南郑幕府。次年，幕府解散，陆游奉诏入蜀，与范成大相知。宋光宗继位后，升为礼部郎中兼实录院检讨官，不久即因"嘲咏风月"罢官归居故里。嘉泰二年（1202年），宋宁宗诏陆游入京，主持编修孝宗、光宗《两朝实录》和《三朝史》，官至宝章阁待制。书成后，陆游长期蛰居山阴，嘉定二年（1210年）与世长辞，留绝笔《示儿》。

陆游一生笔耕不辍，诗词文俱有很高成就，其诗语言平易晓畅、章法整饬谨严，兼具李白的雄奇奔放与杜甫的沉郁悲凉，尤以饱含爱国热情对后世影响深远。陆游亦有史才，他的《南唐书》，"简核有法"，史评色彩鲜明，具有很高的史料价值。

陆游一生创作颇丰，据汲古阁所刻《陆放翁全集》，计有《渭南文集》50卷（其中包括《入蜀记》6卷，词2卷）；《剑南诗稿》85卷（其中有古近体诗9138首）；《放翁遗稿》3卷；《南唐书》18卷；《老学庵笔记》10卷；《家世旧闻》8则；《斋居纪事》36则。另有《续笔记》2卷、《高宗圣政草》1卷、《陆氏续集验方》2卷、《感知录》1卷、《清尊录》1卷、《绪训》1卷、《放翁家训》等。

【赏析】

《钗头凤·红酥手》是南宋诗人、词人陆游的词作品。此词描写了词人与原配唐婉的爱情悲剧。陆游早年与表妹唐婉喜结连理，婚后二人生活美满。孰料唐婉没有得到婆母的欢心，最终被迫和陆游分离，改嫁给他人。多年之后，陆游在沈园邂逅唐婉夫妇，唐婉为他送来酒菜，陆游"怅然久之，为赋《钗头凤》一词，题园壁间"。不久之后，唐婉抑郁而终，陆游的这首词也就成了他与唐婉爱情悲剧的断肠词。

全词记述了词人与唐氏被迫分开后，在禹迹寺南沈园的一次偶然相遇的情景，表达了他们眷恋之深和相思之切，抒发了作者怨恨愁苦而又难以言状的凄楚痴情，是一首别开生面、催人泪下的作品。

词的上片通过追忆往昔美满的爱情生活，感叹被迫离异的痛苦。"红酥手，黄縢酒，满城春色宫墙柳。"这两句描写了邂逅沈园，唐婉为词人送来了佳肴美酒，词人睹物思人，柔肠九折，前两句既是写眼前之景，又是写对当年往事的回忆。"东风恶，欢情薄，一怀愁绪，几年离索"，这一句话也是全词的关键所在，在词人心中造成自己爱情悲剧的核心。

"春如旧，人空瘦，泪痕红浥鲛绡透"，下片的前三句承接上文而来，进一步描写词人而今眼中看到的唐婉，虽然还是从前的老样子，却失去了往日的风采，"空"、"瘦"两字反映了词人眼中的故人饱受相思之苦。"桃花落，闲池阁，山盟虽在，锦书难托"，这句承接上片的"东风恶"而来，唐氏离去后的沈园，在东风的摧残下，桃花满地，池阁无人，此情此景，焉能不让词人伤心欲绝。试想当年海誓山盟，而今言犹在耳，人已离堂，词人纵有千言万语，无从说起，心中刻骨相思，只能深深埋藏。其痛苦是可想而知的。"莫！莫！莫！"最后词人一连用了三个叹词，真是和血写成，令天下有情人读来，共为一哭。

这首词始终围绕着沈园这一特定的空间来安排自己的笔墨，上片由追昔到抚今，而以"东风恶"转捩；过片回到现实，以"春如旧"与上片"满城春色"句相呼应，以"桃花落，闲池阁"与上片"东风恶"句相照应，把同一空间不同时间的情事和场景历历如绘地叠映出来。全词多用对比的手法，如上片，越是把往昔夫妻共同生活时的美好情景写得逼切如现，就越使得他们被迫离异后的凄楚心境深切可感，也就越显出"东风"的无情和可憎，从而形成感情的强烈对比。

再如上片写"红酥手"，下片写"人空瘦"，在形象鲜明的对比中，充分地表现出"几年离索"给唐氏带来的巨大精神折磨和痛苦。

全词节奏急促，声情凄紧，再加上"错，错，错"和"莫，莫，莫"先后两次感叹，荡气回肠，大有恸不忍言、恸不能言的情致。

封建礼教的威权是厉害的。你想公然触犯它，不单要冒着丧失生命的危险，还要冒着丧失生命以外的东西（比方名誉）的危险。陆游是没有这个勇气的。这一对夫妇就这样给后人留下了悲剧的形象。但陆游写下的有关此事的诗和词，毕竟又成为对吃人的封建礼教的有力控诉。

据说，唐婉看了《钗头凤》一词后非常伤感，后来也和了一首："世情薄，人情恶，雨送黄昏花易落。晓风干，泪痕残，欲笺心事，独语斜栏。难，难，难！人成各，今非昨，病魂常似秋千索。角声寒，夜阑珊，怕人寻问，咽泪妆欢。瞒，瞒，瞒！"不久，唐婉郁郁而终。此后陆游辗转江淮川蜀，几十年的风雨生涯，依然无法排遣对唐婉的眷恋。陆游67岁时，重游沈园，看到当年题写《钗头凤》的破壁，他写下一首诗以记此事，诗云："枫叶初丹槲叶黄，河阳愁鬓怯新霜。林亭感旧空回首，泉路凭谁说断肠。坏壁醉题尘漠漠，断云幽梦事茫茫。年来妄念消除尽，回向禅龛一炷香。"就在陆游去世的前一年，他最后一次来到沈园，写下了"沈家园里花如锦，半是当年识放翁。也信美人终作土，不堪幽梦太匆匆。"沈园因此成为千古名园。

诉衷情①·当年万里觅封侯　　陆游

【原文】

当年万里觅封侯②，匹马戍梁州③。

关河梦断何处④？尘暗旧貂裘⑤。

胡未灭，鬓先秋，泪空流⑥。

此生谁料，心在天山，身老沧洲⑦！

【注释】

①诉衷情：词牌名。

②万里觅封侯：奔赴万里外的疆场，寻找建功立业的机会。

③戍：守边。梁州：《宋史·地理志》："兴元府，梁州汉中郡，山南西道节度。"治所在南郑。陆游著作中，称其参加四川宣抚使幕府所在地，常杂用以上地名。

④关河：关塞、河流。一说指潼关黄河之所在。此处泛指汉中前线险要的地方。梦断：梦醒。

⑤尘暗旧貂裘：貂皮裘上落满灰尘，颜色为之暗淡。这里借用苏秦典故，说自己不受重用，未能施展抱负。据《战国策·秦策》载，苏秦游说秦王"书十上而不行，黑貂之裘敝，黄金百斤尽，资用乏绝，去秦而归"。

⑥胡：古泛称西北各族为胡，亦指来自彼方之物。南宋词中多指金人。此处指金入侵者。鬓：鬓发。秋：秋霜，比喻年老鬓白。

⑦天山：在中国西北部，是汉唐时的边疆。这里代指南宋与金国相持的西北前线。沧洲：靠近水的地方，古时常用来泛指隐士居住之地。这里是指作者位于镜湖之滨的家乡。

【作者】

见《陆游·钗头凤·红酥手》篇。

【赏析】

《诉衷情·当年万里觅封侯》是宋代文学家陆游的词作。此词描写了作者一生中最值得怀念的一段岁月，通过今昔对比，反映了一位爱国志士的坎坷经历和不幸遭遇，表达了作者壮志未酬、报国无门的悲愤不平之情。

这首词是作者晚年隐居山阴农村以后写的，具体写作年份不详。宋孝宗乾道八年（1172年），陆游应四川宣抚使王炎之邀，从夔州前往当时西北前线重镇南郑军中任职，度过了8个多月的戎马生活。那是他一生中最值得怀念的一段岁月。淳熙十六年（1189年）陆游被弹劾罢官后，退隐山阴故居长达12年。这期间，词人常常在风雪之夜，孤灯之下，回首往事，梦游梁州，写下了一系列爱国诗词。这首《诉衷情》便是其中的一篇。

词中回顾自己当年在梁州参军，企图为恢复中原、报效祖国建功立业的往事，如今壮志未酬，却已年老体衰，反映了作者晚年悲愤不已，念念不忘国事的愁苦心情。

上片前两句是当年作者在梁州参加对敌战斗心情与生活的概述。他胸怀报国鸿图，单枪匹马驰骋于万里疆场，确实想创立一番不朽的业绩。"觅封侯"不能单单理解为陆游渴望追求高官厚禄，因为在写法上作者在这里暗用了《后汉书·班超传》记载的班超投笔从戎的典

故。班超投笔"以取封侯",后来在西域立了大功,真的被封为"定远侯"。陆游这样写,说明当年他在梁州的时候,也曾有过像班超那样报国的雄心壮志。可是,陆游的愿望并未变成现实,后两句便是眼前生活的真实写照:睡梦里仍然出现旧日战斗生活的情景,说明作者雄心未已,睁眼看看眼前,"关河"毋庸说已经无影无踪,当年的战袍却早就被尘土所封,满目是凄凉惨淡的景象。

下片紧承上片,继续抒发自己念念不忘国事,却又已经是"心有余而力不足"的郁闷心情。"胡未灭"说明敌寇依然嚣张;"鬓先秋"慨叹自己已经无力报国;"泪空流"包含作者的满腔悲愤,也暗含着对被迫退隐的痛心。结尾三句,苍劲悲凉,寓意深刻。"谁料"二字感叹自己被迫退隐,流露了对南宋统治集团不满的情绪。"心在天山,身老沧洲"是年迈苍苍的陆游血与泪的凝聚,它很容易让读者想起放翁那首常常使人热泪盈眶的《示儿》诗:"死去原知万事空,但悲不见九州同。王师北定中原日,家祭无忘告乃翁。"这是因为,两者所表现的爱国主义思想完全是一致的。

此词情感真挚,丝毫不见半点虚假造作;语言通俗,明白如话;悲壮处见沉郁,愤懑却不消沉。所有这些,使陆游这首词感人至深,独具风格,比一般仅仅抒写个人苦闷的作品显得更有力量,更为动人。

黄州^①　　　　　　　　　　陆游

【原文】

局促常悲类楚囚^②，迁流还叹学齐优^③。

江声不尽英雄^④恨，天意无私草木秋^⑤。

万里羁愁^⑥添白发，一帆寒日过黄州。

君看赤壁终陈迹^⑦，生子何须似仲谋^⑧。

【注释】

①黄州：地名。在今湖北武汉市东，长江北岸。东坡赤壁在此。

②局促：受约束而不得舒展。楚囚：指处于困境而不忘故国的人。

③迁流：迁徙、流放。指作者被远遣到巴蜀任职。齐优：齐国的优伶。后借指一般优伶。优伶须曲意承欢，讨好于人，陆游正用此意。

④英雄：此处指三国赤壁之战中孙权、周瑜等人。

⑤天意：上天之意；大自然。无私：无私情，无偏向。秋：凋零的时期。

⑥羁愁：旅途之愁。

⑦赤壁：在今湖北省蒲圻县。公元208年，周瑜大破曹操之地。苏轼《赤壁赋》和《念奴娇》词误以黄州赤鼻矶为赤壁。

⑧仲谋：三国吴主孙权字。这里是说，既然南宋朝廷不思北伐，生子如孙仲谋又有何用！

【作者】

见《陆游·钗头凤·红酥手》篇。

【赏析】

宋孝宗乾道五年（1169年），陆游受命为四川夔州通判。次年，他沿江前往赴任，于八月间到达黄州。见前代遗迹，念时事艰危，叹英雄已矣，顾自身飘零，无限伤感，油然而起，遂形诸诗篇。黄州的赤鼻矶，后人常误为三国时的赤壁战场，而作吊古伤今之论，其中尤以苏轼的前后《赤壁赋》为著。诗人在这里也将错就错，藉以抒怀。

首句直抒其怀，愤激之情溢于字词之中。陆游万里赴蜀，局促拘谨，官微言轻，故有如"楚囚"般难堪之叹。颔联借用杜甫《八阵图》和李贺《金铜仙人辞汉歌》之意，道出诗人岁月蹉跎、壮志未酬之恨和心中不平。颈联紧接颔联，借所见之景，抒时不我待、英雄空有一腔报国热忱而无法实现之情。尾联由激愤转入无奈，是对南宋小朝廷偏安一隅、不思恢复的讽喻。

全诗愤激凄怆，顿挫深沉，文约意深，笔法错综，感情真切深沉，悲痛低沉，哀惋悱恻。

绝句·古木阴中系短篷　　僧志南

【原文】

古木阴中系短篷①，
杖藜②扶我过桥东。
沾衣欲湿杏花雨③，
吹面不寒杨柳风④。

【注释】

①系（xì）：联接。短篷：小船。篷：船帆，船的代称。

②杖藜："藜杖"的倒文。藜：一年生草本植物，茎杆直立，长老了可做拐杖。

③杏花雨：清明前后杏花盛开时节的雨。

④杨柳风：古人把应花期而来的风，称为花信风。从小寒到谷雨共二十四候，每候应一种花信，总称"二十四花信风"。其中清明节尾期的花信是柳花，或称杨柳风。

【作者】

志南，南宋诗僧。志南是其法号，生平不详。但就这短短的一首诗，就以其对早春二月的细腻感受和真切描写，把自己的名字载入了宋代诗史。

【赏析】

《绝句·古木阴中系短篷》是南宋僧人志南创作的一首七言绝句。这首诗记述了作者在微风细雨中拄杖春游的乐趣。作者运用拟人手法表现了春风的柔和温暖，表达出作者对大自然的喜爱。

诗的前两句叙事。写年老的诗人，驾着一叶小舟，停泊到古木阴下，他上了岸，拄着拐杖，走过了一座小桥，去欣赏眼前无边的春色。诗人拄杖春游，却说"杖藜扶我"，是将藜杖人格化了，仿佛它是一位可以依赖的游伴，默默无言地扶人前行，给人以亲切感和安全感，使这位老和尚游兴大涨，欣欣然通过小桥，一路向东。桥东和桥西，风景未必有很大差别，但对春游的诗人来说，向东向西，意境和情趣却颇不相同。"东"，有些时候便是"春"的同义词，东风专指春风。诗人过桥东行，正好有东风迎面吹来。

次两句通过自己的感觉来写景物。眼前是杏花盛开，细雨绵绵，杨柳婀娜，微风拂面。诗人不从正面写花草树木，而是把春雨春风与

杏花、杨柳结合，展示神态，重点放在"欲湿"、"不寒"二词上。"欲湿"，表现了蒙蒙细雨似有若无的情景，又暗表细雨滋润了云蒸霞蔚般的杏花，花显得更加娇妍红晕。"不寒"二字，点出季节，说春风扑面，带有丝丝暖意，连缀下面风吹动细长柳条的轻盈多姿场面，越发表现出春的宜人。这样表达，使整个画面色彩缤纷，充满着蓬勃生气。诗人扶杖东行，一路红杏灼灼，绿柳翩翩，细雨沾衣，似湿而不见湿，和风迎面吹来，不觉有一丝儿寒意，这是舒心惬意的春日远足。

这首诗既有细微的描写，又有对春天整个的感受，充满喜悦之情。在写景时充分注意了春天带给人的勃勃生机，富有情趣。

绮罗香①·咏春雨　　　　史达祖

【原文】

做冷欺花②，将烟困柳，千里偷催春暮。

尽日冥迷③，愁里欲飞还住。

惊粉重、蝶宿西园，喜泥润、燕归南浦④。

最妨它、佳约风流，钿车不到杜陵路⑤。

沉沉江上望极，还被春潮晚急，难寻官渡⑥。

隐约遥峰，和泪谢娘眉妩⑦。

临断岸⑧、新绿生时，是落红、带愁流处。

记当日、门掩梨花，剪灯深夜语⑨。

【注释】

①绮罗香：史达祖创调。绮罗香用喻豪华旖旎之境，唐宋人多用于诗词。

②做冷欺花：春天寒冷，妨碍了花儿的开放。

③冥迷：迷蒙。

④粉重：蝴蝶身上的花粉，经春雨淋湿，飞不起来。西园：泛指园林。李商隐《细雨成咏》诗："稍稍落蝶粉，斑斑融燕泥。"南浦：古代行政区划，先后设有南浦县、南浦州、南浦郡，治所均在今重庆万州区。在中国古代诗歌中，南浦是水边的送别之所。

⑤钿车：用黄金、玉石等镶嵌的华美车子，多为富贵女子乘坐。杜陵：在长安东南，也叫乐游原，为汉宣帝陵墓所在，是唐代郊游胜地。

⑥官渡：官府设置的渡口；公用的渡船。"春潮晚急，难寻官渡"：唐代韦应物《滁州西涧》诗："春潮带雨晚来急，野渡无人舟自横。"

⑦谢娘：唐代歌妓名，后泛指歌女。眉妩：眉黛妩媚。

⑧断岸：江边绝壁。

⑨门掩梨花：指春将尽。欧阳修《蝶恋花》词："门掩黄昏，无计留春住。"李重元《忆王孙》词："欲黄昏，雨打梨花深闭门。"剪灯深夜语：李商隐《夜雨寄北》诗："何当共剪西窗烛，却话巴山夜雨时。"

【作者】

史达祖（生卒年不详），字邦卿，号梅溪，汴（河南开封）人。一生未中第，早年任过幕僚。韩侂胄当国时，他是最亲信的堂吏，负责撰拟文书。韩败史受黥刑，死于贫困中。史达祖的词以咏物为长，其中不乏身世之感。他还在宁宗朝北行使金，这一部分的北行词，充满了沉痛的家国之感。今传有《梅溪词》，存词112首。

【赏析】

《绮罗香》，词调名，始见于史达祖词。咏物即为咏怀，咏春雨，只因词人自降生以来曾多少次见过春雨，感受过春雨，心有了悟，则将雨声化为诗声。史达祖这首咏春雨词，向被推为咏物的上乘之作。它描写春雨，层层烘托，把物像的精神曲折传出；而且画面优美，色泽和谐，情趣比较高尚。

上片侧重写雨景，下片侧重写怀人。用寒冷欺负春花，以烟雾困绕碧柳，还公然在千里大地上悄悄地催促美丽春天的结束，上片开始三句所写春雨，是笼罩着千里江南的寒冷凄迷的春雨。这春雨带着些许阴沉，而这阴沉所带来的愁绪正应和着词人的心境。接下来写这春雨不仅欺花困柳，而且整日里淅淅沥沥，让沉浸在愁绪里的粉蝶、泥燕想飞而不能。这里由千里江南转写小小蝶燕，将视野从阔大的景象收回，聚焦于蝶燕这对可爱的小小生命上，悉心体味、细致刻画它们的心境：蝶在春雨里翩翩飞着，它忽然感到身上的粉重了许多，以致难以飞翔，不觉大吃一惊，只好宿在西园。燕子发现春雨浸润的泥土适宜筑巢，喜出望外，于是衔泥归巢。至此写法如画，像从千里催春的山水长卷，转而变为粉蝶泥燕的花鸟册页。最后两句虽是说春雨妨碍了佳约，可透过薄薄的雨幕却依稀可以想见朗日里那香车美人的风流。上片境界，忽阔大，忽微细，开合伸缩，舒卷自如。

下片从晚景着墨，处处笼罩着一层春雨的氤氲迷离。先是描绘江

261

畔暮色：江水苍茫，春潮晚急，水烟凄迷，渡口难觅。暗接上片结尾的佳约，因春雨而无法赴约。再写雨中春山，如含泪美人，更显妩媚，以山喻人，这人恐正是词人心中思念之人，因无缘相见，设想她也如自己一样含悲忍泪。接下"临断岸"数句，词境凄迷，历来为人激赏，在"新绿"与"落红"的更迭里，在带愁流去、逝者如斯的江水里，寄寓了伤春怀人的无限叹喟。最后以回忆作结，与上片以设想结尾的笔法相应，夜语之人或许便是那误了佳约、和泪眉妩的女子？门掩黄昏，庭院寂静，一树雪白的梨花，带着春雨静静地绽放；窗前一盏灯红，燃烧着知己的温暖；虽然这只是回忆，但终归还有回忆的甜美，来给这凄清的雨夜添上一份温馨，以此作结，余韵无穷。

综观全词，词题为"咏春雨"，然而全词不用一个"雨"字，却又处处都在写雨，这是此词的一大特色。词中主要采用了拟人的手法，将与春雨相关的种种景物一一赋予生命的灵性，刻画细腻，体物传神，是此词的另一特色。化用前人诗句是宋词写作的一个特点，此词化用前人诗词名句，自然新鲜，浑然天成，是又一特色。同时，全词抒发愁情，写得婉转层折，情致深厚。张炎认为此词好在"收纵联密，用事合题，一段意思，全在结句"，这是有一定道理的。

水调歌头·江上春色远　　葛长庚

【原文】

江上春色远，山下暮云长。

相留相送，时见双燕语风樯①。

满目飞花万点，回首故人千里，把酒沃愁肠②。

回雁峰前路，烟树正苍苍。

漏③声残，灯焰短，马蹄香。

浮云飞絮，一身将影向潇湘。

多少风前月下，迤逦④天涯海角，魂梦亦凄凉。

又是春将暮，无语对斜阳。

【注释】

①风樯：指帆船。

②飞花：飘飞的落花。沃：饮，喝。

③漏：更漏。

④迤逦（yǐ lǐ）：曲折连绵；颠沛流离。

【作者】

葛长庚（1194～？），字白叟，自名白玉蟾，闽清（今属福建）人。入道武夷山。宋嘉定中，诏征赴阙，封紫清明道真人。善篆隶草书，有石刻留惠州西湖玄妙观。所著《海琼集》，附词一卷。

【赏析】

这是一首送别词。葛长庚是个道士，常年四处游荡，足迹遍布南宋山河，并且交友甚广。这次远去他乡，好友前来送别，彼此恋恋惜别，依依不舍，再三地互相嘱托。分别在即，有感而发，故作此词。

开头的"江上春色远，山下暮云长"二句展现了一幅苍凉辽阔、萧瑟暗淡的景象。选用江、山、云这些宏大背景入词，同时以"远"、

"长"二字点明行人辽远的去向，用"春"字、"暮"字勾勒令人伤神的时令。起首十字在点明"相留相送"之前就包含了惜别的整个情绪。"时见双燕语风樯"，是借物写人，从侧面补叙"相留相送"中的情意，又显得难舍难分，情意绵绵。面对江山景色，"满目飞花万点"既是景语也是情语。"回首故人"已经相隔"千里"，于是惆怅之中只能借酒浇愁了。"回雁峰"为衡山72峰之首，相传秋雁南飞至此而返。而词人的归期却难以预料，"烟树正苍苍"更增添了这种凄凉的情调和沉凝的心情。

下片是词上片的深化和续写。"漏声残，灯焰短"是夜晚的纪实，表明作者在旅途生涯中度过了一个个不眠之夜。"马蹄香"则表示下一个跋涉又在等待着他。词人凝视茫茫夜空，浮想联翩。功名利禄，如同"浮云飞絮"，全是身外之物。"一身将影向潇湘"。作者将义无反顾地飘拂远游下去，哪怕是只身孤影。"多少风前月下"三句，写词人回忆往昔风前月下的往事，想像未来的旅程，在对比中写尽离别愁绪，于是自然吐露出"魂梦亦凄凉"这一痛彻肺腑的呼声。结句"又是春将暮，无语对斜阳"，述说作者此生将在无尽的跋涉和无穷的凄凉中度过，余韵悠长，耐人寻味。

葛长庚，自名白玉蟾，南宋道人。词中所流露的凄凉心境，实在是作者对现实不满而又无力抗争，只能消极地逃遁心理的真实写照。但是词人在逃避现实的道路上，又怀念千里故人相留相送的情景，难忘昔日风前月下的往事，于是不能不有所徘徊流连。像这首词把别情写得如此浓烈，就是作者执着于世情的明证。

葛长庚有云游四方和道士生活的熏陶，因而他的作品清隽飘逸。这阕词赋离愁，从"春山"、"暮云"以下，选用一连串最能叫人愁绝的景物，间用比兴与直接抒写之法，多方面渲染个人情绪，写得愁肠百转，深沉郁结。然而词篇从"相留相送"写起，一气经过回雁峰、潇湘，直至天涯海角，又似江河流注，虽千回百转，却能一往直前。气脉贯通，气韵生动，实是词中珍品。

水调歌头·游览　　　黄庭坚

【原文】

瑶草一何碧，春入武陵溪①。

溪上桃花无数，花上有黄鹂。

我欲穿花寻路，直入白云深处，浩气展虹霓。

只恐花深里，红露②湿人衣。

坐玉石，欹玉枕，拂金徽③。

谪仙何处？无人伴我白螺杯④。

我为灵芝仙草⑤，不为朱唇丹脸，长啸亦何为！

醉舞下山去，明月逐人归！

【注释】

①瑶草：仙草。武陵溪：用陶渊明《桃花源记》典故，指代幽美清净、远离尘嚣的地方，以桃花源比喻作者游览处。武陵：郡名，大致相当于今湖南常德。

②红露：指花上的露珠。

③欹（yǐ）：同"倚"，斜靠。玉枕：以玉石为枕。拂：弹奏。金徽：琴上的黄金徽饰，代指琴。

④谪仙：谪居人间的仙人。白螺杯：白螺壳制成的酒杯。

⑤灵芝：菌类植物。古人以为灵芝有驻颜不老及起死回生之功，

265

故称仙草。

【作者】

黄庭坚（1045～1105年），字鲁直，号山谷道人，晚号涪翁，洪州分宁（今江西修水县）人，北宋著名文学家、书法家，为盛极一时的江西诗派开山之祖，与杜甫、陈师道和陈与义素有"一祖三宗"（黄庭坚为其中一宗）之称。与张耒、晁补之、秦观都游学于苏轼门下，合称为"苏门四学士"。生前与苏轼齐名，世称"苏黄"。书法亦能独树一格，为"宋四家"之一。著有《山谷词》。

【赏析】

黄庭坚以诗名世，其诗开宗立派，是江西诗派的开山鼻祖。他的词在当时也有名气，和秦观齐名。陈师道在《后山诗话》中说："今代词手，唯秦七、黄九尔，唐诸人不逮也。"后来他的诗名渐大，词名被掩。其实他的词里也不乏佳作。这首《水调歌头》就是一首深婉含蓄、情韵俱佳的词作。

黄庭坚曾参加编写《神宗实录》，以文字讥笑神宗的治水措施，后来又被诬告为"幸灾谤国"，因此他晚年两次被贬官西南。此词大约写于作者晚年被贬谪时期。

此词为黄庭坚春行纪游之作，同时也集中反映了黄庭坚世界观上的矛盾。矛盾之处就在出世和入世这个问题上。在词里的具体表现就是对仙界的无限向往，同时又有某种疑虑，而终未升入仙界；对人世污浊的鄙弃，但又终未离开人世。

上片展示了一幅春意盎然的美丽景致，碧绿的瑶草，清澈的溪水，无数盛开的桃花，黄鹂在桃花丛中穿行鸣啭。这一图景动静有致，声色兼备，充满勃勃生机，色彩极为绚丽。主人公就是在这样美好的背景下出现了，他显然陶醉于美好的景色中，要"直入白云深处"，满腔浩然之气化作漫天虹霓。色彩的精心处理是上片写景的重要特点，如碧草、黄鹂、白云、红露，还有清澈明净的春溪和漫山遍野的桃花。明丽的人间春景在作者内心幻变为美好的仙境，于是就有了下片的游仙历程。

下片，作者在这美丽的桃源仙境之中，尽情享受游仙的快乐。词章展示了一个高洁脱俗，超然不凡的自我形象。且看他坐玉石之上，斜倚玉枕，弹奏琴弦，与仙人共饮，何等高雅，何等潇洒！作者在此颇具想像力的描写，将一首纪游词演变成一首游仙之作。黄山谷本是一位高雅之士，他曾称赞东坡词："语意高妙，似非吃烟火食人语，非胸中有万卷书，笔下无一点尘俗气，孰能至此。"这段话可以看成他自己在艺术方面的刻意追求。

本篇无论是对景物的描写，还是自我形象的展示，都绝无一点尘俗气，极能体现作者高旷不凡的襟怀。这首词中的主人公形象，高华超逸而又不落尘俗，似非食人间烟火者。词人以静穆平和、俯仰自得而又颇具仙风道骨的风格，把自然界的溪山描写得无一点尘俗气，其实是要在想象世界中构筑一个自得其乐的世外境界，自己陶醉、流连于其中，并以此与充满权诈机心的现实社会抗争，忘却尘世的纷纷扰扰。

这首词里的思想感情，层次极为分明。先是对仙界的向往，决意出世，后又对仙界产生怀疑，最后终于放弃出世思想，留在人间。这种欲擒故纵手法的运用，使他内心深处的矛盾和痛苦表达得更加充分。清代黄蓼园在《蓼园词选》中评价此词说："一往深秀，吐属隽雅绝伦。"道出了这首词吐纳情怀的妙处。

一剪梅·舟过吴江① 蒋捷

【原文】

一片春愁待酒浇，江上舟摇，楼上帘招②。

秋娘渡与泰娘桥③，风又飘飘，雨又萧萧。

何日归家洗客袍，银字笙调，心字香烧④。

流光容易把人抛，红了樱桃，绿了芭蕉。

【注释】

①吴江：江苏吴江市，在苏州市南、太湖之东，吴淞江流经此地，贯通太湖与黄浦江。

②帘招：酒旗迎风招展。

③秋娘渡与泰娘桥：吴江附近渡口和桥名。

④银字笙调：调试镶有银字的笙管乐器。心字香烧：点烧篆成心字的香炷。

【作者】

蒋捷，宋末词人。字胜欲，号竹山，常州宜兴（今属江苏）人。度宗咸淳十年（1274年）进士。入元不仕，隐居太湖竹山。元大德（1297～1307年）年间宪使臧梦解、陆垕"交章荐其才，卒不就"。代表作有：《贺新郎·秋晓》《贺新郎·约友三月旦饮》《贺新郎·吴江》《贺新郎·梦冷黄金屋》《贺新郎·兵后寓吴》《沁园春·为老人书南堂壁》等。其词内容较为广泛，颇有追昔伤今之作，构思新颖，色彩明快，音节铿锵。《四库总目提要》称其词"练字精深，调音谐畅，为倚声家之矩矱"。

【赏析】

宋亡，作者深怀亡国之痛，隐居姑苏一带太湖之滨，漂泊不仕。此词为作者乘船经过吴江县时，见春光明艳的风景借以反衬自己羁旅不定的生活所作的一首词。

这是一首写在离乱颠簸的流亡途中的心歌。全词以首句的"春愁"为核心，用"点""染"结合的手法，选取典型景物和情景层层渲染，写出了词人伤春的情绪及久客异乡思归的情绪。

上片写舟行江上，风雨飘摇，惹得春愁一片，只待借酒浇愁。然而风高浪急，只能望着酒楼上的旗帜迎风招展。烟雨迷茫中，还隔着"秋娘渡与泰娘桥"，极易使人想起交通、纽带，想起女性的温柔，想起家庭的温馨。然而作客江舟，所能享受的除了"风又飘飘"，便是"雨又萧萧"了。上片以白描写景，景中寓情，悲中有乐；下片则正面抒情，情中有景，乐中含悲。何日能够回到家中，洗尽这沾染风雨征尘的客袍？吹起那银字笙管，燃起那心字香炷。可如今，猛见樱桃红了，芭蕉绿了，敏感的客居词人觉得时光走了，人已老了。明艳的春光与凄楚的神魂在强烈地对照着，春深似海，愁深胜似海，在时光的流逝中，"春愁"却无法排遣。于是从看似嘹亮的声韵中读者听到了夹杂着风声雨声的心底的呜咽声。

词人在词中逐句押韵，读起朗朗上口，节奏铿锵，大大地加强了词的表现力。这个节奏感极强的思归曲，读后让人有"余音绕梁，三日不绝"的意味。

兰陵王·柳　　　　周邦彦

【原文】

柳阴直，烟里丝丝弄碧①。隋堤上、曾见几番，拂水飘绵送行色②。登临望故国，谁识京华倦客③？长亭路，年去岁来，应折柔条过千尺④。

闲寻旧踪迹，又酒趁哀弦，灯照离席⑤。梨花榆火催寒食⑥。愁一箭风快，半篙波暖，回头迢递便数驿，望人在天北⑦。

凄恻，恨堆积！渐别浦萦回，津堠岑寂。斜阳冉冉春无极⑧。念月榭携手，露桥闻笛⑨。沉思前事，似梦里，泪暗滴。

【注释】

①烟：薄雾。丝丝弄碧：细长轻柔的柳条随风飞舞，舞弄其嫩绿的姿色。弄：飘拂。

②隋堤：汴京附近汴河之堤，隋炀帝时所建，故称。是北宋来往京城的必经之路。拂水飘绵：柳枝轻拂水面，柳絮在空中飞扬。行色：行人出发前的景象、情状。

③故国：指故乡。京华倦客：作者自谓。京华，指京城，作者久客京师，有厌倦之感，故云。

④长亭：古时驿路上十里一长亭，五里一短亭，供人休息，又是送别的地方。柔条：柳枝。过千尺：极言折柳之多。

⑤旧踪迹：指过去登堤饯别的地方。又：又逢。酒趁哀弦：饮酒时奏着离别的乐曲。趁：逐，追随。哀弦：哀怨的乐声。离席：饯别的宴会。

⑥此句是说：饯别时正值梨花盛开的寒食时节。唐宋时期朝廷在清明日取榆柳之火以赐百官，故有"榆火"之说。寒食：清明节前一天。

⑦一箭风快：指正当顺风，船驶如箭。半篙波暖：指撑船的竹篙没入水中，时令已近暮春，故曰波暖。迢递：遥远。驿：驿站。望人：送行人。天北：因被送者离汴京南去，回望送行人，故曰天北。

⑧渐：正当。别浦：送行的水边。萦回：水波回旋。津堠（hòu）：渡口附近供瞭望歇宿的守望所。津：渡口。堠：哨所。岑寂：冷清寂寞。冉冉：慢慢移动的样子。春无极：春色一望无边。

⑨念：想到。月榭：月光下的亭榭。榭：建在高台上的敞屋。露桥：布满露珠的桥梁。

【作者】

周邦彦（1056～1121年），北宋词人。字美成，号清真居士，钱塘（今浙江杭州）人。官历太学正、庐州教授、溧水知县等。少年时期个性比较疏散，但相当喜欢读书。宋神宗时，写《汴都赋》赞扬新法。徽宗时为徽猷阁待制，提举大晟府（最高音乐机关）。精通音律，曾创作不少新词调。作品多写闺情、羁旅，也有咏物之作。格律谨严，语言曲丽精雅，长调尤善铺叙。为后来格律派词人所宗。作品在婉约词人中长期被尊为"正宗"。旧时词论称他为"词家之冠"或"词中老杜"。有《清真居士集》，已佚，今存《片玉集》。

【赏析】

这是一首自伤别离的词，写作者离去之愁。此词有生活细节、有人物活动，有抒情主体的心理意绪，形成词作较为鲜明的叙事性和戏剧性特色。

全词分三迭。首迭借咏柳写别离之恨。首句写柳重在"弄碧"，由此推出"隋堤"，继而有了"行色"，进而推出"故国"，全为"京华倦客"出场铺垫。后面三句又回到咏柳上，反复映衬欲归不得的送别他人的"京华倦客"。陈廷焯说："'登临望故国，谁识京华倦客？'二语是一篇之主，上有'隋堤上……'之句，暗伏倦客之根，是其法密处。故下文接云：'长亭路，年去岁来，应折柔条过千尺。'久客淹留之感，和盘托出。……'闲寻旧踪迹'二迭，无一语不吞吐，只就眼前景物，约略点缀，更不写淹留之故，却无处非淹留之苦；直至收笔云：'沉思前事，似梦里，泪暗滴。'遥遥挽合，妙在才欲说破，便自咽住，其味正自无穷。"分析本词的缜密构思是中肯的。二迭写自己的离别。首句"闲寻"是沉思追忆，接前情人送别自己的情景。接着一"愁"字拽回思绪，是岸上送别的情人让他留意，结果只有"望人在天北"的怅恨。三迭写渐远之后凄恻情怀。开头五字两顿，可知心情凄切之极。"渐别浦"二句实写船行的孤寂，时间又渐近黄昏，于是又情不自禁地回忆起往昔与她相聚的欢乐，是乐景写哀。最后以"泪暗滴"收束愁绪。

全词分往昔、她我、送留、想象与现实反复套迭，叙事抒情萦回曲折，似浅实深，耐人寻味。

满庭芳·夏日溧水无想山作① 周邦彦

【原文】

风老莺雏，雨肥梅子，午阴嘉树清圆②。
地卑山近，衣润费炉烟③。
人静乌鸢自乐，小桥外、新绿溅溅④。
凭阑久，黄芦苦竹，拟泛九江船。
年年。如社燕，飘流瀚海，来寄修椽⑤。
且莫思身外，长近尊前⑥。

272

憔悴江南倦客，不堪听、急管繁弦⑦。

歌筵畔，先安簟枕，容我醉时眠⑧。

【注释】

①溧水：县名，今属江苏省南京市。无想山：溧水境内的一座山。

②风老莺雏：幼莺在暖风里长大了。午阴嘉树清圆：正午的时候，太阳光下的树影，又清晰，又圆正。

③卑：低。润：湿。

④乌鸢（yuān）：即乌鸦。溅溅：流水声。

⑤社燕：燕子当春社时飞来，秋社时飞走，故称社燕。瀚海：沙漠，指荒远之地。修椽：长椽子。句谓燕子营巢寄寓在房梁上。

⑥身外：身外事，指功名利禄。尊：同"樽"，古代盛酒的器具。

⑦急管繁弦：形容各种乐器同时演奏的热闹情景。

⑧畔：边上。簟（diàn）：竹席。

【作者】

见《周邦彦·兰陵王·柳》篇。

【赏析】

宋哲宗元祐八年（1093 年），周邦彦任溧水（今属江苏省）令，多年来辗转于州县小官，很不得志。这首词于游无想山时所作，反映了他对这种官宦生活的厌倦和流放式生活的不满。

上片写江南初夏景色，将羁旅愁怀融入景中。"风老莺雏，雨肥梅子"，时值初夏，雏莺在风中长成了，梅子在雨中肥大了。"午阴嘉树清圆"描绘出绿树亭亭如盖的景象。头三句极力描写初夏景物的美好，反映出作者随遇而安的心理。但紧接着就是一个转折，"地卑山近，衣润费炉烟"，溧水地势低，空气湿度大，炉香熏衣，需要好长时间。"费"字形象地表述地低久雨衣服潮湿之况。看来作者在这里生活得并不自在滋润。但不顺心的事情哪里都有，况且这里比较安静，没有嘈杂之声，连乌鸦都自得其乐。小桥外，溪水潺潺，"人静"三句写空山人寂的静境，景色极美；作者似乎找到了一些心理平衡，但紧接又是一转："凭阑久，黄芦苦竹，拟泛九江船"，自己联想到白居易被贬江州时的情景，"黄芦苦竹绕宅生"，点出自己的处境与白居易被贬谪的处境相似，不仅有天涯沦落之感，在心情的表达上也是蕴藉含蓄的。

下片感叹身世，抒发长年漂泊的苦闷心境。先以社燕自况，一是年年漂泊无定，二是还得寄居檐下"为五斗米折腰，拳拳事乡里小人"。作为文人，也只有借酒消愁以求解脱。可一近歌酒，心便又烦躁，不能忍受，于是又想"长醉不愿醒"。这样起起伏伏的情景变化，贯穿全词，反映了作者无法排遣的苦闷，以回肠九折的叙写，诉说心中的不平。正如郑廷焯所评："说得虽哀怨，却不激烈。沉郁顿挫中，别绕蕴藉。"这就是本词艺术价值所在。

这首词较真实地反映了封建社会里，一个宦途并不得意的知识分子愁苦寂寞的心情。整体哀怨却不激烈，沉郁顿挫中别有情味，体现了清真词一贯的风格。

小池　　　　　　　　　杨万里

【原文】

泉眼无声惜①细流，
树阴照水爱晴柔②。
小荷才露尖尖角③，
早有蜻蜓立上头。

【注释】

①惜：珍惜。

②照水：倒映在水中。晴柔：明丽柔和。

③小荷：初生的荷叶。尖尖角：形容新生的荷叶刚出水面卷曲着，像犄角。

【作者】

杨万里（1127～1206 年），字廷秀，号诚斋。吉水（今江西省吉安市）人。他的诗语言清新活泼、想象丰富，具有明快自然、诙谐风趣、生动逼真、富于形象性的特点，被人称之为"诚斋体"。与陆游、范成大、尤袤齐名，被称为"南宋四大家"。他的七绝写得好，以写景咏物见长。共存诗 4200 多首，著有《诚斋集》等。

【赏析】

这首诗描写了初夏时节小池优美的风光。特点是以取景细腻、小巧，善于抓住瞬间的动感而取胜。"泉眼""树影""小荷""蜻蜓"这一切都显得那么朴素，那么柔和、小巧。诗人先写小池的泉眼，再写池中的树影，采用拟人手法，用"惜"、"爱"二字将它们写得更有情感。其中三、四句不断被人们演绎，常用于形容初露头角的新人。

精致的小景，在诗人妙笔下显得玲珑可爱，情趣盎然，别有一番滋味。那无声细小的水流，从泉眼里汩汩流出，这静中有动的情景，让人感觉到泉水是有情的、可爱的，"惜"和"爱"，使这两幅图景有了浓浓的人情味。就在诗人注视水面时，发现了刚刚长出来的尖尖荷花。好像就在极短的一瞬间，有淘气的小蜻蜓，急急忙忙地飞来，悄悄落在初露水面的荷花尖上，使宁静的小池里顿时有了生动的情趣，让人见了不由产生会心的微笑。

这首诗意境清新，形象生动，充满生活情趣。诗的选材，紧扣一个"小"字,"泉眼"、"细流"、"小荷"、"尖尖角",都体现出小巧玲珑,符合小池的特色。这也表现出诗人观察生活细致入微。

过零丁洋① 文天祥

【原文】

辛苦遭逢起一经②,干戈寥落四周星③。

山河破碎风飘絮④,身世浮沉雨打萍⑤。

惶恐滩⑥头说惶恐,零丁洋里叹零丁⑦。

人生自古谁无死?留取丹心照汗青⑧。

【注释】

①零丁洋:即"伶仃洋"。现在广东省珠江口外。1278年底,文天祥率军在广东五坡岭与元军激战,兵败被俘,囚禁船上曾经过零丁洋。

②遭逢:遭遇。起一经:因为精通一种经书,通过科举考试而被朝廷起用作官。文天祥20岁考中状元。

③干戈:指抗元战争。寥(liáo)落:荒凉冷落。四周星:四周年。文天祥从1275年起兵抗元,到1278年被俘,一共4年。

④絮:柳絮。

⑤萍:浮萍。

⑥惶恐滩:在今江西省万安县,是赣江中的险滩。1277年,文天祥在江西被元军打败,所率军队死伤惨重,妻子儿女也被元军俘虏。他经惶恐滩撤到福建。

⑦零丁:孤苦无依的样子。

⑧丹心：红心，比喻忠心。汗青：同汗竹，史册。古代用简写字，先用火烤干其中的水分，干后易写而且不受虫蛀，所以也称汗青。

【作者】

文天祥（1236～1282年），字宋瑞，一字履善，号文山，吉州庐陵（今江西吉安）人。公元1256年（宋理宗宝祐四年）举进士第一。公元1275年（宋恭帝德祐元年），元兵东下，于赣州组义军，入卫临安（今浙江杭州）。次年除右丞相兼枢密使，出使元军议和被拘，后脱逃至温州，转战于赣、闽、岭南等地，曾收复州县多处。公元1278年（宋末帝祥兴元年）兵败被俘，誓死不屈，就义于大都（今北京）。能诗文，诗词多写其宁死不屈的决心。有《文山先生全集》。

【赏析】

此诗为文天祥的代表作之一。宋祥兴元年（1278年）冬，文天祥在广东海丰兵败被俘，当时元军元帅、汉奸张弘范带兵追击在崖山的南宋皇帝赵昺，强迫文天祥随船前往。次年正月间，张弘范又逼文天祥写信招降在崖山坚持抗战的南宋将领张世杰。文天祥就在过零丁洋时写下这首诗给张弘范。

作者通过对自己从读书成名到救亡报国直至被俘的概括叙述，抒写了对"山河破碎"和"身世浮沉"的沉痛，表明自己坚强不屈的意志和为国捐躯的决心。

首联"辛苦遭逢起一经，干戈寥落四周星"，此时的文天祥身陷敌营，面对山河破碎的局势和敌人对自己的威逼利诱，自己平生的理想报负更是难以实现。此情此景，感触万端，欲明心志，从何落笔？开头两句写得感情沉深，境界阔大。首联的内容是从两个方面入手，一是个人的出处，二是国家的危亡。这里的"起一经"是指文天祥中进士。自唐宋以来，知识分子要入仕，就必须通过科举考选，就得读经。"四周星"即四年，文天祥于德祐元年（1275年）起兵勤王，至祥兴元年（1278年）被俘，恰好四个年头。这两句前叙写个人经历，后写国势艰难，似不相关连，但在文天祥笔下，把个人与国家的命运紧密相连在一起，作者的一片苦心，一片忠心，便明白可鉴了。"干戈寥落"意指高举义旗、起兵勤王的人寥寥无几。这里更显出文天祥的忠心，对局势的痛心，以及对投降派的谴责与愤怒。

颔联承上而来，依旧从国家与个人两方面入手来抒发感慨："山河破碎风飘絮，身世浮沉雨打萍。""山河破碎"是指当时的国家败亡的情形。此时宋王朝实际上已经名存实亡了，恭宗赵㬎被俘，文天祥、张世杰等人拥立的端宗赵昰于逃难中惊悸而死，陆秀夫复立的八岁的卫王赵昺建行宫于崖山，各处流亡，居无定所，此处用"山河破碎"来形容这种局势，是再确切不过了。此时的文天祥，壮志难酬，身陷敌手，如无根之萍，任凭凄风苦雨的吹打，更加上家破人亡，老母被俘，妻妾被囚，大儿丧亡，因此，以"身世浮沉"来概述自己一生的经历和此时的情景，也是极为确切的。而"风飘絮"和"雨打萍"，更形象贴切描绘了国家行将败亡时的情景以及对自己一生经历遭遇的形象饱含情感的概括。

颈联继续追述今昔不同的处境和心情，昔日惶恐滩边，忧国忧民，诚惶诚恐；今天零丁洋上孤独一人，自叹伶仃。皇恐滩是赣江十八滩之一，水流湍急，令人惊恐，也叫惶恐滩。原名黄公滩，因读音相近，讹为皇恐滩。滩在今江西省万安县境内赣江中，文天祥起兵勤王时曾路过这里。零丁洋在今广东省珠江15里外的崖山外面，现名伶仃洋，文天祥兵败被俘，押送过此。前者为追忆，后者乃当前实况，两者均亲身经历。一为战将，一为阶下囚。作为战将，面对强大敌人，恐不能完成守土复国的使命，惶恐不安。而作为阶下囚，孤苦伶仃，只有一人。这里"风飘絮"、"雨打萍"、"惶恐滩"、"零丁洋"都是眼前景物，信手拈来，对仗工整，出语自然而形象生动，流露出一腔悲愤和盈握血泪。

　　诗的前六句写国家和个人遭遇之悲惨，末联一笔宕开，思绪回到眼前，直抒胸臆，表白自己以何种的人生态度来面对如此的艰难困厄，进一步表露自己的爱国忠心和崇高气节。这两句诗直抒胸臆，表明了文天祥的爱国忠心和舍生取义的崇高气节，出语斩钉截铁，壮怀激烈，英气干云，精诚格物。至今读来，仍为之感奋不已，它鼓舞过无数仁人志士为正义、为理想、为事业而英勇献身。"人生自古谁无死，留取丹心照汗青"遂成千古传诵不绝的名句。全诗的格调也由沉郁忧愁转为洒脱、豪放，显得豪情激荡，气贯长虹，风格刚烈。文天祥把做诗与做人、诗格与人格浑然为一体，千秋绝唱，情调高昂，激励和感召古往今来无数志士仁人为正义事业英勇献身。

　　在这首诗中，诗人把个人的遭遇和宋王朝的命运紧密结合在一起，写自己的情怀、失败的境遇和南宋王朝无可挽回地趋于覆灭，写来不能不是悲凉、沉痛的；而报国忠心至死不渝的情怀又是慷慨壮烈的，二者的有机统一就构成了全诗抒情言志的沉郁悲壮风格。

摸鱼儿·雁丘词①　　　元好问

【原文】

问世间、情是何物，直教生死相许②？

天南地北双飞客③，老翅几回寒暑。

欢乐趣，离别苦，就中④更有痴儿女。

君应有语：渺万里层云⑤，千山暮雪，只影向谁去？

横汾路，寂寞当年箫鼓，荒烟依旧平楚⑥。

招魂楚些何嗟及，山鬼暗啼风雨⑦。

天也妒，未信与⑧，莺儿燕子俱黄土。

千秋万古，为留待骚人⑨，狂歌痛饮，来访雁丘处。

【注释】

①摸鱼儿：一名"摸鱼子"，又名"买陂塘""迈陂塘""双蕖怨"等。唐教坊曲，后用为词牌。雁丘：山西省阳曲县西汾水旁。

②直教：竟使。许：随从。

③双飞客：大雁双宿双飞，秋去春来，故云。

④就中：其中。

⑤渺万里层云：意为"万里层云渺"。渺：形容烟云迷漫。

⑥横汾路：指汾水横穿道路。平楚：楚指丛木。远望树梢齐平，故称平楚。

⑦招魂楚些（suò）：《楚辞·招魂》的语末助词。何嗟及：悲叹无济于事。山鬼：原指山神，此指雁魂。

⑧与：助词。

⑨骚人：诗人。

【作者】

元好问（1190～1257年），金末元初文学家。字裕之，号遗山，世称遗山先生。太原秀容（今山西忻州）人。金末元初最有成就的作家和历史学家，宋金对峙时期北方文学的主要代表，又是金元之际在文学上承前启后的桥梁。其诗、文、词、曲，各体皆工。诗作成就最高，"丧乱诗"尤为有名；其词为金代一朝之冠，可与两宋名家媲美；其散曲虽传世不多，但当时影响很大，有倡导之功。有《元遗山先生全集》《中州集》。

【赏析】

金章宗泰和五年（1205 年），年仅 16 岁的青年诗人元好问，在赴并州应试途中，听一位捕雁者说，天空中一对比翼双飞的大雁，其中一只被捕杀后，另一只大雁从天上一头栽了下来，殉情而死。年轻的诗人被这种生死至情所震撼，便买下这一对大雁，把它们合葬在汾水旁，建了一个小小的坟墓，叫"雁丘"，并写《雁丘》辞一阕，其后又加以修改，遂成这首著名的《摸鱼儿·雁丘词》。

这首咏物词是词人为雁殉情而死的事所感动而作的，寄托自己对殉情者的哀思。全词紧紧围绕"情"字，以雁拟人，谱写了一曲凄恻动人的恋情悲歌。在词中，作者驰骋丰富的想象，运用比喻、拟人等手法，对大雁殉情而死的故事，展开了深入细致的描绘，再加以充满悲剧气氛的环境描写的烘托，塑造了忠于爱情、生死相许的大雁的艺术形象，谱写了一曲凄婉缠绵，感人至深的爱情悲歌，是中国古代歌颂忠贞爱情的佳词。

此词上阕开篇一句"问世间、情是何物，直教生死相许?"一个"问"字破空而来，为殉情者发问，实际也是对殉情者的赞美。"直教生死相许"则是对"情是何物"的震撼人心的回答。"天南地北双飞客，老翅几回寒暑"这二句写雁的感人生活情景。大雁秋天南下越冬而春天北归，双宿双飞。作者称他们为"双飞客"，赋予它们比翼双飞以世间夫妻相爱的理想色彩。"天南地北"从空间落笔，"几回寒暑"从时间着墨，用高度的艺术概括，写出了大雁的相依为命、相濡以沫的生活历程，为下文的殉情作了必要的铺垫。"君应有语：渺万里层云，千山暮雪，只影向谁去"这四句是对大雁殉情前心理活动细致入微的揣摩描写。当"网罗惊破双栖梦"之后，作者认为孤雁心中必然会进行生与死、殉情与偷生的矛盾斗争。但这种犹豫与抉择的过程并未影响大雁殉情的挚诚。相反，更足以表明以死殉情是大雁深入思索后的理性抉择，从而揭示了殉情的真正原因。

词的下阕借助对自然景物的描绘，衬托大雁殉情后的凄苦，"横汾路，寂寞当年箫鼓，荒烟依旧平楚。"三句写葬雁的地方。"雁丘"所在之处，汉代帝王曾来巡游，当时是箫鼓喧天，棹歌四起，山鸣谷应，何等热闹。而今天却是四处冷烟衰草，一派萧条冷落景象。词中以帝王盛典之消逝反衬雁丘之长存，说明纯真爱情在词人心目中有着至高无上的地位，也是词人朴素的民本思想的反映。"招魂楚些何嗟及，山鬼暗啼风雨"二句，意为雁死不能复生，山鬼枉自哀啼。这里作者把写景同抒情融为一体，用凄凉的景物衬托雁的悲苦生活，表达词人对殉情大雁的哀悼与惋惜。"天也妒，未信与，莺儿燕子俱黄土。"写雁的殉情将使它不像莺、燕那样死葬黄土，不为人知，它的声名会惹起上天的忌妒，这是作者对殉情大雁的礼赞。"千秋万古，为留待骚人，狂歌痛饮，来访雁丘处"四句，写雁丘将永远受到词人的凭吊。

这首词名为咏物，实为抒情。作者运用比喻、拟人等艺术手法，对大雁殉情而死的故事，展开了深入细致的描绘，再加以悲剧气氛的环境描写的烘托，塑造了忠于爱情、生死相许的大雁的艺术形象，谱写了一曲爱情悲歌。全词情节并不复杂，行文却跌宕多变。围绕着开头的两句发问，层层深入地描绘铺叙，有大雁生前的欢乐，也有死后的凄苦，有对往事的追忆，也有对未来的展望，前后照应，具有很高的艺术价值。

第五章
元明清诗词

人月圆·山中书事　　　张可久

【原文】

兴亡千古繁华梦，诗眼倦天涯①。

孔林乔木，吴宫蔓草，楚庙寒鸦②。

数间茅舍，藏书万卷，投老村家③。

山中何事？松花酿酒，春水煎茶④。

【注释】

①诗眼：诗人的洞察力。

②孔林：指孔丘的墓地，在今山东曲阜。吴宫：指吴国的王宫。
楚庙：指楚国的宗庙。

③投老：临老，到老。村家：农家。

④松花：又叫松黄，就是松树马尾松开的花。煎茶：泡茶。

【作者】

张可久（约 1280～1349 年），号小山。庆元路（今浙江宁波市）
人。曾为桐庐典史、昆山幕僚等官。生平好游，遍及江南。其曲词藻
清丽，华而不艳，善取前人诗词名句入曲，可谓词林宗匠。

【赏析】

此曲名为记事，实为怀古，借感叹古今的兴亡盛衰表达自己看破
世情、隐居山野的生活态度。

全曲上片咏史，下片抒怀。开头两句，总写历来兴亡盛衰，都如
幻梦，自己早已参破世情，厌倦尘世，气势阔大。接下来三句，以孔

林、吴宫与楚庙为例，说明往昔繁华，如今只剩下凄凉一片。下片转入对眼前山中生活的叙写，写归隐山中的淡泊生活和诗酒自娱的乐趣。虽然这里仅有简陋的茅舍，但有诗书万卷。喝着自酿的松花酒，品着自煎的春水茶，幽闲宁静，诗酒自娱，自由自在。

这首小令当是作者寓居西湖山下时所作。通过感慨历史的兴亡盛衰，表现了作者勘破世情、厌倦风尘的人生态度，以及放情烟霞、诗酒自娱的恬淡情怀。

此曲风格更近于豪放一路，语言也较浅近质朴，未用典故，直抒胸臆，不留余蕴。结构上则以时间顺序为线索，写勘破世情而生倦，倦而归山卜居，居而恬淡适意。感情亦由浓到淡，由愤激渐趋于平静。

天净沙①·秋思　　　　马致远

【原文】

枯藤老树昏鸦②，

小桥流水人家，

古道西风③瘦马。

夕阳西下，断肠人在天涯④。

【注释】

①天净沙：曲牌名，即音乐的调谱。

②昏鸦：指日落时归巢的乌鸦。

③西风：秋风。

④断肠人：此处指漂泊天涯、极度忧伤的旅人。天涯：远离家乡的地方。

【作者】

马致远（约 1250～约 1321 至 1324 年间），元代杂剧家、散曲家。号东篱，一说字千里。大都（今北京）人。曾任江浙行省务官（一作江浙省务提举）。晚年隐退。所作杂剧今知有 15 种，现存 7 种。作品多写神仙道化，有"马神仙"之称。曲词豪放洒脱。与关汉卿、白朴、郑光祖同称"元曲四大家"。其散曲成就尤为世所称，有辑本《东篱乐府》，存小令百余首，套数 23 套。

【赏析】

马致远年轻时热衷功名，但由于元统治者实行民族高压政策，因而一直未能得志，几乎一生都过着漂泊无定的生活。他也因之而郁郁不得志，困窘潦倒一生。于是在羁旅途中，写下了这首《天净沙·秋思》。

这首小令仅五句 28 字，语言极为凝练，但容量巨大。诗人仅用

最美古诗词 全鉴 典藏诵读版

寥寥数笔就勾画出一幅悲情四溢的"游子思归图",淋漓尽致地刻画出漂泊羁旅的游子心。这幅图画由两部分构成:一部分是由精心选取的几组能代表秋天的景物组成的一幅暮色苍茫的秋野图景;另一部分是由内心深处无尽的伤痛交织而成的天涯游子剪影。

第一部分共18个字,9个名词,其间无一虚词,却自然流畅而底蕴丰富。作者以其娴熟的艺术技巧,让九种不同的景物沐于夕阳的余晖之下,像电影镜头一样,在我们面前依次呈现,一下子就把读者带入深秋时节。

到第二部分,我们可以看到,在萧瑟的秋风中,在寂寞的古道上,饱尝乡愁的游子骑着一匹瘦马,在沉沉的暮色中向着远方孤独而行。此时此刻,漂泊他乡的游子面对如此萧瑟凄凉的景象,怎能不悲从中来,怎能不撕心裂肺,怎能不柔肠寸断?一颗漂泊羁旅的游子心在秋风中鲜血淋漓。这一支极为简短的小曲,表达了难以尽述的内蕴,形象地描绘出天涯游子凄楚、悲怆的内心世界,给人以震撼灵魂的艺术感受,让人读之而倍感其苦,咏之而更感其心。

此曲语言极为凝练,却容量巨大,意蕴深远,结构精巧,顿挫有致,被后人誉为"秋思之祖"。

满庭芳·牧　　　赵显宏

【原文】

闲中放牛,天连野草,水接平芜①。

终朝饱玩②江山秀,乐以忘忧。

287

青箬笠西风渡口，绿蓑衣暮雨沧州③。

黄昏后，长笛在手，吹破楚天秋④。

【注释】

①平芜（wú）：平坦的草原。

②饱玩：指尽情欣赏、游览。

③青箬笠（ruò lì）：用箬竹编织的斗笠。唐代诗人张志和有"青箬笠，绿蓑衣，斜风细雨不须归"的诗句。沧州：水滨之地，常指隐士居处。

④楚天秋：指江南的秋景。

【作者】

赵显宏，元代散曲作家。号学村。约1320年前后在世。生平、里籍均无考。长于散曲，作品中有自写其行迹者，如《行乐》云："十年将黄卷习，半世把红妆赡。"《叹世》云："功名不恋我，因此上落落魄魄。"《闲居》云："林泉疏散无拘系，茶药琴棋。"可见其为一终身布素之文人。散曲风格清新朴实，语言通俗流畅。明代朱权《太和正音谱》将其列于"词林英杰"150人之中。现存小令21首。

【赏析】

这首曲子是作者分别描写渔、樵、耕、牧四支曲中的一首。此曲借描写田园放牧生活的情趣，表达了作者欣赏江山秀色时的欣喜和内心的欢快之情，是元曲中写景抒情的名篇。

曲子的开头，作者以一个"闲"字总领全篇，先后描绘了旷野风景，刻画了牧人的形象，表达出诗人摆脱名缰利锁、归返自然后的无尽乐趣。但"乐中忘忧"并非真的"无忧"，西风暮雨中独披蓑笠的形象，秋色黄昏里横吹长笛的场景，也悄悄渗透出一种孤寂落寞的情绪。曲中既有明言直语的表白，也有含蓄蕴藉的点染，本色和文采相映成趣，读起来别有韵致。

从总体上看，诗人毕竟不是农人，虽然斗笠蓑衣，耕种放牧，怡情山水，乐以忘忧。但"吹破楚天秋"的长笛声中，仍然包含着对社会现实的许多感慨。全曲形象生动逼真，景物淡雅秀美，风格飘逸清秀，韵致天然。

折桂令·春情　　徐再思

【原文】

平生不会相思，才会相思，便害相思。

身似浮云①，心如飞絮，气若游丝。

空一缕余香在此，盼千金游子何之②。

证候③来时，正是何时？灯半昏时，月半明时。

【注释】

①身似浮云：形容身体虚弱，走路晕晕乎乎、摇摇晃晃，像飘浮的云一样。气若游丝：形容气息、生命的迹象很微弱，比喻生命垂危。

②余香：指情人留下的定情物。千金游子：远去的情人是富家子弟。千金：喻珍贵。何之，往哪里去了。

③证候：即症候，疾病，此处指相思的痛苦。

【作者】

徐再思，元代散曲作家。字德可，号甜斋，嘉兴（今属浙江）人。与张可久为同时代人。钟嗣成《录鬼簿》言其"好食甘饴，故号甜斋。有乐府行于世。其子善长颇能继其家声"。天一阁本《录鬼簿》

还记载他做过"嘉兴路吏","为人聪敏秀丽","交游高上文章士,习经书,看鉴史",说明他在仕途上虽仅止于地位不高的吏职,却是一位很有才名的文人。一生活动足迹似乎没有离开过江浙一带。现存小令 103 首,主要内容集中在写景、相思、归隐、咏史等方面。后人将其散曲与贯云石(号酸斋)作品合辑为《酸甜乐府》。

【赏析】

《折桂令·春情》是元代散曲家徐再思的一首描写少女恋情的小令。此篇连用叠韵,而又婉转流美,兼之妙语连珠,堪称写情神品。

徐再思最早为功名所困,"旅居江湖,十年不归",命运多舛,仕途蹭蹬。故国沦陷后,诗人开始追寻古代隐士的足迹,寻找自我解脱的良方,回归宁静淡泊的精神家园。徐再思从无奈的执著追求到最后回归自我,隐居江南。在这处处是春,宜酒宜诗,犹如一幅真正山水画的西湖中,诗人洗尽失意的感叹,流露出欣喜、洒脱以及远离红尘的闲适与平静。于是才有了像《春情》一样以清新柔婉的格调抒写骚雅情怀的美好词句。

这首曲子的脉络很清晰,全曲分为四个层次:首三句说少女陷入了不能自拔的相思之中;次三句极表少女处于相思中的病态心理与神情举止;后二句则点出少女害相思病的原因;最后宕开一笔,以既形象又含蓄的笔墨透露出少女心中所思。全曲一气呵成,平易简朴而不失风韵,自然天成而曲折尽致,极尽相思之状。

全曲描写一位年轻女子的相思之情,读来动人心弦。"平生不会相思"三句,说明这位少女尚是初恋,情窦初开,才解相思,正切合"春情"的题目。这三句一气贯注,明白如话,然其中感情的波澜已隐然可见。于是下面三句便具体地去形容这位患了相思病的少女的种种神情与心态。作者连用了三个比喻:"身似浮云",状其坐卧不宁游移不定的样子;"心如飞絮",言其心烦意乱,神智恍惚的心理;"气若游丝"则刻画她相思成疾，气微力弱。少女的痴情与相思的诚笃就通过这三个句子被形象地表现出来了。"空一缕余香在此"，乃是作者的比喻之词，形容少女孤凄的处境与寂寞冷落的情怀，暗喻少女的情思飘忽不定而绵绵不绝。至"盼千金游子何之"一句才点破了她愁思的真正原因，原来她心之所系，魂牵梦萦的是一位出游在外的高贵男子，少女日夜思念盼望着他。最后四句是一问一答，作为全篇的一个补笔。"证候"是医家用语，犹言病状，因为上文言少女得了相思病，故此处以"证候"指她的多愁善感，入骨相思，也与上文"害"字与"气若游丝"诸句暗合。作者设问：什么时候是少女相思最苦的时刻？便是夜阑灯昏、月色朦胧之时。一位情窦初开的少女形象，被作者的生花妙笔勾画得栩栩如生。能用独特的表现手法和表现形式来写出真挚情感的作品便是成功之作。这首曲子在描摹相思之情上可谓入木三分，极富个性，因此后人对此曲的艺术创造以及审美评价很高。

墨梅① 　　　　　　　　　王冕

【原文】

吾家洗砚池②头树，

朵朵花开淡墨痕③。

不要人夸好颜色，

只留清气满乾坤④。

【注释】

①墨梅：这是一首题画诗。墨梅，用水墨画的梅花。

②洗砚池：画家洗砚的水池。传说晋代大书法家王羲之在洗砚池边练习书法，池水因此变成黑色。

③淡墨痕：淡淡的墨水点染出梅花花瓣的痕迹。

④清气：清香的气味。引申为做人要清白，操行没有污点，一身正气。乾坤：天地，人间。

【作者】

王冕（1287～1359年），字元章，号煮石山农、梅花屋主等，诸暨（今属浙江）人。元末诗人，著名画家。小时候家里很穷，他一面放牛，一面自学，终于成名。晚年归隐九里山，以卖画为生。他擅长画墨梅，其画神韵秀逸，且常在画中题诗，诗与其画相得益彰。其诗多写个人志趣，语言质朴，不拘常格，在元诗中独具特色。有《竹斋集》。

【赏析】

这首咏物诗借墨梅表达自己的情感，情真意浓，令人钦佩。

王冕喜欢画梅，也爱种梅、赏梅，梅花在他心里的分量很重。这天他看见洗砚池那头的梅树上，绽开了许许多多墨色浅淡的梅花时，诗情顿生。此诗诗句朴实至极，就如说话平平道来，而直白的"吾家"二字，透出了他对墨梅的喜爱，毫不做作。墨梅属梅花中的珍品，见到它的人都会惊叹其稀有难得，而心里深爱梅花的王冕，却不期望人们来夸赞花的颜色，惊叹它的珍贵，只希望让墨梅特有的清新气息在天地间弥漫。颜色是表面的，清气是内在精神的展露，是美的传达，这正是王冕所追求的一种人生境界，是诗人的自我写照。

这首诗说明作者画梅花不以追求色彩艳丽而博得称赞为目的，而是为了画出梅花不同凡俗的精神，抒发了作者高洁的志趣和胸怀，表现了他那孤傲的性格。全诗以物喻人，诗、画、人融为一体，出神入化，让人耳目一新。

石灰吟　　　于谦

【原文】

千锤万凿出深山①，

烈火焚烧若等闲②。

粉身碎骨浑③不怕，

要留清白④在人间。

【注释】

①千锤万凿：形容开采石灰石非常艰难。锤：用锤子打击。凿：开凿。出深山：意思是说石灰石是从深山中开采出来的。

②等闲：平常。

③浑：全，整个儿。

④清白：指石灰洁白的本色，又比喻人的高洁品格。

【作者】

于谦（1398～1457年），字廷益，号节庵，钱塘（今浙江省杭州市）人。明代杰出的政治家、军事家。一生廉洁奉公，正直不阿。他的诗作内容一方面是关心人民疾苦，反对侵略战争；另一方面是表达自己坚定的意志和坚贞的情操。其语言简洁明白。有《于忠肃集》。

【赏析】

这是我国明朝时期著名的民族英雄、政治家于谦的一首托物言志诗，该作品因反映了诗人廉洁正直的高尚情操而闻名遐迩，脍炙人口。

此诗借咏叹石灰石粉身碎骨留取清白的品格，来抒发自己的高洁志向。起句写石灰石历经千锤万凿，才得以问世，比喻自己的文才武功是长期修养而成的。次句借石灰石在烈火中经受冶炼的情景和"若等闲"的从容不迫，暗喻面对险恶的宦海仕途，能镇定沉着经受考验，坚持高洁的品行。第三句"粉骨碎身浑不怕"，极其形象地写出了石灰石不惧烈火，烧制成石灰粉的情景，用石灰在使用过程中的必然结局和无私奉献精神，来抒发自己以身报国、不谋私利的情怀。最后一句借石灰的清白，以"要留清白在人间"作结，表明自己为国为民建功立业，要坚守洁白无瑕的志向。

这首外表句句写石灰、内在字字写自己的咏物诗，成为托物言志的典范之作。石灰的洁白，是最基本的特性，而只有它自己的粉身碎骨，才能为人们所用，有益于人间。诗人借对石灰的赞美，表达自己的心声。诗虽然质朴如白话，但是十分形象传神，每一句都有深刻寓意，都是诗人追慕神往的境界，同时在传达一个震撼人心的心声：无论经历多少苦难，只要能够像石灰一样有益人间又洁白无污、品质高尚，纵然经受多少磨炼，以致粉身碎骨，也无所畏惧。

题竹石画·其一① 郑燮

【原文】

咬定②青山不放松，

立根原在破岩中③。

千磨万击还坚劲④，

任尔东西南北风⑤。

【注释】

①竹石：扎根在石缝中的竹子，这是他题自作的竹石画的诗。共有两首，这是其中一首。

②咬定：这里是说竹子牢固地生长在青山的岩石之中，就像咬住一样。比喻竹根扎得很深。

③立根：生根、扎根。破岩：山岩的裂缝。形容竹子的生长环境十分恶劣。

④坚劲：坚韧挺拔。

⑤任尔：随你，你即指代"东西南北风"。东西南北风：比喻各方面来的困难、阻挠和打击。

【作者】

郑燮（1693～1765年），字克柔，号板桥。兴化（今江苏省兴化市）人。清代著名的画家、文学家。"扬州八怪"之一，善画兰竹，也工书法，善作诗。他的诗语言生动活泼，形象鲜明生动，作品多反映自己对黑暗现实的不满和对人民疾苦的同情。有《板桥全集》。

【赏析】

这是一首题画诗，也是一首咏物诗。诗人通过咏颂立根破岩中顽强而又执著的劲竹，含蓄地表达了自己决不随波逐流的高尚思想情操。

诗的前两句用拟人化的手法，赞美劲竹的内在精神。"咬"字非常有力，充分表达了劲竹的刚毅性格。第二句表明劲竹对生活条件并无过高要求，展现了它顽强的生命力。后两句进一步赞美竹子在恶劣环境下那种不屈不挠的精神。"千磨万击"，说明它虽经历了各种艰难险阻仍坚忍不拔，不管刮什么样的歪风、邪风始终坚持自己的操守、风格。这实际上是通过对竹子的赞美来表现人的崇高的精神美，体现自己刚直不阿的个性。

竹子是常青植物，有耐寒的品性，能在极其恶劣的环境下顽强而茁壮地生存下来。岑参《范公丛竹歌》云："寒天草木黄落尽，犹自青青君始知。"这就是竹子最大的特点。郑板桥的这首诗写出了竹子坚忍顽强的鲜明特性，展现了竹子旺盛的生命力和风貌神采。

这首咏竹诗，实际上是诗人性格的写照和人生追求。生长在青山上的竹子，与山紧密相连，毫不松懈，好似紧紧咬住一般，稳稳地挺立在天地之间，拥有自己生命的翠绿。然而，竹子还有一个特点，就是倔强，不怕磨难、艰辛。正因如此，它们才在无数的打击、挫折中，依然挺拔向上，充满活力，没有沉沦，没有丧失自信。它们的存在，它们的坚挺，恰恰是在证明自己：不畏各方面的逼迫、摧残，不怕任何艰难与压力。咬定，扎根、把住的意思。破岩，不规则、杂乱的山岩，泛指环境的艰难。千磨万击，无数的磨难、打击和挫折。

诗人写竹，实际是借物喻人，在写自己，以竹明志，含蓄地表达出自己决不随波逐流的高尚情操。全诗清新流畅，感情真挚，语言虽然通俗但意义深刻悠长，是成功的写景抒情之作。

村居　　　　高鼎

【原文】

草长莺飞二月天①，
拂堤杨柳醉春烟②。
儿童散学归来早③，
忙趁东风放纸鸢④。

【注释】

①草长：野草繁茂。莺：黄莺鸟。

②拂堤杨柳：杨柳垂下的枝条轻轻地拂着堤岸。醉：沉醉。春烟：春天空气中淡淡的雾霭。

③散学：放学

④纸鸢：风筝。

【作者】

高鼎，字象一，又字拙吾，仁和（今浙江省杭州市）人。生平事迹不详，清代诗人，其诗善于描写自然风光。

【赏析】

这是一首描绘农村春天风光的诗。四句诗、28个字，勾画出一幅生机勃勃、秀丽迷人的乡间早春图画：早春二月小草钻出了地面，黄莺儿飞舞，垂柳的枝条轻拂堤岸，迷蒙的春烟令人心醉。放学回家的孩子们，赶忙趁着东风放起了风筝，写出了孩子们活泼好玩的天性。

全诗有景、有人、有事，语言清新，格调明朗，充满生活情趣，表达了诗人对美好的春天以及恬静的村居生活的热爱之情。本诗通过儿童折射出春之美好，隐喻着人们摒弃残酷的严冬、向往明媚春天的愿望。诗的语言通俗晓畅，明白如话，读之令人心旷神怡。

长相思　　　纳兰性德

【原文】

山一程，水一程①，

身向榆关那畔行②，

夜深千帐③灯。

风一更，雪一更④，

聒⑤碎乡心梦不成，

故园无此声⑥。

【注释】

①山一程、水一程，即言山长水远。程：道路、路程。

②榆关：即今山海关。那畔：即山海关的另一边，指身处关外。

③千帐：形容军营之多。帐：军营的帐篷。

④风一更、雪一更：意思是整夜风雪交加。更（gēng）：旧时一夜分五更，每更大约两个小时。

⑤聒（guō）：声音嘈杂，使人厌烦。

⑥故园：故乡。此声：指风雪交加的声音。

【作者】

纳兰性德（1655～1685年），叶赫那拉氏，字容若，满洲正黄旗人，原名成德，避太子保成讳改名为性德，一年后太子更名胤礽，于是纳兰又恢复本名纳兰成德。号楞伽山人。清朝著名词人。父亲是康熙朝武英殿大学士、一代权臣纳兰明珠。母亲爱新觉罗氏是英亲王阿济格第五女，一品诰命夫人。其家族——纳兰氏，隶属正黄旗，为清初满族最显的八大姓之一，即后世所称的"叶赫那拉氏"。纳兰性德的曾祖父，是女真叶赫部首领金台石。金台石的妹妹孟古，嫁努尔哈赤为妃，生皇子皇太极。

纳兰性德是清代最为著名的词人之一。他的诗词不但在清代词坛享有很高的声誉，在整个中国文学史上，也以"纳兰词"在词坛占有光采夺目的一席之地。他生活在满汉融合的时期，虽出生贵族家庭，以及平日常侍从帝王，却向往平淡的生活，其特殊环境与背景，加之他个人的超凡才华，使其诗词的创作呈现独特的个性特征和鲜明的艺术风格。他的词以"真"取胜：写景逼真传神。词风"清丽婉约，哀感顽艳，格高韵远，独具特色"。著有《通志堂集》《侧帽集》《饮水词》等。

【赏析】

康熙二十一年（1682 年）三月，康熙帝出山海关至盛京祭告祖陵，纳兰性德随从。塞上风雪凄迷，苦寒的天气引发了纳兰对京师中家的思念，写下了这首词。

这是一首思乡词。词的上阕，诗人点出了行程和路途的遥远，一个"那"字，表现出诗人远离家乡马不停蹄地向关外行走时，对家乡的依恋与渴望，离愁别绪随着渐行渐远的脚步逐步浮现。"夜深千帐灯"一句，取景新颖壮阔，将夜幕下千帐竞立、万灯闪烁的场景栩栩如生地呈现在读者眼前，显得无比雄壮与豪迈。然而辽阔的灯光与思乡之情是联系在一起的，当词的下阕延伸到"风"、"雪"时，那雄壮与豪迈的场景中便多了几分清冷与寂寞。它们让人不由自主地回忆起故园窗前温馨的灯火。比起故园的灯火来，此时的情景多了几许寒冷，少了几许温情。词的末尾，一句"故园无此声"，使得浓烈的思乡之情跃然纸上。是什么声音让诗人深深牵挂、念念不忘？是妻儿的娇声软语，还是故园柔风细雨的呢喃？读者无论如何猜测与想象都不为过。整首词无一句写思乡，却句句渗透着对家乡的思念。

词中描写词人在外对故乡的思念，透露着情思深苦的绵长心境。全词纯用自然真切、简朴清爽的白描语句，写得天然浑成，毫无雕琢之处，却格外真切感人。

木兰花·拟古决绝词　　纳兰性德

【原文】

人生若只如初见，何事秋风悲画扇①。

等闲变却故人心②，却道故人心易变。

骊山语罢清宵半③，泪雨霖铃终不怨④。

何如薄幸锦衣郎⑤，比翼连枝⑥当日愿！

【注释】

①何事：为什么。画扇：用汉代班婕妤（ jié yú ）被弃的典故。班婕妤为汉成帝妃，被赵飞燕谗害，退居冷宫，后有诗《怨歌行》，以秋扇为喻抒发被弃之怨情。

②等闲：轻易地。故人：这里指相亲相爱的人。

③骊（ lí ）山：山名，在今陕西。唐玄宗与杨玉环曾在骊山华清宫长生殿内盟誓，愿世世为夫妻。

④泪雨霖铃：杨玉环死后，唐玄宗闻雨声、铃声而悲伤，遂作《雨霖铃》曲以寄哀思。这里借用此典。

⑤何如：怎么样。薄幸：薄情。锦衣郎：代指心上人。

⑥比翼连枝：指比翼鸟、连理枝，言永不分离。

【作者】

见《纳兰性德·长相思》篇。

【赏析】

这首《木兰花》常被我们当做爱情诗来读，其实只要稍微下一点工夫的话，就会在道光十二年结铁网斋刻本《纳兰词》里看到词牌下边还有这样一个词题："拟古决绝词，柬友"，也就是说，这首词是模仿古乐府的决绝词，写给一位朋友的。现在一般认为这个朋友就是指容若公子的知己——当时另一位诗词大家顾贞观。

这是纳兰性德以女子的口吻控诉男子的薄情，从而表态与之决绝的词作。其中"人生若只如初见"一语，道尽人世间爱情的悲凉与美好，历来为人传诵。词的上阕，诗人用汉班婕妤被弃的典故，以秋扇为喻抒发了被弃之怨情，包含着对所有往事都化为红尘一笑，只留下初见时的倾情，或者曾有过的背叛、伤怀的悲痛。因其用语精当哀婉，读来仿佛让人感到如时光倒流。温柔与感动、渴盼与怨叹交织在一起，塑造了

一种奇妙、变幻的人生境界。词的下阕，诗人又借用唐玄宗与杨玉环的爱情典故，咏唱了二人的爱情传奇，并借此讽喻身边的人：我与你就像唐明皇与杨玉环那样，在长生殿起过生死不离的誓言，却又最终做决绝之别，也不生怨。但你又怎比得上当年的唐明皇呢？他与杨玉环还有过做比翼鸟、连理枝的誓愿。其中蕴涵着一种哀怨、忧伤之情，恰如秋风落叶，发人幽思。

结合词题，在这"闺怨"的背后，似乎更有着深层的痛楚，"闺怨"只是一种假托。故有人认为此篇别有隐情，词人是用男女间的爱情为喻，说明与朋友也应该始终如一，生死不渝。

己亥杂诗·九州生气恃风雷① 龚自珍

【原文】

九州生气恃风雷②，

万马齐喑③究可哀。

我劝天公重抖擞④，

不拘一格降人才⑤。

【注释】

①己亥杂诗：道光十九年（1839 年），龚自珍因不满清朝的官场黑暗，辞官回了家乡杭州，后又往返一次。在往返京杭的途中，共作诗315首，统名《己亥杂诗》，其题材广泛，风格多样。这是其中一首。

②九州：指中国。生气：焕发生机，生机勃勃。恃：凭借、依靠。

③万马齐喑：千万匹马都沉寂无声，比喻人们都沉默，不说话，不发表意见，形容局面沉闷。喑（yīn）：哑。究：终究、毕竟。哀：让人感到悲哀。

④天公：老天爷。重抖擞：重新振作精神。

⑤不拘一格：不局限于一种规格。降：赐予，给予。这里有选用、产生的意思。

【作者】

龚自珍（1792～1841年），字璱人，号定庵，又名易简，字伯定。浙江仁和（今杭州）人。清代进步的思想家和文学家。他的诗歌气势磅礴，色彩瑰丽，有屈原、李白诗的风韵，对清末诗坛影响颇大。作品有《定庵文集》。

【赏析】

清道光己亥年（1831年），龚自珍辞官返乡，感于清朝压抑、束缚人才的情况，作诗数百首表达了变革社会的强烈愿望。这首诗是其中最著名的一首。

这是龚自珍的一首很有名的诗篇，本来是拜祭玉皇大帝和风神、雷神的诗作，但诗人借题发挥，有力地鞭挞了封建专制的统治，反映了诗人改革现状、期待人才辈出的强烈愿望。

这是一首出色的政治诗。诗的开头两句运用生动形象的比喻，写出当时死气沉沉的局面，以及改变这一局面的途径。后两句祈求天公打破清规戒律，降下各种有用的人才，因为人才是改变现实的重要条件。这也暗示了当时统治者的昏庸无能。首先，全诗连用两个比喻，描写了万马齐喑、朝野噤声的死气沉沉的现实社会。其次，指出要改变这种沉闷、腐朽的现状，就必须依靠风雷激荡般的巨大力量，暗寓必须经历波澜壮阔的社会变革才能使中国变得生机勃勃。至于如何变革，诗人认为变革的力量来源于人才，而朝廷所应该做的就是破格录用人才。只有这样，中国才有希望。诗中选用 "九州"、"风雷"、"万马"、"天公" 这样的具有壮伟特征的主观意象，寓意深刻，气势磅礴。"我劝天公重抖擞，不拘一格降人才" 是广为传诵的名句。诗人期待着改革大势形成新的风雷、新的生机，既揭露矛盾、批判现实，更憧憬未来、充满理想。它独辟奇境，别开生面，具有震撼人心的气势和力量。

诗人处在鸦片战争的前夜，看到社会中种种弊端而希望对社会进行改革，这是先驱者的思想。但现实又告诉他，实施改革非常困难，所以他只能在诗文中表达自己对社会的思考和忧虑。

春愁

丘逢甲

【原文】

春愁难遣强看山①，
往事惊心泪欲潸②。
四百万人③同一哭，
去年今日割台湾④。

【注释】

①春愁：指由春天生发的忧愤之愁。遣：排遣、消解。强：勉强。
②潸（shān）：流泪的样子。
③四百万人：指台湾当时的总人口。
④去年今日：指 1895 年 4 月 17 日，当时清政府与日本签订丧权辱国的《马关条约》，将台湾割让给日本。

【作者】

丘逢甲（1864～1912 年），汉族，字仙根，又字吉甫，号蛰庵、仲阏、华严子，别署海东遗民、南武山人、仓海君。辛亥革命后以仓海为名。晚清爱国诗人、教育家、抗日保台志士。丘逢甲祖籍广东镇平（今广东蕉岭），1864 年生于台湾苗栗县铜锣湾，1887 年中举人，1889 年己丑科同进士出身，授任工部主事。但丘逢甲无意在京做官返回台湾，到台湾台中衡文书院担任主讲，后又于台湾的台南和嘉义教育新学。1895 年 5 月 23 日，任义勇军统领；1895 年秋内渡广东，先在嘉应和潮州、汕头等地兴办教育，倡导新学，支持康梁维新变法；1903 年，被辛亥革命元老中国现代教育奠基人何子渊等人创办的兴民学堂聘为首任校长；后利用担任广东教育总会会长、广东咨议局副议长的职务之便，投身于孙中山的民主革命，与同盟会等革命党人参与许雪秋筹划的潮州、黄冈起义等革命活动。中华民国建国后，丘逢甲被选为广东省代表参加孙中山组织的临时政府。1912 年元旦因肺病复发，1912 年 2 月 25 日病逝于镇平县淡定村，终年 48 岁。台湾建有逢甲大学以示纪念。

【赏析】

《春愁》是清朝作家邱逢甲写的一首诗，作者是台湾省苗栗县人，近代爱国诗人。清政府割台湾给日本时，他曾领导义军抗日，表现了崇高的民族气节。失败后退到大陆，他心怀故土，想起家乡被侵略者占领，家愁国恨交织在一起，对着春景，不免有"感时花溅泪"之慨。全诗直抒胸臆，十分感人。

这首诗作于 1896 年春，即《马关条约》签订一年后。诗人痛定思痛，抒发了强烈的爱国深情。春天本是一年中最美好的季节，草绿林青，百花争艳，连春山也显得格外妩媚。但诗人为什么觉得春愁难以排遣，以致勉强地观看春山也毫无兴致呢？这是因为诗人始终未能

忘记去年春天发生的那件令人痛心疾首的往事。台湾本是中国的神圣领土，诗人生于斯、长于斯，想不到满清卖国政府竟将它割让给了日本。这是对台湾人民的无耻出卖，也是台湾人民的奇耻大辱。回想起这一惊心动魄的惨剧，诗人怎能不愁情满怀、怆然泪下呢？此时诗人被迫离开故乡，看见大陆的春山，联想起故乡台湾的青山绿水——那片被日寇侵占的土地，自然触景伤怀了。春愁难遣，看山落泪，正表现了诗人对祖国和故乡山水的热爱。末两句诗中，诗人又用逆挽句式描述了去年今日台湾被割让时，四百万台湾人民同声痛哭，俯地悲泣的情景。这一催人泪下的情景生动地表明了全体台湾人民是热爱祖国的，台湾是伟大祖国不可分割的一部分。从这一角度讲，这首诗鲜明地体现了当时的时代精神，又具有珍贵的史料价值。

这首诗语言朴实无华，但却具有震撼人心的艺术力量。这主要是由于诗人与自己的人民同呼吸，共爱憎，泪洒在一起。"感人心者，莫先乎情"，这首诗的动人之处，主要是在于它真实而强烈地表达了人民的情感和心声。

狱中题壁　　谭嗣同

【原文】

望门投止思张俭①,

忍死须臾待杜根②。

我自横刀③向天笑,

去留肝胆两昆仑④。

【注释】

①望门投止:望门投宿。张俭:东汉末年高平人,因弹劾宦官侯览,被反诬"结党",被迫逃亡。在逃亡中凡接纳其投宿的人家,均不畏牵连,乐于接待。

②忍死:装死。须臾:一会儿;不长的时间。杜根:东汉末年定陵人,汉安帝时邓太后摄政、宦官专权,其上书要求太后还政,太后大怒,命人以袋装之而摔死,行刑者慕杜根为人,不用力,欲待其出宫而释之。太后疑,派人查之,见杜根眼中生蛆,乃信其死。杜根终得以脱。

③横刀:面对屠刀,意谓就义。

④两昆仑:有两种说法,其一是指康有为和浏阳侠客大刀王五;其二为"去"指康有为逃往日本,"留"指自己主动赴死。

【作者】

谭嗣同(1865~1898年),字复生,号壮飞。湖南浏阳人。官江苏候补知府、军机章京。能文章,好任侠,善剑术,积极参与新政,光绪二十四年（1898 年）戊戌变法失败后，与林旭、杨深秀、刘光第、杨锐、康广仁等六人为清廷所杀，史称"戊戌六君子"。工于诗文，其诗情辞激越，笔力遒劲，具有强烈爱国情怀。作有诗文等，后人编为《谭嗣同全集》。

【赏析】

《狱中题壁》是近代维新派政治家、思想家谭嗣同于光绪二十四年（1898 年）在狱中所作的一首七言绝句。

光绪二十四年（1898 年）是农历的戊戌年，是年六月，光绪皇帝实行变法，八月，谭嗣同奉诏进京，参预新政。九月中旬，慈禧太后发动政变，囚禁光绪帝，并开始大肆捕杀维新党人。康有为、梁启超避往海外。许多人劝谭尽快离开，但他却说，"不有行者，无以图将来；不有死者，无以召后起"，决心留下来营救光绪帝。几位日本友人力请他东渡日本，他说："各国变法，无不以流血而成，今日中国未闻有因变法而流血者，此国之所以不昌也。有之，请自嗣同始。"九月二十一日，他与杨深秀、刘光第、康广仁、杨锐、林旭等五人同时被捕。这首诗即是他在狱中所作。

这首诗的前两句运用张俭和杜根的典故，揭露顽固派的狠毒，表达了对维新派人士的思念和期待。后两句抒发作者大义凛然，视死如归的雄心壮志。全诗格调悲壮激越，风格刚健遒劲，表达了对避祸出亡的变法领袖的褒扬祝福，对阻挠变法的顽固势力的憎恶蔑视，同时也抒发了诗人愿为自己的理想而献身的壮烈情怀。

"望门投止思张俭"这一句，是身处囹圄的谭嗣同记挂、牵念仓促出逃的康有为等人的安危，借典述怀。衷心祈告：他们大概也会像张俭一样，得到拥护变法的人们的接纳和保护。

"忍死须臾待杜根"，是用东汉净臣义士的故事，微言大义。通过运用杜根的典故，以邓太后影射慈禧，事体如出一辙，既有对镇压变法志士残暴行径的痛斥，也有对变法者东山再起的深情希冀。这一句主要是说，戊戌维新运动虽然眼下遭到重创，但作为锐意除旧布新的志士仁人，应该志存高远，忍死求生，等待时机，以期再展宏图。

"我自横刀向天笑"是承接上两句而来：如若康、梁诸君能安然脱险，枕戈待旦，那么，我谭某区区一命不足惜，自当从容地面对带血的屠刀，冲天大笑。正是由于他抱定了必死的决心，所以才能处变不惊，视死如归。

"去留肝胆两昆仑"，对于去留问题，谭嗣同有自己的定见。他期望自己的一腔热血能够惊觉苟且偷安的芸芸众生，激发起变法图强的革命狂澜。在他看来，这伟大的身后事业，就全靠出奔在逃的康、梁们的推动和领导。基于这种认知，他对分任去留两职的同仁同志，给予了崇高的肯定性评价：路途虽殊，目标则同，价值同高，正像昆仑山的两座奇峰一样，比肩并秀，各领千秋风骚。

全诗用典贴切精妙，出语铿锵顿挫，气势雄健迫人。诗中寄托深广，多处运用比喻手法，使胸中意气豪情的表达兼具含蓄特色。

参考文献

［1］张贤明. 中国好诗歌——你不能错过的古诗词［M］. 北京：现代出版社，2016.

［2］肖淑琛. 偶遇最美古诗词［M］. 长春：东北师范大学出版社，2015.

［3］诸葛文. 三天读懂五千年最美古诗词［M］. 北京：中国法制出版社，2015.

［4］徐晓莉. 中国古代经典诗词选讲［M］. 北京：北京师范大学出版社，2014.

［5］秦圃. 一生最爱古诗词大全集［M］. 南京：江苏美术出版社，2014.

［6］邓荫柯. 中华诗词名篇解读［M］. 北京：商务印书馆，2014.

［7］《文史知识》编辑部. 怎样鉴赏古诗词——文史知识主题精华本·名家讲名诗［M］. 北京：中华书局，2013.

［8］玲珑心. 最美最美的古典诗词（彩色图文版）［M］. 北京：中国画报出版社，2013.

［9］云葭，青黎. 一本书读完最美古诗词［M］. 北京：中国华侨出版社，2012.

［10］许结. 历代诗词鉴赏（传世经典鉴赏丛书）［M］. 武汉：长江文艺出版社，2012.

［11］蒋述卓. 诗词小札［M］. 北京：中国青年出版社，2008.

［12］徐志刚. 诗词韵律［M］. 济南：济南出版社，1992.